KB162880

주연배우
세실스
Re:제로
Re: Life in a different world from zero
부터 시작하는 이세계 생활

길티라우

바이츠
구스타프
스바루
이드라
「저것을 해치우지 못하면 우리는 살 수 없어.」
「젠장, 빌어먹을, 왜 내가 이런 꼴을……!」
히아인

「——토드.」
「당신, 내가 아는 무서운 녀석하고 비슷한 냄새가 나는걸.」

「보다시피 섬에 있는 녀석들은 싹 다 죽은 줄 알았는데…….」

에밀리아 in 성곽도시 과랄
Emilia in Gualal

렘 in 제도 루프가나
Rem in Lupugana

Re: Life in a different world from zero

The only ability I got in a different world "Returns by Death"
I die again and again to save her.

CONTENTS

Re:제로

Re: Life in a different world from zero

부터 시작하는 이세계 생활

31

나가츠키 탓페이 지음
오츠카 신이치로 일러스트

표지 · 본문 일러스트

오츠카 신이치로

제1장 『스파르카』

1

——고요한 열기가 검투장 전체를 휩싼 것이 온몸으로 느껴졌다.

“————.”

섬뜩한 것은, 고요함과 반대로 관객석은 그럭저럭 채워졌다는 점. 즉, 관객들은 일부러 입을 다물고 고요함 속에 흥분을 채우고 있는 것이다.

정적이 오히려 시끄럽게 느껴지는 드문 환경이지만 스바루는 그런 것을 따질 겨를이 없다.

“제길, 제길…… 장난이 아냐, 최악이야……!”

“상관할 바냐……. 나는, 나는 할 거다…….”

“네놈들, 진정해라! 내 지시에 얌전히 따라라! 그러면 죽지 않을 수 있다!”

그 시끄러운 고요함을 깨트린 것은 스바루 바로 근처에 서 있는 세 남자들이었다.

바위 같은 회색 비늘로 온몸을 덮은 도마뱀 같은 석척인족(蜥

蜴人族). 얼굴과 상반신, 반라의 보이는 부분 모든 곳에 해골풍 문신을 새긴 대머리 남자. 그리고 적갈색 머리카락을 길게 기르고 머리띠를 두른 인물.

다들 태생도 인종도 다른 구성원이지만 엄연히 공통점이 있다.

그것은 스바루를 머릿수로 세지 않고 있는 점과, 목숨이 달렸다는 긴장 때문에 눈에 핏발이 선 것.

그리고 이대로는 태어난 날은 달라도 죽는 날은 한날한시가 되겠다는 점이다.

"——제군, 우선 이 섬에 상륙한 것을 환영한다. 제도에 계시는 빈센트 볼라키아 황제 각하도 자못 기뻐하시겠지. 그 황제 각하께서 친히 섬의 관리를 임명하신 총독으로서 제군에게 영예로운 시련을 내리겠다."

정면의 특등석에 서 있는 구스타프 모렐로—— 검노고도(劍奴孤島) 『기눈하이브』의 지배자가 묵직하며 엄숙한 목소리로 회장의 분위기를 찌르르하게 흔들었다.

"크르르————."

구스타프의 발 아래, 검투장 내부로 이어지는 통로의 울타리가 올라가고 암흑 속에서 천천히 검은 그림자가 모습을 보인다. 그것은 사자 머리와 큰사슴의 다리를 가진 거대한 마수(魔獸)—— 아니다. 여기서는 검투수(劍鬪獸)라 불리는, 섬에 상륙한 새로운 전사를 시험하는 존재.

동쪽 숲에 사는 전사 부족, 그곳에 전해지는 『혈명(血命)의 의식』을 참고하여 거행되기 시작한 의식 『스파르카』—— 그 시험

관으로서 스바루 일행을 막아서는 적이다.

"——황제 각하께서 바라시는 강인한 제국민의 정체성을 증명하라!!"

구스타프가 크고 낭랑한 목소리로 『스파르카』 개시를 선언하고, 회장의 열기와 세 남자들의 필사적인 기색이 짙어지는 것을 느끼며 스바루는 중얼거렸다.

"볼라키아 제국, 진짜 싫다."

2

——시간은 『스파르카』가 시작되기 얼마 전으로 거슬러 올라간다.

"아마, 머리가 나빠졌어……."

허름한 침대 위에서 자기 손을 연방 오므리며 스바루는 서글픈 사실을 실감했다.

마도(魔都) 카오스프레임에서 『악랄옹』 오르바르트 덩클켄에게 당한 시노비의 황당 기예, 그 『유아화』의 영향이 스바루의 몸과 마음을 좀먹고 있다.

열 살 남짓한 나이의 몸으로 쪼그라든 스바루. 이 세계의 기준이라면 신체 능력은 어린아이와 큰 차이가 없을지도 모르지만, 심각한 것은 머릿속이었다.

"쓰는 책상이 똑같아도 서랍이 빽빽하고, 높은 서랍에 손이 닿지 않는 것 같이 머리가 엄청 나빠진 느낌이 들어…….”

지금 스바루가 처한 상황을 정리하면 그런 표현이 딱 맞았다.

——홍유리성(紅瑠璃城) 천수각에서 오르바르트와 벌인 지옥의 술래잡기.

그때 이기는 데 어마어마한 횟수로 도전해야 했던 것도 머리가 나빠진 영향이 아주 크다. 다행히 그때는 스바루의 지혜가 아니라 소중한 모두와의 유대가 승리의 열쇠가 되었다.

모두의 목소리가, 응원이, 웃음이, 머릿속에 울려 퍼진 느낌이 들어서——.

“아, 안 돼, 안 돼, 울지 마, 울지 마……. 바보냐, 나는. 아니, 바보지, 나는.”

섣불리 모두를 생각하다가 눈물이 찔끔 치솟았다.

안도와 서운함이 엉망으로 섞인 그 감정은 마치 향수병 같다. 어려진 몸은 눈물의 방파제가 낮아서 자칫하면 엉엉 흐느낄 것 같다.

하지만 설령 볼썽사납게 울고불고해도, 모두가 있는 곳으로 돌아갈 수는 없다. 모두와 재회하고 싶으면 눈물을 참고 문제에 맞설 수밖에 없는 것이다.

예를 들면 그것은——.

“——아무래도 모종의 결론이 나온 모양이네요.”

우는 것을 참은 스바루에게 멋진 미소를 보내고 있는 상대에게 대처하는 것이라든지.

딱딱한 침대에서 깨어난 스바루의 눈앞에서 희한한 포즈를 잡고 있는 것은 파란 머리, 밝은 색조의 기모노 차림을 한, 세실스라 자칭한 소년이었다.

난데없는 만남과 당당한 연극조의 포즈가 인상적인 소년이지만 단순히 밝고 명랑한 남자라고 받아들이기에는 입에 담은 이름이 살짝 거물이었다.

여하튼 그가 자칭한 세실스 세그문트란, 이 볼라키아 제국에서 가장 강한 인물——『구신장(九神將)』의 정점, 『푸른 뇌광(雷光)』으로 불리는 검사의 이름이므로.

"그래서 그래서 어떤 이야기를 해 주실 거죠? 그게 기대되어서 깨어나길 내내 붙어서 기다리고 있었다고요! 하아~ 살아 있단 실감이 나네!"

단, 저렇게 반짝반짝 눈을 빛내는 소년에게 한 나라의 최고 전력이라는 거창한 감투가 어울리는 것처럼은 결코 보이지 않는다. 애초에 카타나(刀)도 들고 있지 않다.

저런데 과연 제국 최강 노릇을 할 수 있을까.

"따지고 보면 자기 신고쯤이야 아무나 할 수 있을 테고……."

"응? 왜 그래요? 왠지 낌새가 수상한 눈초리로 저를 보고 있는 것 같은데요."

"으음, 혼잣말이야. 저기, 나는 나츠키 스바루라고 하는데……아."

갸웃하는 자칭 세실스에게 그 의문을 얼버무리려다가 깜빡 본명을 대고 말았다. '실수했다' 하고 얼굴이 해쓱해지지만, 때는 이미 늦었으니.

만약 왕선(王選) 후보인 에밀리아의 기사, 나츠키 스바루의 이름이 제국에 퍼졌더라면 『구신장』이란 높은 자리의 장군이 알고 있어도 이상하지 않다.

그래서 여장 상태에서는 『나츠미 슈바르츠』의 이름을 대며 부주의하게 자기 이름을 퍼트리지 않게 조심해 왔는데, 나빠진 머리가 치명적인 실수를 낳았다.

눈앞의 자칭 세실스, 그가 진짜 『푸른 뇌광』이라면——.

“호오, 나츠키 스바루라고요! 뭔가 혀 위를 부드럽게 굴러가는 신기한 어감이네요. 귀와 기억에 걸리는 좋은 이름…… 명배우의 조건이라고 할 수 있겠어요!”

“너 진짜 『푸른 뇌광』 맞아?”

“또 갑자기 의심하네요! 하지만 의심받는 일에는 익숙해져서 동요하지 않아요. 자주 듣는 말이라!”

한 톨도 위화감을 느끼지 못한 표정에 경계하는 것이 어처구니없어졌다. 그래서 한가운데 직구로 물어봤더니 자칭 세실스는 배꼽을 잡고 대폭소했다.

진짜라면 무례한 것이고, 가짜라면 사칭이니까 조금도 웃을 일이 아니지만——.

“제 입으로 진짜입니다! 하고 주장하는 거야 쉽지만, 그건 증명이 되지 않잖아요? 설령 제 비밀이나 이런저런 사정을 털어놓아도 그쪽은 아무것도 모르는 눈치고요.”

“그건…… 응, 맞는 말이야.”

“그렇다면 제 정체의 진위를 가지고 입씨름해 봤자 시간 낭비!

낭비는 싹둑 잘라내고 다음 화제! 그게 훨씬 건설적이에요. 저는 부수는 쪽 전문이지만요!"

어쩐지 기세와 말주변으로 구워삶는 느낌이지만 매섭게 숨 쉴 틈도 없이 말을 퍼부으면 반론할 틈이 없다. 게다가 극단적이지만 일리가 있는 주장이었다.

스바루에게는 진짜 『푸른 뇌광』을 분간할 방법이 없다. 그럴 단서도 없다. 그렇다면 자칭 세실스를 잠정 세실스로 해 둘 수밖에 없다.

그리되면 다음으로 자연히 의식이 쏠리는 곳은 자신이 처한 환경의 수수께끼였다.

"오르바르트 씨더러 되돌려 달라고 했을 텐데."

술래잡기에서 이긴 스바루는 약속대로 오르바르트에게 『유아화』를 해제받았을 터였다. 오르바르트가 뜻밖에도 깔끔하게 술법을 풀려던 것 또한 기억한다.

기억은 거기서 끊어졌다. ——무언가, 그것도 어마어마한 일이 일어난 것이다.

그렇기에 스바루는 여전히 작아진 몸으로 낯선 장소에서 이렇게 깨어나는 처지가 되었다.

"낡아빠진 침대와 금이 간 벽. 툭툭한 공기에, 수상쩍은 어린아이……."

주위에 보이는 것을 열거하자 왠지 모르게 어딘가의 감옥 같은 분위기라 기분이 우울해진다. 유일하게 그 추측에 맞지 않는 요소가 자칭 세실스의 존재일까.

『구신장』을 사칭한 죄로 감옥에 들어온 거라면 이해하지 못할 것도 없지만.

"저기 말이야, 셋시, 좀 물어봐도 돼?"

"셋시! 뭐죠, 그거, 혹시 저 말하는 거예요?"

"진짜인지 가짜인지 모르는 상대를 유명인의 이름으로 부르는 게 켕겨서……."

어디선가 진짜 세실스와 마주칠 경우를 대비하려는 생각은 없지만, 거짓인지 참인지 모를 잠정 플러스 자칭 세실스에게 내릴 타협점이었다.

"셋시, 셋시라고요……. 참 심오한 특별감! 돌이켜 보면 애칭으로 불리는 경험이 전혀 없어서 묘한 기분이 드네요, 최고!"

"그렇게 기뻐해 주니 나도 2초 만에 떠올린 보람이 있네."

안이한 호칭이라고 생각했는데 본인이 기뻐하니 그걸로 잘된 셈 치겠다.

"그래서 하던 말로 돌아가겠는데…… 여기는 카오스프레임이 아니지?"

"카오스프레임이라면 마도 말인가요. 네, 아예 딴 곳이에요. 오히려 제국 안이라면 딱 서쪽과 동쪽으로 정반대! 말했다시피 여기는 검노고도 기눈하이브예요."

"검노고도……."

기눈하이브, 라고 낯선 단어를 주워섬기던 스바루는 입술을 뒤틀었다.

지명은 몰라도 그 수식어에는 꺼림칙한 예감이 팍팍 들었다.

카오스프레임은 많은 아인족(亞人族)이 살고 있어서 『마도』라고 불렸지만, 기눈하이브의 경우에는──.

"──검노, 고도?"

검노라는 말의 이미지는 쉽게 떠오르며 들은 기억도 있었다.

분명히, 그렇다. 알이 이따금 투덜거린 적이 있던 단어였다. 어디선가 검노로서 죽을 고생하며 십여 년을 보냈었다고.

왼팔을 잃으면서도 가까스로 살아남아 도주했다는 이야기도 했었다.

"설, 마…… 그, 살육전을 한다는 섬?!"

"살육전이 아니라 '사투' 라고 부릅니다만, 대강 맞는 인식일걸요. 이야아, 또래가 오는 건 드문 일이라 저는 아주 큰 기대를! 하고 있어요."

"말도 안 돼! 그런 건…… 그런 건 뭔가 잘못됐어!"

가슴 앞에서 손뼉을 치며 흐뭇해하던 세실스가 스바루의 외침에 "어라." 하고 눈을 동그랗게 떴다.

하지만 그런 반응 쪽이 더 뜻밖이다. 검노── 노예끼리 죽고 죽이는 싸움을 구경거리로 삼는 섬이라니 뭔가 잘못된 것이 당연하다.

"그도 그럴 것이, 나는 깨어나기 전까지 카오스프레임에 있었다고!"

"그렇다 쳐도 지금은 이렇게 침대 위에 있으니까 말이죠. 그 주장을 인정하면 제 쪽이야말로 섬에서 마도까지 날아온 셈이 되고요."

"내가 영문 모를 섬에 있다고 할 거면 그 반대도 가능하잖아?!"

"어떨까요. ——그 답이라면 바로 가르쳐드릴 수 있겠는데요."

스바루가 현실과 기억이 연결되지 않아 혼란에 빠져 있는 와중에 세실스는 어조를 낮추며 말했다.

그 박력에 스바루의 한순간 기가 죽자 세실스는 웃으며 벽 쪽을, 방 밖과 연결된 쇠창살이 달린 창문을 손가락으로 가리켰다.

"아니야, 이런 건 이상해, 잘못됐어……!"

침대에서 내려온 스바루는 습한 바람이 들어오는 창문으로 달려갔다.

머리가 어지러우며 탈력감이 있지만 신경 쓰고 있을 겨를이 없다. 창백한 낯으로 창틀에 달라붙어 쇠창살을 잡고 자신의 몸을 들어 올리자 바깥 경치가 눈에 들어왔다.

그 스바루의 시야에 펼쳐진 것은——.

"——바, 다?"

"네, 호수예요. 크고 넓죠?"

멍하니 그렇게 뇌까린 스바루의 말을 포착한 세실스가 긍정하려 했다. 하지만 세실스의 긍정은 오류가 있다. 스바루는 '바다'라고 말했다. '호수' 라고 잘못 말한 것이 아니다.

그렇다. 세실스는 틀렸다. 그렇다면 바깥 경치도 틀렸을지도 모른다.

그런 건 자신의 희망에 불과하다는 것쯤이야 스바루도 알 만한 사항이었다.

"섬 주위는 전부 호수가 빙 두르고 있어요. 맞은편 기슭에 가려면 섬과 외부를 연결하는 도개교를 '올릴' 수밖에 없죠. 그야말로 천혜의 요새 혹은 감옥!"

창틀에서 주르륵 미끄러진 스바루가 바닥에 고개를 떨어뜨리고, 세실스의 언변은 신이 난 상태. 어째서 이 소년은 이렇게 절망적인 곳에서 즐거운 기색일 수 있는가.

어쩌면 세실스도 정신적으로 궁지에 몰려 자포자기한 것일 수도——.

"느껴지기 때문이에요, 서막의 끝이!"

그런 스바루의 매달리는 눈초리에 절망감이라곤 무관한 웃음과 함께 세실스가 호언했다.

이어서 그는 좁은 방 안을 빙글빙글 춤추듯이 돌고 돌고 돌며 말했다.

"가엾게도 도통 영문을 모름에도 검노의 섬에 보내져 피바람이 몰아치는 사투를 여럿 수행하는 저! 그런 저에게로 피 냄새와는 다른 예감을 띤 새바람이 불면, 이야기가 움직이지 않을 수가 없죠! 안 그래요, 새바람!"

스텝을 멈추고 스바루를 새바람이라 부르는 세실스. 그런 그의 주장, 논리를 전혀 이해할 수 없다. ——아니다. 이해할 수 없는 것이 아니라 하기 싫은 것이다.

이 주장과 태도, 틀림없다. 이 소년은 타고난, 심지어 중증의 '이야기 망상증'이다.

"그렇지 않으면 재미가 없어요! 주연 배우를 무대 옆에서 말려 죽이다니 멀쩡한 작가라면 얼토당토않은 모독이지 않겠습니까!

그렇게 생각하지 않나요, 슷바! 아니아니, 밧루? 밧루……."

세실스의 언변 끄트머리에서 갸우뚱하며 기세가 시들해지자 스바루는 눈썹을 모았다. 그리고 곧 그가 주춤한 대상이 스바루의 호칭임을 깨달았다.

자신이 '셋시' 라고 불렀으니까 스바루도 애칭으로 부르고 싶은 모양이다.

"영 느낌이 오지 않네요……. 뭔가 희망이라도 있어요?"

"호칭은 아무래도 좋아. 그보다 달리 사람은 없어? 셋시 말고 말이 통하는 사람이 있으면 고맙겠어."

세실스와의 대화에는 잡음이 너무 많아서 필요한 이야기에 당도하는 데에 시간이 지나치게 많이 든다.

솔직히 검노고도라는 이름이 붙은 섬에 정상적인 인간이 있을지 불안해서 못 견디겠지만, 여기서 계속 세실스식 이야기를 번역하며 지내는 것은 무리였다.

"말이 통하는 사람이라니 상당히 까다로운 조건을 들고 나오네요. 이 섬에서 전 꽤 경원당하는 처지라 대화에 어울려 주는 사람이 적어서요."

"그건 자기에게 문제가 있는 걸 인정하고 대처를 잘했으면 좋겠는데."

"굳이 말하자면 치유실의 치유자 노인장 정도일까요. 그 왜, 같이 호수에서 끌어올린 아가씨가 그쪽에서 쉬고 있으니까 사정이 좋을지도 모를걸요."

"아아…… 같이 있던 아가씨?"

들어 넘길 수 없는 이야기를 넘길 뻔했던 스바루는 세실스를 빤히 쳐다보았다. 그러자 세실스는 "네, 네." 하고 떳떳한 낯으로 끄덕였다.

"작은 여자아이랑 같이 있었어요. 호수를 헤엄쳐서 끝까지 건넌 것뿐만이 아니라 상대까지 확실히 구하다니 밧스에게는 실로 볼 만한 구석이…… 오! 이건 꽤 어감이 좋은데요?"

"그런 건 아무래도 좋아! 그보다 더 일찍 말을 해!"

자신과 같이 호수에서 끌어 올린 소녀. 주어진 정보에 스바루는 일어섰다.

이러고 있을 때가 아니다. 스바루와 함께 있던 조그만 여자아이, 그런 후보는 딱 한 명뿐.

마도 카오스프레임에서 스바루와 함께 지옥을 헤쳐 나온 존재——.

"——루이!"

3

"여기가 치유실이에요, 밧스."

지저분한 목제 문을 턱짓으로 가리키고 머리 뒤로 팔을 두른 진 세실스가 뒤돌아보았다.

어둡고 습한 공기가 감도는 통로를 한동안 걸은 끝에 나온 방이었다. 검노라는 신분치고는 감시도 없이 나돌아 다닐 수 있어 스바루는 김이 새는 느낌과 함께 문을 열어젖혔다.

"으……."

그 순간 안에서 넘쳐 나온 것은 비위생의 극치 같은 썩은 살과 피의 냄새였다.

그다지 넓지 않은 방 안, 일단 의무실의 역할을 위해서 침대가 몇 개쯤 있고 위생 관념이 사망했다는 증거가 되는 재활용 도구 및 대충 빤 붕대가 내던져져 있다.

"여기, 사람을 고치는 곳이지? 개조하는 곳은 아니지?"

"아하핫! 그거야 물론이죠. 그렇다곤 해도 치유자는 초짜고 도구는 불완전, 치유 마법 같이 귀중한 것은 있지도 않고, 살 수 있을지 여부는 그 사람의 운에 달렸을까요."

"그랬, 었지. 치유 마법은, 귀중하지……."

참담한 환경에 얼굴을 찌푸린 스바루는 세실스의 답변에 침을 삼켰다.

잊기 십상이지만, 볼라키아 제국에서 치유 마법은 아주 귀중한 자질이다. 그렇기 때문에 치유 마법을 쓸 수 있는 렘은 아주 귀중한 인재로 대우받았다.

렘의 신변 안전이라는 의미로는 장단점이 다 있는 환경이다. 소중한 대우를 받지만, 표적이 되는 것도 있을 만해서.

"자, 감동의 대면을 하죠."

"——윽, 루이."

생각이 딴 곳으로 향하려던 스바루를 다름 아닌 세실스가 방향 수정. 어깨를 두드린 그가 안쪽의 침대를 가리키자 스바루는 발걸음을 서둘렀다.

마음은 조급하지만 뭐라고 말을 건넬지는 결정한 바가 있었다. 처음으로 감사와, 그다음은 사과다. 홍유리성의 싸움은 루이가 없었으면 도저히 버틸 수 없었다.

그 두 가지를 전하고, 앞으로의 관계를——.

"——어?"

하지만 침대의 소녀에게 말을 걸려던 스바루는 아연히 멈춰 섰다.

심각하게 다쳤다거나, 그런 이야기가 아니다. 더 근본적인 문제다.

"루이가, 아니야……."

침대 위에 누워 있는 사람은 황갈색 머리카락을 어깨쯤에서 치고, 작은 몸에 기모노 내의인 하얀 쥬반을 입은 소녀였다.

언뜻 본 적이 없는 모습으로 느껴지지만 잊을 수 없는 특징이 머리에서 두 개 나 있었다.

그 출신을 누구나 한눈에 이해할 수 있는 두 개의 사슴뿔——.

"——타, 탄자?"

스바루와 함께 있던 소녀이며, 루이가 아니거니와 똑같이 작아진 미디엄조차 아니다. 당연하지만 국경을 뛰어넘어 나타난 베아트리스도 아니었다. 그곳에 있던 것은 마도 카오스프레임의 여주인, 요르나 미시구레의 충실한 시종인 그 탄자였다.

"어, 째서…… 어째서 이 아이가 여기에?"

"어라라? 혹시 제가 또 무슨 짓 저질렀나요?"

"얘기가 다르잖아! 나는, 여기에 루이가 있다고 들어서……."

"어이쿠쿠, 그건 아니죠. 저는 밧스랑 같이 섬에 오른 여자아이가 있다고 설명했잖아요. 그 아이가 밧스가 생각하던 아이랑 다른 거야 놀랐지만요."

상상과 다른 얼굴을 본 스바루가 무심코 따지고 들자 세실스가 정론으로 입을 막았다.

확실히 그의 말대로 동행한 소녀라는 말에 루이라 억측한 것은 스바루 쪽이다.

"그래도 이상해……. 왜 탄자가 나하고? 그리고 루이는 어떻게 된 거야."

혼란에 시달리면서도 스바루는 모습이 보이지 않는 루이가 어떻게 되었는지를 걱정했다.

그 정체를 밝힌 바람에 아벨과 알, 미디엄은 루이를 위험시하고 있다. 요르나는 루이를 지켜 줄지도 모르지만 그것도 정체를 모르기 때문이다.

루이가 대죄주교라고 알면 미디엄처럼 생각을 바꿀 수도 있다.

"그 사실을 아벨 녀석이 요르나 씨에게 숨길 이유가 없어……! 그쪽이 그 녀석에게 더 편해. 젠장! 렘이 있는 곳으로 데리고 돌아가야 하는데……."

루이의 존재는 기억이 없는 렘과 스바루를 연결하는 가늘고 허약한 실오라기였다.

무단으로 따라온 것은 루이라도, 스바루에게는 데리고 돌아가야만 하는 이유가 있었다. 무엇보다 스바루 내면에서도 루이를 어떻게 할지 확실하게 결론이 나지 않았다.

"그런데 루이하곤 따로 떨어지고, 이런 섬에나 있을 때가 아니야……!"

"섬을 나가시게요? 하지만 그러려면 넘어야 할 벽이 많아요. 제가 들은 이야기로는 여기서 탈주에 성공한 사람은 과거에 한 명밖에 없었다던데요."

"그럼 내가 두 번째 인물이 되겠어. 아니, 이 아이까지 합쳐서 세 명."

섬을 탈출하기로 목표를 정한 스바루는 침대 위의 탄자를 손가락으로 가리켰다. 스바루의 결의 표명에 세실스는 "어라." 하고 눈을 동그랗게 떴다.

"괜찮겠어요? 이 아이는 밧스가 기대하던 아이와 다르다고 하지 않았어요?"

"달랐어. 하지만 두고 갈 이유도 없잖아? 요르나 씨도 이 아이를 찾고 있을 거야."

애정이 깊으며 갓 만난 어린아이를 위해서도 조력을 아끼지 않던 요르나.

그녀가 없었으면 역시 오르바르트와의 술래잡기에 이기기란 불가능했다. 애당초 승부의 토대에 그 괴노인을 세울 수도 없었을 것이다.

그런 요르나에게로 탄자를 돌려보내는 것은 아주 자연스러운 보은이리라.

"의기 어린 결의와 대사는 훌륭하다 싶은데, 말했다시피 어려울걸요."

"들었어. 나가는 건 어렵다는 말이잖아. 하지만 배를 찾거나 아까 말한 도개교를 몰래 내리기라도 하면……."

"도개교는 '올라' 가요. 그것을 몰래 하는 것도 꽤 난관입니다만, 가장 큰 문제는 다리보다 주칙(呪則)이에요."

"주칙?"

의기에 찬물을 끼얹은 세실스. 그가 입에 올린 낯선 단어에 스바루가 주춤했다. 그 반응을 본 세실스는 과장스럽게 두 팔을 펼쳤다.

"저주의 규칙, 다시 말해『주칙』! 이 검노고도의 지배자가 선포한 아주 성가시고 강력한 속박이자 사슬! 깨트리면 죽음! 어기면 죽음! 저항하면 죽음! ――죽음의 저주!"

"뭐……?!"

"섬에 들어온 시점에서 검노라면 후보까지 포함해서 전원에게 주인(呪印)의 각인이 완료! 저도 밧스도 그쪽 아가씨도 예외가 아니죠. 그것이 이 섬에서 나갈 때 가장 큰 난관이에요."

세실스가 펼친 두 손을 가슴 앞에서 맞대며 경악스러운 사실을 고백했다.

말투가 가벼워서 진지함이 한 톨도 없지만 그 말을 거짓이라고 웃어넘기기에는 죽음의 저주라는 어감과 악질성이 제국의 이미지와 지나치게 합치했다.

"그럼, 그 저주가 있는 한 아무도 섬에서 나갈 수 없단 거야?"

"그렇고말고요. 그렇지 않으면 저도 일찌감치 섬에서 나갔죠. 마음만 먹으면 물 위도 달릴 수 있으니까요. 요령은 오른발이 빠지기 전에 왼발을 내미는 것인데…….”

“나, 나랑 탄자는 착오로 여기에 있는 거야! 그 저주를 풀어 주면…….”

“하하하, 재미있는 농담이네요! 착오든 실수든 오해든 새겨진 주인을 풀 일은 없어요. 그런 인상의 사람이 아녜요, 여기 책임자인 총독은!”

확신을 품고 어깨를 두드리는 손길에 스바루는 무심코 말문을 잃었다.

모르는 사이에 모르는 곳에, 별로 잘 모르는 아이와 함께 던져졌다. 그 모르는 곳에서 나가려고 하니, 모르는 상대가 건 모르는 저주 때문에 목숨이 위태롭다. 그런 사실을 잘 알지도 못하는 상대에게 들어서――.

“――윽, 맞아, 셋시! 너, 『구신장』이지?! 그렇다면 밖과 연락을 취할 수 있는 것 아니야?”

“구신장이 뭐죠?”

“왜 그런 소리가 나와!!”

달려든 희망이 즉시 짓밟히자 스바루는 그 자리에서 발을 동동 굴렀다.

물론 스바루에게도 잘못이 있다. 이 세실스를 *늑대 소년 취급하고 진짜 이름을 사칭하는 가짜라 치부한 것은 스바루 쪽이다.

그러고서 곤란해지자마자 손바닥을 뒤집어 도움을 요청하다니, 대단히 몰염치한 행위였다.

---

* 이솝 우화에 나오는 이야기 「늑대와 양치기 소년」의 주인공. 우리나라에서는 보통 '양치기 소년'으로 알려졌다.

“그래도 『푸른 뇌광』이란 이름을 댈 거라면 『구신장』을 알아야 말이 되잖아! 설정 고증이 어설프다는 수준이 아니거든?!”

“아— 아—! 못 들어 넘기겠네요! 한마디 하겠습니다만 설정이라는 것은 각본가가 준비하는 것이지 배우인 제가 고안하는 것이 아니거든요! 굳이 말하자면 그 『푸른 뇌광』 정도예요, 제가 자력으로 준비한 직함은!”

“자력으로 준비한 직함……?”

“그래요! 볼라키아의 『푸른 뇌광』 세실스 세그문트! 이 전율스러운 이명을 제국 전토에 떨쳐 누구나 저라는 주연 배우에 눈길이 빼앗긴다! 그 기개의 표명이죠!”

가슴을 편 단언에 스바루는 눈을 끔뻑이다가, 그 자리에 무릎을 꿇었다.

그런 스바루의 모습에 세실스는 “어라라? 왜 그래요~?” 하고 얼굴을 들여다보지만, 거기에 성실하게 대답할 기력은 시들어 버렸다.

“참고로, 셋시는 왜 이 섬에 있어?”

“그거 말인데요. 실은 저도 잘 모르겠어요. 정신이 들었더니 있었다는 느낌이라 뭔가 역할이 있다 싶은데요. 그 이야기상의 변화를 일으키는 게 밧스 아닌가요?”

“이 멍청이…….”

고개를 떨어뜨린 마음에 결정타가 꽂혀 이번에야말로 스바루는 완전히 침몰했다.

이 눈앞의 소년이 진짜인지 가짜인지 하는 문제는 결판이 났다.

아니 뻔히 알 만한 일이다. 가짜다. 설정을 조잡하게 짜는 가짜다.

급기야는 여기에 있는 이유를 모르겠다고, 스바루 일행과 같은 이유를 꺼내기까지.

"자기가 제국의 장군인 것도, 여기에 있는 이유도 모른다니 너무 말이 안 되잖아……."

당연하지만 볼라키아 최강인 『푸른 뇌광』의 이름과 별명은 널리 퍼졌을 것이다.

그리고 이 소년은 그 이름과 직함을 동경해서 '세실스 세그문트' 라고 자칭한 가짜. 늑대 소년도 완벽하게 되지 못한 가짜 늑대 소년—— 가짜 세실스 확정이다.

"그렇다면 아예 방금까지 하던 이야기도 전부 거짓말이라 칠 수 있으면……."

가짜 세실스가 병적인 거짓말쟁이라면 섬의 규정과 주칙이 전부 엉터리일 가능성. 스바루는 거기서 실낱 같은 희망을 찾아내려다가——.

"——이런 곳에 있었나, 세그문트."

"우와아?!"

다음 순간, 등 뒤에서 들린 굵직한 남자 목소리에 스바루는 펄쩍 뛰었다.

가짜 세실스도, 당연히 침대에서 자고 있는 탄자도 아닌 목소리. 그것이 들린 방 입구를 돌아본 스바루는 어마어마한 덩치를 발견하고 더욱 놀랐다.

"엄청, 커……!"

동물원에서 코끼리라도 보았을 때의 반응이지만, 이미지만 따지면 그와 가깝다.

키가 대단히 큰 남자였다. 아니, 위아래로만 큰 게 아니라 양옆으로도 크다. 몸 전부가 굵고 큼직해서, 목과 팔다리가 통나무처럼 굵직굵직하다.

허리의 벨트에 사슬을 찬, 스바루가 열 명 정도 들어갈 직한 검은 코트를 입은 거한.

2미터를 너끈히 넘는 신장, 어마어마하게 우락부락한 얼굴은 입에 다 들어가지 않는 송곳니가 삐져나왔으며 피부색도 청색인 등, 외모의 특징이 너무 많다.

이래도 아직 가장 눈에 띄는 특징을 언급하지 않은 것인데.

"예, 예, 안녕하세요, 구스타프 씨! 오늘 아침도 근사하게 차려입으셨네요! 몸가짐 구석구석까지 신경을 쓰는 것은 이름 있는 배역을 가진 배우로서 바른 태도! 다들 본받았으면 하는 마음가짐이에요!"

"아첨이라면 됐고, 망언이라면 삼가도록. 너 같은 존재는 사투에서 진가를 발휘해야 하며, 경고나 징벌의 대상이 되는 것을 본직(本職)은 바라지 않는다."

그렇게 말한 거한——구스타프라고 불린 인물이 경쾌한 가짜 세실스의 인사에 묵직하게 끄덕이고, 굵은 '네 개'의 팔로 팔짱을 끼고 있었다.

두 어깨에 두 개씩 달린, 합쳐서 네 개의 팔. 그것이 이 거한의 외견에서 가장 눈에 띄는 특징이다.

분명히, 다완족(多腕族)이라는 종족의 특정이라고 아는 할아버지에게 들은 기억이 있다.

아는, 할아버지——.

"으응…… 맞아, 빌헬름 씨지."

지인의 이름을 떠올리는 데에도 애를 먹자 스바루는 자신의 기억력에 불안감을 느꼈다.

가짜 세실스는 그런 스바루의 불안감도 아랑곳하지 않으며 구스타프에게 "이야아." 하고 웃음을 보냈다.

"배려에 몸 둘 바를 모르겠습니다. 구스타프 씨의 말씀대로 혹시 만약에 제가 죽는다 치면 그것은 전장이어야 하죠. 그 때문에 저의 행실을 넘어가 주셔서 아무리 감사해도 부족하겠어요!"

"그 행실을 고치기를 기대하겠다. 본직의 인내심도 무한하지 않다."

"네네, 왜 모르겠어요! 구스타프 씨의 충독 정신에 큰 감사를 보냅니다!"

실실대며 손을 맞대는 가짜 세실스의 태도에 구스타프가 말없이 가늘게 눈을 떴다.

안색을 읽기 어렵지만 아마 환영은 하지 않는 표정이다. 그래도 가짜 세실스 말고 대화가 통할 상대가 나타난 사실은 스바루에게 구원이었다.

"그래서, 그쪽 소년 말이다만."

"——아."

때마침 구스타프 쪽에서도 스바루에게 의식을 보냈다.

스바루는 어마어마한 높이에서 내려다보는 시선에 묘한 위압감을 느끼면서 자세를 바로 했다. 얼굴이 무섭다는 점만이 아니라 휘감은 분위기 자체가 그러게 만드는 인물이었다.

"세그문트, 이 소년이 눈을 뜨면 본직에게 데려오라고 지시했을 것이다. 어째서 따르지 않고 이 소년을 이 방에 안내했지?"

"그랬던가요? 죄송합니다, 건망증이 심해서."

"————."

"그리고 깨어나고 처음 보는 얼굴이 저인 거야 몰라도 다음이 구스타프 씨라면 밧스가 가엾죠. 우선 동행한 아가씨가 무사한지 확인해서 재회의 장면을 연출! 그러고 나서 섬의 중요 인물……. 그런 흐름이 이상적일까 했어요! 망했지만요!"

가짜 세실스는 지시를 어겼는데도 당당하게 일의 경위를 야단스럽게 설명했다.

실제로 루이라고 생각한 상대가 탄자였던 바람에 가짜 세실스의 계획은 실패한 셈일 것이다. 그 말을 듣는다 해도 구스타프의 기분은 풀리지 않겠지만.

아니나 다를까 구스타프는 그 설명에 두 오른팔로 이마와 미간을 주무르며 스바루를 쳐다보았다.

"소년, 너는 세그문트만큼 본직의 정신을 어지럽히지 않으리라 기대하고 싶다만?"

"그 기대에는 부응할 수 없지 않을까 싶어…… 싶어요. 나도 다른 사람 이야기가 듣고 싶던 와중에, 그것이 이 섬의 높은 사람이라면 최고, 예요."

"——예의를 갖춘다면 본직도 그에 부응해야겠지."

말씨를 조심하며 스바루가 더듬거리나마 뜻을 전하자 구스타프는 조용히 끄덕였다.

그것이 무엇을 의미하나 싶어 눈썹을 올린 스바루 앞에서 구스타프가 한 걸음 물러났다. 그리고 그는 네 팔 중 둘을 가슴에 짚고서——.

"본직은 신성 볼라키아 제국 제77대 황제이신 빈센트 볼라키아 황제 각하께서 이 섬의 관리를 임명하신 구스타프 모렐로다. 너에게는 자신의 이름과 소속을 밝히기를 기대하겠다."

정중하게 자신의 지위와 이름을 밝히며 스바루에게 고개를 숙였다.

언뜻 보면 외견은 험상궂고 분위기는 위압적이지만 말투 및 태도는 고요하고 부드럽다. 인상은 복슬복슬한 머리의, 그렇다. 지크르와 가깝다.

제국에서도 손꼽히는 멀쩡한 인재인 지크르와 가깝다는 말은——.

"마, 말이 통하는 어른이다——!!"

정상적인 인간에 굶주리던 스바루의 마음은 얼떨결에 그리 외칠 만큼 지쳐 있었다.

4

"——과연. 나츠키 슈바르츠, 그것이 네 이름인가."

얼떨결에 외친 것을 사과한 뒤, 스바루는 구스타프의 질문에 그리 대답했다.

한순간 본명과 가명 중 어느 쪽을 쓸지 고민하는 바람에 어정쩡한 이름이 되고 말았지만 순간적인 판단치고는 썩 괜찮다 싶다.

솔직히 구스타프에게 거짓말하는 것이 정답인지 오답인지는 모르겠다.

하지만 스바루의 본명이 퍼지는 것이 좋은 일이 아님은 확실하다. 늑대 소년 가짜 세실스는 회피 가능해도 어디 누군가가 루그니카 왕국의 사정에 밝은지는 모를 일이다.

스바루의 가명을 들은 가짜 세실스가 "어라~?" 하고 갸우뚱하고 있어도.

"세그문트의 저 반응은? 그리고 왜 그는 너를 밧스라 부르지?"

"셋시에겐 셋시의 논리가 있을 테죠. 확인해 보겠어요?"

"――그만두지. 본직은 현자가 아니지만 현명해지려는 마음가짐은 있다."

구스타프는 고개를 가로 젓고 스바루 입장에서도 현명한 판단을 내려 주었다.

이것을 가짜 세실스의 평소 행실 덕분이라 여기는 것은 부아가 치밀어서 스바루의 평소 행실이 좋은 셈 치기로 했다.

어쨌든――.

"이름을 답할 수 있고, 몸에도 이상이 없는 것처럼 보이는군. 치유자의 말에 따르면 체력 소모가 현저했다고 하던데, 자각은 있나."

"약간 지친 수준인가 싶네요. 구해 주셔서 고맙습니다."

"정정해 두겠다, 슈바르츠. 너희를 구조한 것은 본직이 아니라 거기 있는 세그문트다. 본직은 어디까지나 조건부로 너와 소녀의 수용을 승낙한 것에 불과하다."

"오, 옳거니."

논리 정연한 구스타프의 답변에 스바루는 횡설수설할 뻔했다.

하지만 담담한 그가 하는 이야기는 알기 쉬우며, 발언량과 정보량의 겸비가 가짜 세실스하고는 하늘과 땅 차이이다. 무엇보다 스바루의 몸 상태까지 염려해 주었다.

어쩌면 구스타프는 스바루와 탄자의 처지를 들으면 배려해 줄지도 모른다.

"구스타프 씨, 저랑 이…… 탄자라는 아이 말인데, 무슨 착오로 이 섬에 온 것 같아요."

"무슨 착오라면?"

"――! 그, 그것이 무엇인지는 모르겠어요. 다만 저희는 더 먼 곳…… 카오스프레임이라면 알죠? 그 도시에 있었을 거예요!"

귀 기울여 주는 반응에 스바루는 앞으로 몸을 기울이며 사정을 털어놓았다.

가짜 세실스는 이 섬과 마도가 제국 서쪽과 동쪽 정반대에 있다고 했다. 상식인이라면 그것만으로도 스바루와 탄자가 비상사태에 말려들었음을 이해해 줄 것이다.

가짜 세실스는 텄어도, 멀쩡한 어른인 구스타프라면.

"도움받아 놓고 뻔뻔하게 말하는 건 알아요! 하지만 동료도 우리를 걱정해서 찾고 있을 테니까, 가능하면 바로 무사하다고 알리러 합류하고 싶어요!"

어째서 여기에 있는지 모르겠다며 가짜 세실스를 몰아붙일 입장이 아니다. 하지만 탄자를 데리고 카오스프레임으로 기필코 돌아가야 한다.

떨어진 동료들과, 탄자와 생이별해서 걱정하고 있을 요르나에게로.

"그러니까, 저는 1초라도 빨리 이 섬에서——."

"네 사정과 주장은 파악했다, 슈바르츠."

앞으로 쏠린 얼굴 앞을 큼직한 손바닥이 막자 스바루는 "으." 하고 말이 막혔다. 그렇게 스바루의 입을 막은 구스타프는 남은 세 개의 손으로 자신의 이마와 턱을 쉶었다.

"방금 한 본직의 말을 기억하고 있겠지? 너를 구조한 것은 세그문트이며, 본직이 너와 소녀의 상륙을 허가한 것은 조건부였다고."

"그건…… 네, 기억, 하는데요……."

거듭한 설명에 스바루는 '조건' 이라는 단어가 머리에서 빠져 있었음을 깨달았다. 확실히 구스타프는 조건부로 허가했다고 설명했었다.

그러면 조건이란 무엇일까. 스바루와 탄자가 섬에 오르게 하는 조건이란.

"슈바르츠, 너에게는 적절한 판단력이 있고, 답변하는 데 불편이 없는 사고력이 있으며, 본직에게 경어를 쓸 수 있는 교양이 있고, 치유자의 진단으로 건강한 몸이라는 평가가 떨어졌으며, 너 자신의 체력 이외의 불안은 없다는 자기 신고가 있다. 이견은?"

"한꺼번에 말하면 어지럽긴 한데요……. 아마 이견은 없어요."

"아마, 라는 말은 다소 불확실한 의견이군. 있나, 없나, 한쪽뿐이지 않나?"

"——이견은, 없습니다."

엄격한 구스타프의 눈초리가 스바루에게 어중간한 대답을 허락하지 않았다.

"————."

그의 안색도 어조도 전혀 변한 것이 없다. 그런데 방금까지 믿음직한 어른 같던 구스타프가 갑자기 무시무시한 석상으로 변한 것처럼 느껴졌다.

말도 기도도 통하지 않는, 아주 무시무시하며 무기질적인 존재로.

석상으로 화한 구스타프 앞에서 스바루의 가슴에 불길한 예감이 치솟고——.

"——슈바르츠, 너에게 『스파르카』에 참가하기를 명령한다."

"————."

들은 적 없는 단어, 『주칙』에 잇따르는 그 말에 스바루는 곤혹스러워졌다.

참가라고 하는 이상 그 『스파르카』라는 것은 무슨 이벤트 같은 것일까. 이 검노고도에서 열리는 이벤트—— 최악의 가능성이 머리에 스쳤다.

“기다려 줘요, 구스타프 씨! 왜, 왜 그 『스파르카』에 나가야만 하는데?! 저희는 제 발로 이 섬에 온 게 아니라고요!”

“포로에 노예, 범죄자…… 이 기눈하이브에 상륙하는 자의 사정은 다양하지만, 본인이 원해서 찾아오는 자는 거의 없다. 그리고 본직의 역할은 이 무법자가 모인 검노고도에 질서를 유지하고 황제 각하의 바람을 최선을 다해 이루는 것뿐.”

“화, 황제의 바람이라면…….”

“——이 검노고도를, 제국에서 가장 의미 있는 피가 흐르는 장소로 다시 만드는 것.”

그것은 스바루의 피가 얼어붙었다 착각할 만큼 차갑고 메마른 선언이었다.

구스타프의 인상 변화를 석상으로 바뀌었다고 표현한 것은 틀린 말이 아니었다. 구스타프의 태도는 피가 흐르는 것 같지 않은 돌 인형의 태도였다.

그 인상 변화에 숨을 집어삼킨 스바루를 구스타프의 나지막한 목소리가 “슈바르츠.” 하고 불렀다.

“황제 각하, 라고 불러라. 첫 번째는 경고, 두 번째는 징벌이다.”

“으…….”

“그리고 이것도 정정해 두겠지만 본직은 요청한 것이 아니다. 명령한 것이지. 이 섬에 있는 한, 본직의 지시에 거역한다면 그에 따른 벌을 각오하라.”

벌이라는 말은 완곡한 표현일까. 스바루에게는 거역하면 목숨으로 대가를 치르라는 말로만 들렸다.

설령 어린아이가 상대라도 피도 눈물도 없는 대우를 당당히 할 수 있는 인물——. 그것이 스바루가 떠올린, 구스타프라는 존재에 대한 최종 평가였다.

"볼라키아 제국, 진짜 싫다."

"의도는 불명이지만 그 악담은 용서하지. 모든 언론을 막으면 불만이 쌓인다. 거대한 우행의 싹이란 불만을 텃밭 삼고 반감을 물로 삼아 자라기 마련이지."

느릿느릿 고개를 가로저은 구스타프의 뒤쪽 두 팔이 스바루의 어깨를 잡았다.

스바루의 머리도 거뜬히 움켜잡을 만한 손바닥은 몸을 뒤틀어도 꿈쩍하지 않았다. 차라리 억지로 저항해서 섬에서 도망치는 것조차 고려했지만——.

"그 수는 추천하지 않아요, 밧스. 아마 더 끔찍한 꼴을 당하고 끝난다는 시시한 결말만 기다리겠죠. 노파심이 아니라, 일이 지루해질까 봐서 하는 조언이지만요."

"심정 표명 고마워. 뒈져 버려, 셋시."

"와아, 일단 이래 봬도 밧스의 목숨이 막다른 곳에 이르지 않게 돕고 있는데~."

그렇게 입술을 뒤튼 가짜 세실스가 입구를 막고 있으니 스바루는 마지막 저항력을 빼앗겼다.

결국 가짜 세실스는 적인지 아군인지, 어느 쪽이든 간에 속수무책인 것은 똑같다. 스바루가 『스파르카』라는 변변치 못한 이벤트에 강제 참가하는 것도.

"자격을 증명하라. 그것을 달성하면 본직의 권한으로 너를 검노로서 맞아들이겠다."

"그거, 최고네……."

잘 풀려도 노예가 되고, 잘 풀리지 않으면 저승행일까.

작아진 뒤로 한 번도 좋은 일이 없다 같은 소극적인 표현은 하지 않겠다.

――볼라키아 제국에 온 뒤로, 좋은 일은 한 번도 일어나지 않았으니까.

5

"――지금부터 제군이 이 섬의 검노가 되기 위한 자격이 있는지 시험토록 하겠다."

잠자는 탄자를 치유실에 남기고 스바루가 끌려간 곳은 컴컴하고 칙칙한 방이었다.

방의 인상을 대강 말하자면 탈의실이나 대기실이라는 이미지일까. 단, 로커나 벤치도 비치되지 않았으며 있는 것은 스바루 외의 남자들 네 명.

그 중 한 명이 다부진 네 개의 팔로 팔짱을 끼고 처음에 발언한 구스타프다.

구스타프 말고 다른 사람은 지저분한 넝마를 걸친 회색 비늘의 석척인, 벗은 상반신이나 머리카락을 깎은 민머리까지 곳곳에 문신을 새긴 험상궂은 사내, 그리고 적갈색 머리카락을 길게 기른 특징 없는 남자.

그들 셋이 구스타프가 보기에 스바루와 같은 입장에 있는 인물들인 모양이다. 하지만 아무래도 그들이 보기에는 또 다른 의견이 있는 것 같았다.

"잠깐, 구스타프 총독! 진심으로 이 어린애를 넣어서 『스파르카』를 시작할 셈이야?!"

"자, 장난치지 마! 이쪽은 목숨이 달렸다고! 꼬마 같은 걸 어디다 쓰란 거야!"

"검투를 잔혹한 구경거리로 삼지 않는다……. 그것이 당신의 방침이라고 들었는데……?"

마지막으로 합류한 스바루를 본 세 사람이 저마다 불만을 호소했다.

확실한 사정은 몰라도 그들이 품은 불만의 원인은 전부 스바루의 존재 같다. 그들의 기대를 스바루가 배신해서 그 불만이 구스타프에게 쏟아지고 있다.

"총독, 납득이 가는 설명을 해 줘야겠어! 애초에 만약 그 어린애를 집어넣는다 해도 인원 부족이야. 『합(合)』은 5인 1조, 설명은 그랬을 텐데!"

"맞아, 맞아! 얘기가 다르다면 나는……."

"――침묵하라. 본직의 말을 막는다면, 그것은 황제 각하의 뜻을 막는 것과 마찬가지다."

나지막하고 묵직한 한마디가 적갈색 머리와 석척인의 말을 짓뭉갰다.
구스타프의 안색도, 음색도 처음과 전혀 변함이 없다. 그런데도 나온 말이 가진 의미의 무게가 현격히 달라서 남자들의 불만을 정면으로 때려잡은 것이다.
"앞서 전달했다시피 지금부터 제군의 『스파르카』를 개시한다. 관객석에는 섬 안의 검노가 들어오며 외부 방문객은 없다. 하지만 거행되는 의식의 의의는 일절 퇴색하지 않은 줄 알도록."
"의식의, 의의……."
"사담은 삼가라, 슈바르츠. 그러나 그 의문에는 회답하지. 이 섬에서 거행되는 『스파르카』는, 제국의 동쪽 땅에 존재하는 밀림 부족의 의식을 참고로 한 것이다. 그 의식을 『혈명의 의식』이라 부르며, 그 인물의 긍지와 기량이 기준에 닿는지 확인하는 의미가 있지."
"――――."
눌변으로 펼쳐지는 구스타프의 설명에 스바루는 대차게 싫은 표정을 지었다.
빽빽한 기억의 서랍에서 완전히 같은 단어를 들은 감각이 있다. 설마 오리지널 의식에 참가한 뒤에 그 후속 의식에도 강제 참가한다는 말인가.
서로의 건투를 맹세하고 헤어진 슈드라크의, 아마조네스들의 야만스러운 웃음이 눈에 선하다.
그런데 『혈명의 의식』이라고 하면――.
"설마, 우리끼리 싸우라 시킬 생각은……."

"핫! 진짜로 아무것도 모르나 보군. 그렇다면 너 같은 약해빠진 꼬마를 끼워 줬으니 우리가 좋아하겠지!"

떠오른 생각을 입에 담자마자 석척인이 요란하게 반박했다. 그래서 직전에 본 셋의 반응을 따라 짚어 보니, 그들이 품은 불안의 원인은 전력 외인 스바루——.

"설마, 우리 모두가 뭔가랑 싸워야 해……?"

"영리하군, 애송이……. 덤으로 말하자면 나는 성질이 급하다……. 조금 조용히 있어라……."

박력 있는 목소리로 상냥하게 칭찬하는 대신 으름장을 놓는 문신 남자. 적갈색 머리만이 여기서 스바루를 탓하지 않았지만, 그도 전력이 안 되는 스바루를 저주하고 있는 사람이다.

일단 팀플레이는 최악의 스타트 지점으로 결정 났다……는 넉살을 떨 여유도 없다.

세 사람과 협력해서 뭔지 모를 대상과 싸워서 승리해야 한다.

"방금 질문에 대답을 듣지 못했다. 이 어린애가 네 명째라고 해도, 다섯 명째가 없는 것은 똑같아. 우리의 『합』에 들어올 마지막 한 명은."

"제군의 『합』, 그 다섯 명째는 치유실에서 자고 있다. 그자가 깨어나지 않는 이상, 『스파르카』에는 이 자리의 넷이서 도전해야 한다."

"시, 실성했군……!"

"황제 각하의 뜻에 따르는 데 필요하다면, 실성하는 것도 직무에 속한다."

마치 바위나 강철 같은 구스타프의 충성심에 적갈색 머리는 그 이상의 반론을 포기했다. 대신에 그는 스바루 쪽으로 적의를 돌리고 "너 이 자식." 하고 말을 걸었다.

"보아하니 그냥 궁상맞은 어린애 같은데, 뭘 할 줄 알지? 특기는? 마법은? 뭔가 쓸 만한 장점을 가진 것 없어?"

"쓰, 쓸 만한 특기라 해도……."

대뜸 퍼붓는 질문에 스바루는 눈알을 굴리며 필사적으로 생각했다.

아쉽게도 애용하는 채찍은 카오스프레임에서 떨어뜨린 눈치다. 귀여운 베아트리스가 없으면 마법도 쓸 수 없고, 그 이외의 잔기술도 작아진 몸으로는 멀쩡히 써먹지 못한다.

"맙소사……. 진짜로 그냥 어린애냐."

말을 잇지 못하며 머뭇대는 스바루의 모습에 적갈색 머리가 이마에 손을 짚으며 한탄했다.

"히, 히히, 꼬마가 있는 데다가 인원도 부족해. 끝이다, 끝! 끝장—이—야—!"

"소리 지르지 마라, 도마뱀 자식……. 나를 화나게 했다가 죽고 싶나……?"

"아앙? 안 들리네! 목소리가 쥐꼬리만 하다고, 해골 낯짝아!"

정신적으로 내몰려서 감정적이 된 석척인과 문신 남자가 대놓고 눈싸움을 벌였다. 곧바로 드잡이질을 시작할 듯한 둘의 서슬에 적갈색 머리가 허둥지둥 끼어들었다.

"기다려! 우리끼리 다퉈서 어쩌게! 막막한 기분은 알겠지만 내 얘기를 들어 봐! 나는 이전에 전사였어! 싸울 때도 내 지시에 따르면…….”

“시끄러! 전사였다고? 그럼 왜 이딴 곳에 있어! 져서 포로나 노예라도 된 거잖아! 재수가 없으려니 돌팔이 자식이!”

“자기 목숨을 남에게 맡길 수 있겠나……. 나는 누구 명령도 듣지 않는다…….”

“이, 이 자식들……!!”

그러나 적갈색 머리의 설득은 역효과를 불러 드잡이질을 벌이는 것이 둘에서 셋이 되었을 뿐.

이다음에 기다리는 『스파르카』를 앞두고 좋은 징후라고는 절대로 못한다.

“구, 구스타프 씨…….”

“슈바르츠, 본직이 덧붙일 사항은 없다. 본직의 의도는 이미 전한 바대로다. 이 검노고도에서 흐르는 피는 단 한 방울이라도 제국의 번영을 위해 쓰겠다.”

“여기서, 저 세 사람이 치고받아서 흐르는 피도?”

“단 한 방울이라도 말이다.”

이 어린 몸으로는 옥신각신하는 세 사람을 말리는 것에 무리가 있다.

도움을 청하는 스바루의 말에 대한 구스타프의 답변은 완전히 수수께끼로밖에 들리지 않았다.

그리고——.

6

——네 사람의 관계가 최악인 채로, 이야기는 첫머리의 『스파르카』 개시에 다다른다.

"검투장……!"

높은 벽이 빙 주위를 둘러싼 원형 필드. 그것이 검노가 싸우는 검투장이다.

벽 너머에는 계단형의 관객석이 있으며, 야구 경기장 같은 분위기로 검노의 사투를 즐길 수 있는 개 같은 시스템이었다.

만석이라고 할 정도는 아니지만, 객석을 채우고 있는 것은 구스타프도 말했듯이 섬의 검노다.

그 객석 가장 앞줄에, 치유실에서 매정하게도 따로 행동하게 된 가짜 세실스를 발견했다. 웃으며 손을 흔드는 그에게 스바루는 예의 바르게 가운뎃손가락을 세웠다.

하지만 그런 사소한 일에 매달릴 여유는 '적' 이 등장하자 눈 깜짝할 새에 사라졌다.

"————."

특등석에 선 구스타프의 발아래 어두운 통로로부터 검은 마수가 천천히 걸어 나왔다.

사자머리를 가진 그 마수는 전에 땋은 머리 아이가 화재가 난 저택에 데려온 것과 같은 종류였다. 스바루의 채찍 재료가 된 마수인데, 이름은 바로 떠오르지 않았다.

"사, 사자……?"

"크허엉——!!"

스바루의 부름을 부정하는 것처럼 마수, 아니 검투수 사자가 포효했다.

구스타프보다 더욱 큰 괴물과 싸우게 되다니, 이미 악몽이었다. 스바루는 이 섬에서, 제국에 온 뒤로, 내내 악몽만 꾸고 있는 기분이었다.

"저것을 해치우지 못하면 우리는 살 수 없어."

떨기 시작한 스바루 옆에서 사자를 노려보는 적갈색 머리 남자가 말했다.

그렇다. 그런 것이다. 스바루는 지금부터 이 세 사람과 힘을 합쳐서 저 사자를 해치워야 한다. ——승산이 어디에 있는지.

"젠장, 빌어먹을! 왜 내가 이런 꼴을……!"

"푸념은 적당히 그만둬! 살아남기 위해서 전력을 다해! 저것을 봐라!"

"아앙?"

적갈색 머리가 이 세상의 종말처럼 한탄하던 석척인의 어깨를 두드리고 검투장 끝자락—— 사자 맞은편에 선 스바루 일행 쪽이 보기에 딱 회장 좌우 양 끝단을 손가락으로 가리켰다.

오른쪽과 왼쪽, 각각의 지면에 꽂혀 있는 사물. 그것은——.

"저건, 검인가……?"

"내, 내게도 그렇게 보여……!"

문신 남자의 중얼거림에 스바루가 동의하자 희번덕거리며 차갑게 노려보았다. 하지만 아군과 사이좋게 상호이해를 나누지 못해도 보이는 것이 연기처럼 사라지지는 않는다.

검투장 끝단에 꽂힌 것은 분명히 두 자루의 검이었다.

"무기도 주지 않고 그냥 무턱대고 검투수의 먹이로 삼는다는 구경거리는 꾸미지 않겠지. 우선 무기 확보가 최우선……. 단, 쓸 수 있는 건 오른쪽 검뿐이야."

"그렇겠지……."

적갈색 머리의 의견에 문신 남자가 동의하자 화풀이당하고 싶지 않은 스바루는 입 다문 채로 끄덕였다.

오른쪽의 검밖에 쓸 수 없다는 적갈색 머리의 생각, 그 이유는 심플하게 두 자루의 검이 크기에서 차이가 나기 때문이다. 오른쪽 검은 작지만, 왼쪽 검은 예컨대 구스타프용인가 싶을 만큼 크다.

작은 스바루는 물론, 어른 체격인 세 사람도 도저히 다룰 만한 물건이 아니다.

"저만한 크기의 검투수야. 무기를 손에 넣으면 표적은 눈이나 입이 되겠지. 머릿속을 검으로 헤집어서 놈을 해치운다. 그것이 우리에게 유일한 승리의 길이야."

"너, 검은 쓸 수 있나……?"

"말했잖아. 나는 전사였어. 네놈들보다 훨씬 잘 쓸 수 있다."

문신 남자의 질문에 그리 대답한 적갈색 머리는 이어서 스바루와 석척인을 돌아보았다.

"내가 저 검을 확보하지. 그사이, 무방비해진 나에게 저 검투수가 접근하게 두지 마."

"저기, 접근하게 두지 말라니 어떻게?"

"그 정도는 스스로 생각해! 입으로든 발로든 소리를 내서 주의를 끈다거나, 방법은 많잖아!"

"아, 알았어……."

어린 나이를 따지고 봐줄 여유는 없다며 적갈색 머리가 호통치자 스바루는 움츠러들었다.

완전히 적갈색 머리의 실력에 의존하는 작전이지만, 다른 의견이 떠오르는 것이 아니다. 지금은 그 자신감을 믿고 사자를 물리치기 위해서 협력하는 것이 정답이리라.

어서 이 무시무시한 『스파르카』를 끝내고 섬에서 나갈 방법을 찾아야 한다.

스바루가 그렇게 이빨 빠진 각오를 다진 것과 거의 동시였다.

"——『스파르카』를 개시한다!!"

굵고 거친 호령을 날린 구스타프, 그 발아래에서 사자가 자세를 낮추었다.

언제든 달릴 수 있는 짐승의 위압감에 압도되면서 스바루는 적갈색 머리의 작전대로 사자를 유인하기 위한 큰소리를 지르려 숨을 들이마시고——.

"끄아아악?!"

그 숨을 소리로 바꾸기도 전에 비명을 지른 적갈색 머리가 땅바닥을 구르고 있었다.

사자의 보이지 않는 공격, 이 아니다. 사자는 아무 짓도 하지 않았다. 무슨 짓을 한 것은 적갈색 머리 옆에서 뛰쳐나간 문신 남자

── 그가 빈틈투성이인 적갈색 머리를 발로 차 쓰러뜨린 것이다.

"말했을 텐데……. 나는 남에게 목숨을 맡길 생각이 없다……!"

쓰러진 적갈색 머리를 흘긋 본 문신 남자는 그리 말하고 자기가 검을 잡으러 달려갔다. 난데없는 배신에 기선이 꺾인 스바루는 어떡해야 될지 혼란에 빠졌다.

"나, 나는 사양하겠어! 죽을, 죽을까 보냐아!"

"잠깐?!"

그 혼란에 박차를 가하듯이 목소리를 뒤집은 석척인이 뒤돌아서 달아났다. 검투장 뒤쪽 벽에 달라붙은 그는 거기서 자신의 특수한 능력을 발휘했다.

천천히 비늘색이 바뀌며 벽 및 풍경과 동화해 모습이 보이지 않게 된 것이다.

한 명은 동료의 뒤통수를 치고, 한 명은 동료를 버리고, 한 명은 동료에게 배신당하고, 그리고 마지막 한 명은 동료들의 이기적인 행동에 우왕좌왕할 뿐.

『스파르카』는 이보다 더할 수 없이 최악의 스타트를 끊었다.

"이대로는……."

눈 깜짝할 새에 적의 먹잇감이라고, 스바루는 해쓱한 낯으로 사자 쪽을 돌아보았다.

이렇게 일체감이 빵점인 집단을 보고, 사자는 어떤 인상을 품을까. 지금쯤 어느 얼간이의 엉덩이부터 깨물지 입술을 핥고 있는 것이──.

"어?"

그러나 스바루의 예상과 정반대로 사자는 처음 위치에서 움직이지 않았다.

사자는 몸을 쏠린 자세를 유지하며 마치 구스타프의 호령이 들리지 않은 것처럼 검투장을 가만히 붉은 눈으로 주시하고 있었다.

싸움은 이제 막 시작한 참이라고, 스바루 일행을 바보 취급하고 있는가.

아니면 사자 입장에서는 아직 시작도 하지 않았는가——.

"——아."

"잡았다……! 이것만 있으면……."

스바루의 머리에 최악의 가능성이 스치고, 동시에 문신 남자가 검에 도착했다.

동료의 뒤통수를 친 문신 남자가 검을 거머쥐고 힘차게 지면에서 뽑았다. 손바닥에 느껴지는 차가운 감촉과 무게는 험악하기만 하던 문신 남자의 얼굴에 웃음이 서리게 했다.

"크르르————."

다음 순간, 덮쳐든 사자의 앞발이 문신 남자의 웃는 얼굴을 가차 없이 날려 버렸다.

날카로운 발톱이 문신 남자의 목 위를 지워 버린다. "히." 하고 얼어붙은 스바루의 시야에서 죽었음을 늦게 깨달은 몸이 픽픽 피를 뿜으며 천천히 고꾸라졌다.

"————."

스바루는 후들후들 떨리는 무릎과 함께 자신의 멍청함을 무한히 욕했다.

잘 보면 뻔히 알 일이다. 저 사자는 검을 잡기 전까지 움직이려고 하지 않았다. 진짜 개시 선언은, 문신 남자가 저 검을 잡은 순간 떨어진 것이다.

검을 잡기 전까지 대화를 나눌 수 있었다. 스바루 일행은 배신하고 겁먹느라 그 이점을 날린 것이다.

"크허엉————!!"

검이 땅에 떨어지는 딱딱한 소리가 울리더니 포효하는 사자가 사납게 달리기 시작했다.

이미 시작된 이상 봐주는 법이 없다. 떨고 있는 어린아이와 쓰러진 남자, 그 두 사람을 그냥 무시하며 사자가 돌진한다. ——회장의, 뒤쪽 벽에.

"그만, 그만그만그만그만, 오지마오지마오지마아아아!!"

시력이나 후각, 청각일까. 사자가 벽으로 둔갑한 석척인을 찾아낸 방법은.

하지만 어느 것이든 결과는 동일하다. 접근하는 사자에게 겁을 집어먹은 석척인은 벽으로 둔갑한 채로 달아나려고 했다. 벽 위의 풍경이 부자연스러운 인간 형태로 어긋났다.

사자의 거체가 부자연스러운 인간 형태를 벽째로 짓뭉개고 피의 도장이 찍혔다.

"꾸엑." 하고 꼴사나운 비명이 들린 것을 끝으로 석척인이 죽었음을 알 수 있다. 죽어서 의태가 풀렸지만 이미 원래 모습이 아니다. 그런 식으로 죽었다.

"무슨 이렇게…… 무슨 이렇게, 멍청한 짓을."

비로소 몸을 일으킨 적갈색 머리가 죽은 두 사람을 보면서 멍하니 중얼거렸다.

이 사람만큼은 죽은 두 사람과도 힘을 합치려고 했었다. 살아남기 위한 작전을 궁리하고 위험한 역할을 도맡으려고 했다. 그런데 배신당하고 버림받아 이 상태다.

어른 둘이 죽고, 남은 마지막 어린아이와 함께 이길 가망이 있을까.

"내 뒤에 있어……."

없다. 그것이 적갈색 머리의 결론이고, 그 지시가 그의 마지막 오기였다.

무기도 동료도 없으며, 작전도 실패한 적갈색 머리 남자는 마지막으로 고결해지려 결심했다. 어린아이인 스바루를 뒤에 감싸고 사자와 마주한 것이 그 증거다.

"으, 으윽……."

정말로, 이제 아무것도 가능한 일이 없느냐고 스바루는 신음하는 자신이 한심스러웠다.

속수무책의 막다른 골목, 여기에 믿음직한 동료 중 누가 있었으면 상황이 달라졌을까.

루이가, 미디엄이, 플롭이, 타리타가, 알이, 미젤다가, 홀리가, 쿠나가, 우타카타가, 지크르가, 아벨이, 렘이——.

"——어?"

우는소리 같은 자문자답이 갑자기 중단되자 스바루는 아연실색했다.

눈앞에 돌진해오는 사자의 무시무시한 얼굴, 그리고 등이 떠밀린 감각.

그렇다. 스바루의 등이 떠밀렸다. ――적갈색 머리의 손에.

"싫어, 죽고 싶지, 죽고 싶지 않아――!"

적갈색 머리는 한심한 낯짝으로 비명을 지르며 스바루를 사자 앞으로 떠밀었다.

"크르릉――――."

비명이나 원망의 말이 나올 여유도 없이 스바루의 몸은 높이, 아주 높이 튕겨 올라갔다. 세게 친 탁구공처럼 무지막지하게 바람에 시달리며 날아간다.

"――――."

어쩌면 이리도 나약한 몸이 있을까.

사자의 몸통박치기 한 방에 스바루의 몸은 산산조각 났다. 목이나 팔다리가 날아간 것이 아니다. 하지만 내용물은 죄다 산산조각 나서 가루가 됐다.

뼈도 내장도, 전부 트럭이 치인 것처럼 부서져서 산산조각 났다.

"살려 줘! 말이 헛나온 거야! 거짓말이었다고! 전사란 건 순 거짓말이야! 살아남고 싶어서 포장했을 뿐이야! 내보내 줘! 내보내 달라고오오!"

팽글팽글 공중을 날고 있는 스바루 아래에서 적갈색 머리가 벽에 달라붙어 울부짖었다. 그가 필사적으로 호소하는 대상은 특등석에서 싸움을 바라보는 구스타프였다.

다 큰 어른이 콧물을 흘리며 외쳐도 구스타프의 표정은 꿈쩍도

하지 않았다.

"살려——."

그 적갈색 머리의 우는소리가 내려찍힌 사자의 앞발에 찌부러졌다. 세로로 10분의 1 정도 사이즈가 된 적갈색 머리도 싱겁게 죽었다.

문신 남자도, 석척인도, 적갈색 머리도, 모두 다 눈 깜짝할 새에 사자에게 살해당했다.

"——스, 밧스, 들리나요?"

문득 시끄러운 귀울림 중에 말소리가 들려서 뻗어 있던 스바루가 고개를 움직였다.

그제야 비로소 날아갔던 자신이 어느 틈에 땅바닥을 구르고 있었음을 깨달았다. 이제 와서 깨달아 봤자 다리도 부러져서 방법이 없지만.

다만 말소리가 위쪽에서 들려서, 벽 위에서 나온 목소리임을 알 수 있었다.

땅바닥을 구르는 스바루를 내려다보는 이는 밉살맞은 표정의 파란 머리 소년——.

"죄송한데 제가 잘못 봤나 봐요. 할 수 있을 줄 알았는데 역시 아버지처럼은 못하네요. 저한테 사람을 보는 눈은 없는 것 같아요!"

"아, 아……."

"일단 데려온 아가씨가 깨면 전해 두고 싶은 말은 없어요? 그 정도의 전언은 하는 것이 도리에 맞을까 싶으니 이 기회에 꼭!"

빈사 중에 신음하는 스바루 앞에서도 전혀 태도가 변함이 없는 가짜 세실스.

생각해 보면 깨어난 직후도 치유실에서도 이런 식이고, 스바루가 당장에라도 숨이 끊어지기 직전인데도 그 태도는 조금도 변함이 없었다.

도무지 정상적이지 않은 그 사생관에 늑대 소년이라 간주했던 가짜 세실스가 조금 진짜처럼 느껴졌다.

그렇다면 그는 이 볼라키아 제국에서 지위가 높고 강한 장군인 셈이니.

"——어."

"네? 뭐라고요? 마지막이니 큰 소리로 부탁해요, 밧스! 전언이 틀리면 아무리 후회해도 모자랄 테고 연출상으로도 문제다 싶으니!"

"진짜, 싫, 어……."

"————."

귀에 손을 짚고서 스바루의 목소리를 똑똑히 들으려 하는 가짜 세실스에게 내뱉었다.

이 제국의 장군과 같은 이름을 대는 소년에게, 죽어 가는 스바루의 진심에서 우러나온 마음을.

눈썹을 세우고 살짝 놀란 표정의 밉살맞은 이 나라의 망할 꼬마에게——.

"제국, 따위, 진짜, 싫어."

"——네, 네, 분명히 들었습니다. 확실하게 기억해서 전해 둘게요, 밧스."

"————."

——너도 포함해서 이 나라 전부가 진짜 싫다고, 빌어처먹을.

그런 스바루의 원망에 서린 본질은 무시하고 남의 일 같은 표정으로 웃는 가짜 세실스를 저주했다.

이 저주가 제국의 모두에게 닿으면 좋겠지만, 그 결과는 확인할 수 없다.

왜냐면——.

"크르르————."

너무나 한심한 네 도전자, 그 마지막 한 명에게로 다가온 사자가 이빨이 빽빽한 입을 쩍 벌려 가차 없이 스바루를 통째로 삼켰기 때문이다.

"억——."

이미 온몸은 산산조각 났는데, 내용물만으로는 부족하다고 몸 쪽도 산산조각이 난다.

불행 중 다행이던 것은 진즉에 아픔을 느낄 수 없을 만큼 아작이 나서 씹혀도 찢겨도 '싫어라' 하고 현실도피나 할 수 있다는 점.

차라리 힘내서 사자의 목이나 막아 주려고 했지만 그것도 실패했다.

"——젠장할."

마지막 입질이 흉계를 꾸미려던 스바루의 머리를 으스러뜨렸으니까——.

제2장『마법의 말』

1

“저것을 해치우지 못하면 우리는 살 수 없어.”

꿈틀거리는 검붉은 공간에서 구겨지다가 단단한 것이 깨지는 소리가 들린 직후였다.

기습처럼 들린 목소리에 스바루는 현실로 끌려왔다. 단, 그것은 잠에서 깨도 악몽이라 착각하고 싶어질 만큼 속절없는 현실이었다.

시끄럽게까지 느껴지는 고요한 열기, 신발 밑으로 느껴지는 메마른 모래의 감촉, 바로 옆에는 자기 목숨을 최우선으로 따지며 여러 가지로 획책하는 동료들――아니, 그저 처지만 같을 뿐인 무리다.

그렇게 생각하지 않으면, 도저히 아까 있었던 사건을 받아들일 수가――.

“우아, 아아, 아아앗…….”

“큭, 어차피 어린애인가……. 에잇, 그만 됐어! 네놈들, 저것을 봐!”

잊으려 해도 잊지 못할 광경이 스바루에게 장렬한 죽음의 경험을 상기시켰다.

머리를 감싸 쥐고 웅크려 앉는 스바루. 적갈색 머리가 아랑곳하지 않고 소리치자 문신 남자와 석척인이 검투장에 마련된 크고 작은 두 자루 검을 발견했다.

"너, 검은 쓸 수 있나……?"

"말했잖아. 나는 전사였어. 네놈들보다 훨씬 잘 쓸 수 있다."

스바루를 무시하고 담담히 세 사람 사이에 아까랑 같은 대화가 진행 중이다.

이대로는 똑같은 흐름이 된다. 그리고 도저히 들어넘기지 못할 발언이지 않은가.

"전사란 건, 순 거짓말이야……."

갑자기 대화에 끼어든 스바루의 말에 남자들이 돌아보았다.

당연히 그 지적에 가장 동요한 것은 적갈색 머리 남자였다. 그는 머리에 감은 띠를 손으로 잡고서 "뭐라고?"라며 스바루를 내려다보았다.

"대체, 뭘 근거로 날 거짓말쟁이라고……. 너 이 자식, 어린애라도 봐주지 않는다!"

"그럼 변변찮은 거짓말은 집어치우고 솔직하게 말해! 거짓말해서 자신을 잘나게 보인다고 무슨 의미가 있는데! 그렇게 저 검을 갖고 싶어?!"

"으, 으윽……."

먼저 고함치면 어린아이는 입을 다물 줄 알았는지, 그렇게 반박하자 적갈색 머리는 크게 당황했다. 그 동요한 모습은 문신 남자에게도 수상하게 비쳤으리라.

"이봐, 이 애송이 말은 사실이냐……? 너, 나를 속일 셈이었나……?"

"자, 잠깐, 어린애의 헛소리라고?! 목숨이 달린 곳에서 하찮은 것 가지고……."

"목숨이 달렸으니 더욱 나를 납득시켜 보지그래……!"

문신 남자가 적갈색 머리의 멱살을 잡고 그 해골풍 그림이 새겨진 얼굴을 분노로 일그러뜨렸다.

반사적으로 적갈색 머리의 거짓말을 폭로했지만 이런 싸움질에 아무 의미도 없다. 쳐다보니 싸움에 끼지 않은 석척인은 슬금슬금 뒷걸음질 치며 자기만 달아날 준비를 하고 있었다.

팀은 또다시 뿔뿔이 흩어지며 공중분해 상태로——.

"——그러면, 『스파르카』를 개시한다!!"

구스타프는 그 상태에 유예를 줄 만큼 인정 많은 제국인이 아니다.

"끄, 꺼억!"

걸걸한 목소리가 싸움의 개시를 선언하고, 그 직후에 문신 남자가 손을 잡으며 비명을 질렀다.

손에서 피를 흘린 문신 남자는 아무래도 적갈색 머리에게 멱살을 잡은 손을 깨물린 듯했다. 문신 남자의 손가락을 물어뜯은 남자는 문신 남자의 가슴을 떠밀고 검 쪽으로 달려갔다.

"나, 나는 사양하겠어! 죽을, 죽을까 보냐아!"

그런 적갈색 머리와 반대로, 석척인은 또다시 벽으로 가서 경치에 녹아드는 의태를 시작했다.

손가락을 두 개 잃은 문신 남자는 오른손을 품고 웅크리고 있으며, 어른 간의 다툼을 목도한 스바루는 아까보다 더 나빠진 상황에 무릎을 후들후들 떨고 있었다.

"쓸데없는 짓을……! 순순히 내 말대로만 했더라면!"

적갈색 머리가 자기 말대로 따르지 않는 다른 일행을 저주하며 눈에 핏발을 세우고 지면에 꽂힌 검을 뽑았다. 거짓말이라도 전사란 느낌이 물씬 풍기며 그는 검을 쳐들었다.

"크르르————."

다음 순간, '개시'의 신호를 접수한 사자가 적갈색 머리에게 달려들었다.

일어난 사건은 문신 남자가 선수를 쳐서 검을 잡았을 때와 똑같았다. 사자의 발톱이 적갈색 머리의 검을 잡은 두 팔을 날려 버리고, "아." 하고 신음하는 남자의 몸이 돌진의 직격을 받았다.

머리부터 벽에 처박힌 적갈색 머리는 한순간에 벽의 얼룩으로 변했다. 사자는 포효하며 스바루와 문신 남자를 무시하고 검투장 뒤쪽 벽으로 달려간다.

"그만, 그만그만그만그만, 오지마오지마오지마아아아!!"

기껏 발휘한 의태도 사자의 위압감에 져서 도망친 순간에 무의미해진다.

비명을 질러 위치를 까발린 석척인을 사자의 몸통박치기가 짓뭉갰다. 벽에 붉은 피꽃이 피고 눈 깜짝할 새에 두 사람이 살해당했다.
천천히 뒤돌아보는 사자의 시선을 받은 스바루는 "히으." 하고 신음했고.
"아직 살아남을 생각이 있다면, 검을 주워라, 애송이……."
"어……."
문신 남자가 시야가 젖으며 당장에라도 울어 버릴 듯한 스바루에게 말했다.
비지땀을 흘리며 말한 문신 남자는 씁쓸한 표정으로 일어섰다. 그리고 턱짓으로 검투장 구석에 굴러다니는, 적갈색 머리가 뽑은 검을 가리켰다.
"저 괴물은 내가 유인하겠다……. 너는 검을 주워서, 내게 넘겨……."
"————."
문신 남자의 호소는 무모하다고 말할 수밖에 없었다.
만전의 상태로 검을 들어도 문신 남자는 사자에게 잽도 되지 못했다. 그런데 이번에는 손가락이 두 개 부족하다. 멀쩡히 검이나 휘두를 수 있을지.
그래도——.
"나도, 포기하기, 싫어……."
"……. 너는, 사기꾼과 겁쟁이보다 낫군……."
스바루의 결의를 환영한 문신 남자는 입술을 뒤틀며 앞으로 나섰다. 노려보는 사자의 주의를 끌면서 슬금슬금 스바루와 거리를 벌리더니.

"바이츠다……."

"응?"

"내 이름이다, 슈바르츠……."

슈바르츠라고, 이름이 불리자 스바루는 놀랐다.

어디서 그 이름을 들었나 했지만, 스바루를 슈바르츠라고 부른 것은 구스타프뿐이다. 그러니까 문신 남자—— 바이츠는 처음 상견례할 때 불린 이름을 기억했던 것이다.

단지 그것뿐이고, 그가 지난 회차에 주변인의 뒤통수를 치려던 사실도 변하지 않지만——.

"가……!"

바이츠의 신호에 주저 없이 달릴 이유로는 충분했다.

비명을 지르고 싶은 마음을 꾹 참으며 스바루는 전속력으로 검투장을 달렸다. 그래도 느리다. 어린아이는 팔다리가 짧고 내장이 긴장과 공포 때문에 오그라들어서 방해된다.

그렇지만 필사적으로 달렸다. 달리고, 달리고, 달려서, 간신히 검에 다다랐다.

"슈바르츠!"

묵직한 검을 주운 직후, 바이츠의 필사적인 목소리에 온몸의 솜털이 곤두섰다.

"————."

뒤돌아선 스바루의 시야 가득히 입을 쩍 벌린 사자 머리가 육박했다. 그 순간, 잡아먹히는 사슴의 마음으로 사자의 움직임이 슬로 모션처럼 보였다.

천천히 다가오는 사자, 그와 똑같이 느릿한 움직임으로 스바루도 들어 올린 검을 던지려 하고 있었다. 답답하다. 던지기 전에 잡아먹힌다.

서둘러라, 서두르라고, 무작정 필사적으로 어깨나 팔꿈치나 손가락에 기도하며, 바쳐서──.

"이야아아아!!"

기도가 통했는지 스바루의 손을 떠난 검이 빙글빙글 바이츠 쪽으로 날아갔다. 바이츠가 손가락이 부족한 손을 뻗어 날아온 검을 단단히 거머쥐었다.

그 모습을 지켜본 스바루는 역할을 마친 자신이 사자의 발톱이나 이빨에 산산조각이 나리라고, 한심하게 죽은 낯을 보일 것을 각오한 채 콧물을 흘리며 엉덩방아를 찧었다.

그런데 사자의 공격은 곧장 날아오지 않았다.

"푸."

그 대신, 사자가 튕기듯 날린 뒷발질이 그 등을 베던 바이츠의 안면을 걷어차 산산이 날려 버렸다.

아까랑 똑같이 목 위가 없어진 채 바이츠는 죽었다. 죽은 그의 손에서 쑥 빠진 검이 시시한 기적처럼 처음 있던 위치에 꽂혔다.

작전은 실패, 어른들은 전멸하고, 사자는 마지막 한 명이 된 스바루를 표적으로 돌렸다.

"밧스! 밧스! 거기서 만회가 가능할 것 같은 느낌 들어요?"

엉덩방아를 찧은 스바루. 그 배후의 관객석에서 이 꼴사나운 싸움을 관전하던 가짜 세실스가 말을 건넸다.

"숨겨진 힘의 각성이나 동료의 비운의 죽음을 계기로 봉인된 기술을 해방한다거나 하는 거 말예요! 있을 것 같나요? 없을 것 같아요?"

"있겠냐, 그런 게……."

"으—음, 그렇겠죠. 죄송하네요, 제가 잘못 본 것 같아요! 데려온 아가씨에게 전할 말은 없나요? 그 정도는 하는 게 도리에 맞을까 싶어서!"

아까 죽던 순간과 변함이 없이 스스럼없는 유언 확인에 스바루는 "하." 하고 숨을 뱉었다.

이후 사자에게 산산조각이 나겠지만——.

"셋시, 하나만 물어보자."

"전언 말고 질문인가요? 소위 저승길 선물 같이? 과연 제 답이 밧스의 기대를 맞출 수 있을지 주연 배우의 활약도가 시험받는 순간이 도래했음을——."

"저 사자, 왜 나보다 먼저 다른 사람을 죽인 거야?"

눈앞의, 흉포한 사자를 손가락으로 가리킨 스바루의 질문에 가짜 세실스가 눈을 가늘게 떴다.

거짓말쟁이 늑대 소년인 그가 스바루가 원하는 답을 줄지는 알 수 없다. 다만 마지막 발악으로 심술궂은 질문 정도는 해 보고 싶었다.

"간단해요, 밧스. ——아무리 사납든 짐승은 짐승. 그렇다면 짐승은 본능에 따라 사냥할 뿐. 본능이란 다시 말해 살아가기 위한 힘이고요."

"무슨 뜻이야……?"
"밧스가 저 짐승이라면 누구부터 노리겠어요?"
수수께끼 같은 표현이 스바루에게 단순한 답을 주지는 않는다.
그 불친절에 부아가 치미는 와중에도 스바루는 가짜 세실스의 말뜻을 고민했다. 만약 스바루가 저 사자의 입장이라면 대체 누구부터 노릴지를.
노린다면, 어떤 이유로, 누구를——.
"——아."
문득 생각이 미쳤다. 그런 거였나 하고 납득이 갔다.
그리고——.
"그 아이가 깨면 밧스는 용감했다고 전해 둘게요. 저는 거짓말이 서툰데, 실제로 용감해서 다행이에요!"
그런 무신경한 목소리가 들렸지만 받아칠 겨를은 역시 없었다.
자기 나름의 답을 찾아낸 스바루, 그 눈앞에 사자가 앞발을 쳐들었다.
콰직, 하고 자신이 찌부러지는 소리를 듣는 것은 대단히 불쾌한 기분이었다.

2

"저것을 해치우지 못하면 우리는 살 수 없어."
머리가, 어깨가, 허리가, 엉덩이가, 복사뼈가 찌부러지고, 죄다 찌부러졌다.

천천히, 인간의 몸은 위에서부터 찌부러지면 그런 식으로 부서지는 거구나. 스바루는 남의 일처럼 생각했다. 당연하지만 정말로 남의 일처럼 취급할 수는 없다.

하지만 일단 멀리 치워 두고 괴롭다거나 슬프다는 감정의 회로를 차단한.

——카오스프레임에서의, 지옥 같은 10초.

그때의 경험이 스바루에게 불과 몇 초의 소중함을 새겨 두었으므로——.

"젠장, 빌어먹을! 왜 내가 이런 꼴을……!"

"푸념은 적당히 그만둬! 살아남기 위해서 전력을 다해! 저것을——."

"바이츠! 그 머리띠 남자를 붙들어 줘!"

스바루가 그렇게 외친 순간, 문신 남자—— 바이츠가 "뭐라고……?" 하고 눈을 동그랗게 떴다.

당연하다. 한 번도 이름을 대지 않았는데 스바루가 이름을 알고 있다. 느닷없는 호명에 명령, 바이츠가 스바루를 따를 이유란 없다.

하지만 바이츠도, 적갈색 머리도 석척인도, 갑작스러운 사태에 놀라서 움직임이 멈추었다.

그 틈에——.

"——자, 사자! 누구를 노릴 거지?!"

"크허엉————!!"

외친 스바루의 조그만 손이 지면에 꽂힌 검을 거칠게 잡았다.

그 순간, 구스타프의 호령을 기다리지 않고 포효한 검투수가 지면을 박차며 사납게 스바루 쪽으로 달려들었다.

'밧스가 저 짐승이라면 누구부터 노리겠어요?'

수수께끼 같은 가짜 세실스의 말이 스바루의 영혼에 아픔과 함께 새겨졌다.

그래, 그렇다. 만약 스바루가 사자라면 '위험한 녀석'을 맨 처음 노린다. 예를 들어 이곳이라면 무기를 든 녀석을.

"슈바르츠……!"

사자의 돌진을 앞둔 스바루를 본 바이츠가 눈을 부릅떴다.

피차 이름을 알고 있다. 다음에는 분명히 조금 더 잘하자. 그다음, 더 잘 하기 위해서 꼭 알아야 할 사항을 알아가겠다.

설령 떨리는 내장이 무서워서 쓰려도 지지 않겠다, 도망치지 않겠다, 울지도 않겠다.

벌써 두 번 죽었고 앞으로 몇 번 더 이렇게 무서운 경험을 한다 해도.

"어리다고 금방 울며 내팽개칠 거라 생각하지 마!!"

비겁자와 겁쟁이와 사기꾼과 협력해서 이 『스파르카』를 싸워 나가 주마.

그 결의의 순간, 사자의 앞발이 나츠키 스바루의 세 번째 도전을 날려 버렸다.

3

──『악랄옹』 오르바르트 덩클켄의 기예는 타인의 오드에 간섭한다.

생물이란 모두 무(無)에서 유(有)로 바뀌는 오드를 담는 그릇에 불과하다. 오드의 형태에 따라 적절한 그릇 모양이, 크기가 달라진다.

그 때문에 생물은 모두가 다른 모습, 다른 생명으로서 성립하고 있음이다.

"그 논리가 옳다면, 내용물의 오드 형태가 변하면 용기의 모양도 변하겠지? 아니, 왜 시노비의 선대들이 이렇게 무서운 생각을 떠올렸는지 모르겠는데 말이다."

"내 비장의 수…… 수십 개나 있지만, 개중에서도 이놈은 유달리 맛이 간 놈이야. 여하튼 몸만이 아니라 머릿속까지 작아지는 거니까, 참 웃기지."

"공교롭게도 이론은 나도 당최 몰라. 뭐, 억지로 오드를 들쑤시는 짓이니 몸만이 아니라 마음도 오드의 변화에 맞춘다거나 그런 것 아냐? 솔직히 실제 사정이야 알 필요 없지. 몸도 마음도 작아져서 죽이기 쉬워지면 내 입장에선 대박이니까."

"그리 말해도 가끔 꼬마일 적부터 각오가 칼 같은 녀석도 있다 보니 말이지! 그런 녀석에겐 머릿속이 작아져도 쉽게 이길 거란 기대는 못하지. ──아아, 그리고."

"──. 아니다, 암것도 아녀. 아무튼 시노비의 술리 중에서도 재미있으니까 아끼고 있지. 안 그래? 적은 약한 편이 여러모로 편하잖아?"

4

——분노가, 스바루의 영혼을 뜨겁게 달군다.

공포는 있다. 긴장도 있다. 불안도 있다.

수많은, 있는 대로 떠오르는 네거티브한 감정이 아마 다 있을 거라 생각한다.

하지만 그 네거티브한 감정 전부를 다 태워 버릴 정도의 강렬한 분노가 치솟는다.

"젠장, 빌어먹을! 왜 내가 이런 꼴을……!"

시끄러워, 바보야. 그런 우는소리, 아무도 귀 기울여 주지 않아.

"말했잖아. 나는 전사였어. 네놈들보다 훨씬 잘 쓸 수 있다."

시끄러워, 바보야. 그 새빨간 거짓말도, 허풍쟁이인 것도 다 들켰거든.

"말했을 텐데……. 나는 남에게 목숨을 맡길 생각이 없다……!"

시끄러워, 바보야. 그런 식으로 혼자서 넘어설 수 있을까 봐. 주위를 더 잘 봐.

——그래, 주위를 보고, 잘, 전부, 전원, 쓸 만한 카드를, 사물을.

"바이츠, 받아! 검을 잡은 녀석을 노릴 거야!"

꽂힌 검을 뽑은 순간, 검은 사자가 사납게 포효하며 검투장을 돌진한다.

사자가 노리는 대상은 늘 검을 잡은 누군가다. 검을 놓으면 뒤로 미루는 것을 알기에 스바루는 뽑은 검을 바이츠에게 던졌다.

세 사람은 처음에 내달린 스바루 때문에 놀라 굳었지만, 그중에서 제일 먼저 제정신을 차린 것은 배짱 있는 문신 남자——바이츠다.

"크, 애송이……."

회전하며 발밑에 꽂힌 검을 바이츠가 반사적으로 뽑아서 자세를 잡았다.

냉정함이 남은 바이츠는 그것이 사자의 주의를 끌기 위한 기믹임을 금세 이해한다. 하지만 그렇지 못한 자도 있다.

"거, 검을 넘겨! 내가 저 검투수를……."

뒤늦게 제정신을 차린 적갈색 머리가 바이츠의 검을 옆에서 빼앗으려 손을 뻗는다.

긴장과 공포, 거기에 선수를 빼앗겨서 혼란에 빠진 적갈색 머리의 판단력은 엉망이라 그대로 옥신각신한 두 사람은 한꺼번에 사자에게 살해당한다.

그러니까, 그렇게 되기 전에——.

"히아인! 뒤다!"

"뒤, 뒤……?!"

적갈색 머리가 바이츠에게 덤비기 직전, 스바루는 상황 밖에 있던 석척인—— 히아인의 이름과 함께 긴급한 위험이 뒤에 닥친 분위기로 외쳤다.

세 사람 중에서 가장 겁이 많은 그는 스바루의 외침에 허둥지둥 뒤돌아섰다. 아무것도 없다. 스바루의 목적은 그를 급히 뒤돌려 세우는 것이다. ——그 굵직한 꼬리를 바짝 세운 채로.

"끄어억?!"

뒤돌아선 히아인의 굵은 꼬리가 옆에서 적갈색 머리를 쳐 날렸다.

그 덕분에 옥신각신하는 신세를 면한 바이츠가 표적을 자신으로 변경한 사자 상대로 자세를 잡으며—— 곧바로 손에 든 검을 내던졌다.

"어."

휙 날아간 검이 얼떨결에 손을 내민 히아인의 품에 안겼다.

"크르르————."

"히, 히아아아악——!!"

다음 순간, 사자의 적의를 받아 비명을 지른 히아인이 뛰어서 도망쳤다.

상황을 전혀 이해하지 못한 히아인에게 바이츠가 "검을 던져……!" 라고 지시하면서, 검투장이라는 필드에서 패스 대결이 시작되었다.

"그 틈에, 나는……!"

달리는 스바루가 향한 곳은 남은 큰 쪽 검이 아니라 검투장 벽에 보이기 어렵게 설치된 손잡이—— 레버였다. 언뜻 보면 크고 작은 검 두 자루가 눈에 띄지만 찬찬히 보면 이런 장치가 검투장에 마련되어 있었다.

"이것을 당기면 어떻게 되지!"

어린아이에게는 조금 높은 위치의 레버에 달려들어 체중을 모두 동원해 내렸다. 직후, 묵직한 소리가 검투장에 울려 퍼지고 톱니바퀴가 돌아가는 소리와 함께 무언가가 등 뒤에서 기동했다.

레버에서 손을 놓고 뒤돌아선 스바루는 그것이 검투장의 절반을 차단하는 철책임을 알았다.

검투장 한복판에 원형 회장을 반원으로 나누는 형태의 울타리가 상승한 것이다. 이것을 쓰면 검투수와 자신들을 분단할 수 있다. ——다만 이번에는 실패했다.

"크르르————."

몰아놓는 방향을 틀려서 철책 앞에 스바루와 검투수가 남겨진 것이다.

"으, 으으…… 대체 무슨 일이…… 끄아아!"

정확히는, 남겨진 것은 스바루와 검투수, 그리고 적갈색 머리까지 셋이었다. 그 셋도 사자의 무자비한 앞발질 일격으로 금세 둘로 줄었다.

적갈색 머리의 목이 부러지고 울타리 건너편에는 머리를 감싸쥔 히아인과 초조한 안색인 바이츠.

"슈바르츠!"

바이츠의 외침을 신호로 삼은 것처럼, 사자가 스바루 쪽으로 돌진한다.

아무래도 검을 든 상대가 울타리 너머에 있을 경우에는 타깃에서 제외되는 모양이다. 철책을 기동하는 레버와 타깃을 모으는 검, 그 정보를 가지고——.

"——다음이다!"

× × ×

"이드라! 울타리가 더는 못 버텨! 그쪽 검은?!"

"못 뽑겠어! 너무 무거워서 도저히 움직일 만한 게 아니야!!"

강렬한 몸통박치기를 맞은 철책이 거세게 찌그러지고, 사자가 몸을 쑤셔 넣는다.

인간이라도 머리만 지나가면 웬만한 좁은 곳을 통과할 수 있다고 한다. 몸의 모양은 꽤 다르지만, 사자 같은 두상의 검투수라면 더 쉽게 지나갈지도 모른다.

"소년! 어쩌지?!"

필사적인 표정으로, 적갈색 머리——이드라가 대검을 뽑으려 죽기 살기로 애쓰고 있다. 꿈쩍도 하지 않지만, 이미 히아인과 바이츠는 죽었기에 그가 애써 줄 수밖에 없다.

울타리를 움직이기 위한 레버와 크고 작은 검 두 자루. 검투장을 뒤지다가 발견한 것은 그 두 종류의 기믹뿐. 이제부터는 명실상부하게 실력으로 승부할 수밖에 없다.

"소년!"
"겁먹으면 안 돼! 훌륭한 아버지의 후계자라며?!"
"——윽, 그, 그래! 나는, 겁 따위 먹지 않아!"
무서워서 목소리가 떨면서도 이드라는 버텨 섰다.
이드라는 전사도 뭣도 아니다. 그가 검노의 신분으로 전락한 것은 물려받은 가업을 나쁜 친척에게 빼앗겨 죄인 취급당하고 노예가 되었기 때문이다.
이드라는 악인이 아니었다. 그저 악당이 이용할 틈을 내주었을 뿐이지.
전사라는 것이 순 거짓말이어도 자랑할 만한 인간이고자 하던 것은 거짓이 아니었다.
"우, 오오오오!!"
재능이 없는 제분업자의 후계자가 대검을 뽑으려 전 체중을 실었다. 스바루도 달려가서 어른과 아이 둘의 체중으로 대검을 조금씩 기울였다.
그러는 와중에도 사자가 찌그러진 울타리를 지나가려 몸을 뒤틀었다. 서서히 생명의 위기가 다가온다. ——하지만 이드라는 검을 놓지 않았다.
그는 스바루를 버리고 도망치지 않았다. 그것은, 처음 있는 일이었다.
"크르르————."
거센 소리와 함께 철책이 뚫리고 쳐들어온 사자가 두 사람을 향해 포효했다.

뒷발이 지면을 폭발시키듯 박차고, 무시무시한 얼굴이 어마어마한 기세로 육박한다. 다가오는 무시무시한 얼굴. 그것을 노리며 스바루와 이드라는 둘이서 대검을 들었다.

"이드라, 온다!"

"알아!!"

아슬아슬한 순간에 뽑힌 대검을 이드라가 걸머지고 스바루가 칼 끝 아래에서 손을 짚었다. 지레의 원리로 검을 휘두르려는 이드라를 조금이나마 도울 수 있기를 바라며 필사적이었다.

살짝이나마 검을 휘두르는 속도가 빨라지면, 그것이 사자에게 맞으면——.

"가, 라아아아——!!"

"우오오오오——!!"

두 사람이 호흡을 맞춰서 사자의 머리를 노리고 검을 내리찍었다.

이드라의 어깨 위, 업어치기 같은 기세로 휘두른 대검이 기적적인 타이밍으로 사자의 머리를 정확히 내리치고——.

"——아."

훤히 보이는 일격을 발톱으로 튕겨낸 거체의 몸통박치기로 스바루와 이드라가 날아갔다. 두 사람은 공중에서 맞부딪치며 검투장 벽에 사이좋게 격돌하더니 구별할 수 없게 되었다.

"푸."

구별이 가지 않는, 두 사람 분량의 피 얼룩이 벽에 진득하게 번지고——.

"……다음, 이다."

× × ×

——분노가, 스바루의 영혼을 뜨겁게 달군다.

"나는, 먹고 살 길이 마땅찮아서 도둑질을 했다……. 위험한 상대로 여기게 하면 의외로 죽는 꼴을 면할 수 있지……."

온몸을 가득 메운 문신이 새겨진 피부를 어루만지며 바이츠가 털어놓았다.

자신이 겉보기만 그럴싸하다고 사과하는 것 같았지만, 스바루는 바이츠가 막판에 마음을 열어 준 증거 같아서 기뻤다.

"어차피 너희도 날 미끼로 삼아서 도망칠 작정이잖아! 나는…… 나는 이제 이용당하지 않아! 이용당할까 보냐!!"

비굴함과 슬픔으로 울면서 히아인은 필사적으로 외쳤다.

주위의 풍경에 녹아드는 의태 능력으로, 함께 있던 동료들이 도망갈 수 있게 미끼 신세가 되었다고 한다. 그 겁쟁이 기질은 주위가 만들어 낸 것. 그것을 알 수 있어서 기뻤다.

"믿은 상대에게 속아서 가업을 잃었어. 고향에서 난 웃음거리야. 정직하게 살아도 손해만 볼 뿐이라면 최소한 마지막에 남은 나 혼자만큼은……!"

분하고 창피한 마음으로 얼굴을 붉히며 이드라는 자신의 죄를 고백했다.

거짓말에 익숙하지 않고 끝까지 속이지도 못한다. 전사라 자칭해도 겉모습과 꽁무니 빼는 자세 때문에 금세 들킨다. 이드라가 남을 속이는 재능이 없음을 알아서 기뻤다.

"다음이다……!" "다음이다." "다음!!" "다음에는 꼭!" "다음으로 간다……." "다음에는……!" "다음에는 가능해……!" "다음!" "다음이……." "——다음에는 꼭." "다음이다아——!!"

살아남기 위해서 '죽음'을 쌓아 나간다. 그 모순이 점점 포개져 간다.

아프다, 괴롭다, 무섭다, 힘들다, 그만두고 싶다, 울고 싶다, 소리치고 싶다, 부르짖고 싶다, 한탄하고 싶다, 아우성치고 싶다, 팽개치고 싶다, 거부하고 싶다, 후회하고 싶다, 포기하고 싶다, 포기하지 않는다.

가능성을, 하나하나 뽑아낸다.

무한히 존재하는 가능성의, 막다른 곳에 이르는 길을 없애고, 없애고, 없애고 없애고 없애서.

없애간 다음에 존재할 미지의 길로, 작은 몸을 쑤셔 넣는다.

바이츠가, 히아인이, 이드라가 죽는다.

물론 스바루도 같은 횟수만큼 죽고, 그럼에도 고개를 들어 앞으로 간다.

──비겁자와 겁쟁이, 그리고 사기꾼과 협력해서 『스파르카』에서 살아남는다.

"밧스, 그 자고 있는 일행 아가씨에게 전해 둘 말 있나요?"
"──다음이다!!"

무신경한 목소리에 그렇게 고함으로 받아친다. 엄습하는 발톱을, '죽음' 을 온몸에 받으면서도 나츠키 스바루는 포기하지 않는다.

──진다는 생각이 티끌만큼도 들지 않기 때문이다.

5

"오오? 아까 뭘 말하려다가 말았느냐고? 나 참, 눈치 빠른 녀석이구먼."
"그거 있잖아, 쬐그매져도 성가신 녀석 얘기를 했었지? 머릿속이 작아져도 원래부터 각오가 변하지 않는 녀석에겐 효과 반감이지. 물론 그런 녀석도 몸이 쬐그매졌으니 확실히 죽이기 쉬워지긴 했지만."
"──근데 만약에 말이다. 만약에, 몸도 머리도 작을 때가 더 끝내주는 녀석이 있다면, 그 녀석에게 이 술법을 걸면 어떻게 될 것 같아?"

"그래, 알아, 알아. 나도 그런 녀석이 있단 생각은 조금도 안 해. 근데 말이지, 나는 엄청 비관적인 영감태기거든. 최악의 상황만 생각하다 보니 상대에게 최악의 해코지를 할 수 있어. 안 그래?"

"그런 내가 생각하는, 이 술리에 대항할 수 있는 최악의 가능성이 그거야. 작아진 편이 겁나게 되는 녀석, 그런 게 무섭지."

"꼭 나만이 아니라 나이를 먹는 건 이래저래 체념이나 타협 같은 게 몸에 찌들기 마련이라고. 만약에 그런 녀석에게서 그런 점이 사라지면 어떻겠냐?"

"——진지하게 무섭지 않냐?"

× × ×

"다음이다."

——그것은, 너무나도 얄궂은 결과였다.

『악랄옹』 오르바르트 덩클켄의 기예, 그것이 야기한 『유아화』의 피해는 나츠키 스바루를 어린 몸으로 바꾸고 부족한 지성조차도 퇴행시켰다.

육체적으로나 정신적으로나 나츠키 스바루는 약하고 여린 소년 시절로 재형성되고—— 그 결과, 그는 겉보기와 같은 열 살 남짓한 아동 시절의 멘탈로 되돌아갔다.

열 살 남짓—— 과거 나츠키 스바루가 '신동' 이던 시절로.

"다음이다."

과거에 나츠키 스바루는 '신동' 이었다.

실제로 천재라고 불릴 만큼 재기발랄한 아이였는지는 중요하지 않다. 중요한 것은 다름 아닌 스바루 본인에게 그런 자기긍정감이 있었다는 점.

어릴 적의 나츠키 스바루는 자신감이 넘쳤고, 할 수 없는 일은 없다고 믿었다.

주위 아이들을 끌고 다니며 밤하늘의 별에도 손이 닿으리라 믿어 의심치 않았다.

"다음이다."

성장함에 따라 그 자기긍정감은 현실에 마모되어 사라져 갔다.

무슨 일을 하든 일등이던 사실은 사라지고, 스바루에게는 만능감이 아니라 무력감과 초조감만이 남았으며 빛나는 별들은 흐린 하늘에 숨어 버렸다.

나츠키 스바루는 키의 성장과 함께 자신감을 상실해 갔던 것이다.

"다음이다."

이세계로 날아온 그날이야말로 스바루가 가장 자기긍정감을 잃었던 순간이다.

그 후의 만남이, 경험이, 대화가, 행동이 나츠키 스바루를 서서히 새로운 소원으로 감싸 안아 자신의 노력도 나쁘지 않다고 인정하기에 이르렀다.

그러나 그래도 아직 부족하다고 한탄하는 마음은 여전히 존재했다.

"다음이다."

그것이, 나츠키 스바루가 성장하면서 얻은 것과 잃은 것이 사라진다.

어려진 육체에 맞추어 정신도 후퇴하면 사람은 약해져야 마땅했다. 스바루도 육체적으로는 그렇다. 약해졌다. ——하지만 정신적으로는, 어떨까.

"다음이다."

과거에 나츠키 스바루는 '신동' 이었다.

패배를 모르고, 포기를 모르며, 꿈이 이루어지지 않는 것도, 노력해도 닿지 못하는 것도, 역부족을 후회할 줄도, 막다른 길에 슬퍼할 줄도, 토라진 마음에 내팽개칠 줄도 모른다.

그저 무신경하게, 무모할 정도로, 자신은 뭐든지 할 수 있다며 믿는다.

자신이 세계의 중심이며 지배자라고 무작정 믿을 수 있는, 그런 소년이었다.

그리고 그런 나츠키 스바루의 자의식을 지탱하는 것이 마법의 말——.

'——역시, 그 사람 자식이야.'

그 말에서 주어진 무한한 힘이 어린 나츠키 스바루의 마음을 옭아매는 족쇄를 푼다.

무서운 것 이상으로 얄밉다. 아픈 것 이상으로 분하다. 울고 싶은 것 이상으로 웃고 싶다.

진짜 싫은 나라에서 별다른 감정이 없는 동료와 힘을 합쳐 좋아하는 아이들이 기다릴 곳으로 돌아가려는데, 대체 무엇을 망설일 필요가 있는가.

따라서 이때, 나츠키 스바루는——.

"——다음이다."

——이세계에 소환된 뒤 처음으로, 최강의 존재로서 기눈하이브를 유린한다.

6

——누구나 말소리를 잃고 침묵했다.

원래부터 『스파르카』의 관전시 필요 이상으로 언성을 높이는 행위는 총독 구스타프 모렐로가 금지했다. 그래서 검투장을 기이한 정적이 지배하는 것은 항상 있는 일이다.

그러나 이날의 정적과 침묵은 구스타프의 지시를 지킨 결과가 아니다.

총독의 엄명과 무관하게, 그들은 투기장의 광경에 눈길을 빼앗기고 압도되었으므로.

"크르르————."

사납게 으르렁대며 맹렬하게 검투장을 뛰어다니는 검투수 길티라우.

뿔이 부러지고 『스파르카』용으로 길이 든 그 짐승은 분방한 야성을 잃은 대신에 교육받은 검노라는 존재에 대한 이해도로 표적을 택한다.

솔선해서 무기를 든 상대를 노리고, 위협도가 높은 상대부터 배제하려 드는 것이다.

그 습성을 첫눈에 간파하지 못해 전멸하는 『합』은 생각보다 많다. 특히 이 길티라우는 여태까지 열 번 넘게 『스파르카』에서 살아남은 최강의 검투수다.

그것을――.

"――바이츠! 이드라! 좌우로 흩어져! 히아인, 무서운 건 알겠지만 도망치지 마! 검을 줍고 최대한 유인한 다음에 바이츠에게 던져!"

『합』의 중심이 되어 세 남자들에게 지시를 날리는 소년이 희롱한다.

당연하지만 남자들에게는 소년의 지시를 무시할 자유가 있다. 하지만 소년의 지시가 검투수로부터 그들의 생명을 여러 번 구하면서 그들은 그 자유를 포기했다.

그렇게 『합』은 어린 소년을 중심으로 한 생물처럼 완전히 연계했다.

하지만 도망치기만 해서는 『합』에 속한 네 사람이 살아남기란 불가능하다.

"――뭔가, 노리고 있나?"

그렇다. 싸움을 보고 있는 검노들의 마음에 그런 기대가 불꽃처럼 서리고 있었다.

7

——고대하던 상황은 정신이 까마득해지는 시행착오 끝에 찾아왔다.

"크르르————."

이리저리 유인당하며 한 명도 따라잡지 못한 사자가 성난 것처럼 포효했다.

그런 사자의 위치가 원형 검투장을 반으로 나눈 건너편에. 그리고 동료들은 전원 살아남은 상태에서 반원 중심 코앞에 서 있었다.

모두가 살았으며, 덧붙여서 이상적인 위치의 타이밍이 처음으로 찾아왔다.

"바이츠, 자세 잡아!! 이드라와 히아인도!"

목에서 피를 토할 듯한 기세로 스바루가 세 사람을 믿으며 역할을 던졌다.

그걸로 모든 게 전해진 것은 아닐 텐데도 바이츠는 검을 집어서 사자와 맞서고, 이드라와 히아인이 허둥지둥 대검에 달려들었다.

그리고 스바루도 꼴사나울 만큼 전력으로 벽의 레버에 달려들었다.

"으, 아아아아——!!"

레버에 손가락이 닿은 순간, 어린아이의 모든 체중으로 장치를 작동시켰다.

톱니바퀴가 회전하는 소리가 발밑을 타고 검투장을 반원으로 나누는 철책이 솟구쳤다. 그것이, 바이츠에게 달려들기 직전이던 사자의 안면을 턱 아래에서 쳐올렸다.

아슬아슬한 순간까지 사자를 유인하던 바이츠가 철책 너머로 전달된 몸통박치기의 충격 때문에 "끄어어?!" 하고 수평으로 날아갔다.

"크르륵————."

철책은 충격 때문에 찌그러졌다. 구부러진 울타리 틈새로 사자의 머리만이 건너편으로 튀어나와 있다. 안면에 얼큰한 일격을 맞은 사자는 앞발로 지면을 필사적으로 긁으며 어떻게든 철책을 뚫고 몸통째로 넘어오려고 하기 시작했다.

하지만——.

"이드라! 히아인!"

"우, 우오오오오——!" "이야아아아아!"

대검을 둘이서 걸머진 이드라와 히아인이, 철책을 뚫으려고 버둥대는 사자의 굵은 목에 혼신의 일격을 갈겼다.

"죽어, 죽어죽어죽어어어어어!!"

"끝나 줘——!"

사자의 머리를 잘라낼 위력은 없었다. 하지만 대검이 목 절반까지 박힌 사자가 피를 흘리며 날뛰었다. 절규가 검투장에 울려 퍼진다.

"우, 와아아아아!!"

필사적인 이드라와 히아인, 두 사람이 누르는 대검에 스바루도 달려들었다.

삼인분—— 사람 둘과 반쪽짜리 하나 정도의 힘으로 대검이 사자의 목을 깊게 베었다. 그 아픔과 공포에 침을 흘리며 철책을 뚫는 사자가 앞다리 하나를 밀어 넣었다.

몇 번이고 몇 번이고, 스바루 일행을 전멸시킨 발톱이 대검을 든 셋에게——.

"그렇게 두겠냐, 이 짐승……!"

그 앞다리를, 내리찍은 검이 지면에 못 박았다.

검을 꽂은 것은 돌진에 날아갔던 바이츠였다. 이를 악물며 무시무시한 얼굴의 문신을 일그러뜨리고 있는 힘껏 사자의 앞발을 봉쇄했다.

사자가 포효하며 몸을 크게 뒤틀자 철책이 거세게 삐걱거렸다.

이보다 더 나은 기회는 찾아오지 않는다. 질 수 없다, 지기 싫다, 지면 안 된다고 스바루는 이를 악물고 필사적으로 대검에 매달렸다.

그러고도 여전히——.

"크르르————."

"으아아악——!!"

죽어라 머리를 흔든 사자가 스바루 일행을 떨쳐냈다.

매달리던 대검을 놓쳐 버린 네 사람이 데굴데굴 바닥을 굴러갔다. 말 그대로 사력을 다했다. 더 이상 손발에 힘이 들어가지 않는다.

"서야, 해……."

서서 다시 한번 저 대검에 달려들어 목을 베어야 한다.

생각은 그런데도 몸이 말을 들어 먹지 않는다. 다른 세 사람도 마찬가지였다.

이만큼 하고도, 그러고도 제일 팔팔한 것은 사자였다.

"제기랄……."

힘내고, 힘내고 힘내서, 딱 한 발짝 남았는데 닿지 못했다.

분하다. 분하고 분하고 분해서 못 견디겠다. 그러니까 다음에는 꼭 지지 않는다.

"다, 음에는……."

더 빠르게 이 반면에 다다르겠다고, 스바루는 굳게 맹세했다.

그 맹세에 귀 기울이지 않으며 철책에서 빠져나온 사자가 피로 물든 얼굴로 앞발을 쳐들고――.

"――실례하겠습니다."

다음 순간, 사자의 굵은 목이 단숨에 잘려나갔다.

"아?" 하고 죽음이 목전이던 스바루는 자신이 아닌 상대의 죽음에 눈을 동그랗게 떴다.

베인 머리가 소리와 함께 바닥에 떨어지고, 사자의 몸이 천천히 옆으로 쓰러졌다. 그 결과를 만든 것은 사자의 목에 깊이 박혀 있던 대검이었다.

그 대검을, 하늘에서 떨어져 내린 작은 그림자가 밟아 눌렀다.

그것으로 사자의 목을 쳤다. 그리고 그 행동을 한 자는——.

"저기, 어째서 저는 이런 곳에 있는 것인가요."

감정이 희박한 얼굴에, 알아보기 쉽게 난감한 표정을 드러낸 소녀——탄자였다.

기모노를 벗고 하얀 쥬반 차림인 소녀가 표한 의문에, 스바루는 아무런 대답을 하지 못했다. 그러나 스바루 이외의 세 사람도 가까스로 죽지 않고 목숨을 부지했다.

즉——.

"——그만! 『스파르카』에서 잘 살아남았다!! 본직의 권한으로 제군을 검노고도의 일원으로 받아들이겠다!"

커다란, 커다란 목소리가 검투장에 울려 퍼지고 구스타프의 선언이 싸움의 종식을 선고했다.

그 순간, 그때까지 고요하던 관객석에서 검노들이 일제히 일어서서 환성을 터트렸다.

"잘했다!" "대단했었어!"

"제법이잖아, 꼬맹아!!" "근성 좋은 『합』이던데!"

남자들의 흥분이 빗발처럼 쏟아지는 가운데, 스바루는 바닥에 쿠당 쓰러졌다. 바닥에 대자로, 그런 스바루의 얼굴을 탄자가 들여다보았다.

"죄송합니다. 당신은……."

"나츠키 슈바르츠."

"네?" 하고 놀란 표정의 탄자가 동그란 눈을 더욱 동그랗게 뜨

는 것을 보고, 스바루는 드러누운 채로 크게, 크게 숨을 내뱉고 뒷말을 이었다.

"내 이름, 그걸로 부탁해. 사실은 하고 싶은 얘기가 태산 같지만……."

"태산 같지만?"

"잠깐만 쉬자……."

방금 일어난 탄자에게는 미안하지만, 스바루는 한계였다.

팽팽하던 긴장의 실이 끊어지고 활활 타오르던 영혼의 열도 식는다. 공기가 빠진 풍선처럼 쪼그라든 의식은 저 머나먼 하늘 너머로.

아마 구름 위에는 눈부신 별들이 있을 테니까, 그것을 거머쥐러 날아간다.

"잠깐만 잘래……."

밤하늘의 별들로 손을 뻗는 심경으로 스바루의 의식은 뚝 어두운 하늘에 가라앉았다.

8

"————."

구스타프는 눈 아래의 검투장에서 대자로 누워 의식을 던져 버린 소년을 가늘게 뜬 눈으로 바라보았다.

가공할 싸움, 상궤를 벗어난 저항, 전례 없는 『스파르카』였다고 할 수 있으리라.

그야말로 이 기눈하이브가 검노를 두는 참뜻이 있었다.

“아니아니아니 굉장했죠, 구스타프 씨! 밧스를 버리지 않고 줍길 진짜 잘하지 않았나요! 이거 제 대공훈 같지 않아요?”

“세그문트…….”

그렇게 생각에 잠긴 구스타프 옆에 세실스가 스스럼없이 나란히 붙었다.

머리 뒤에 깍지를 낀 소년의 말에 구스타프는 이마와 미간을 두 개의 오른팔로 주물렀다.

“네 주장에는 일리가 있었다. 이 결과를 예측했었나?”

“기대는 했었죠? 이렇게 되면 좋겠다 생각했는데 그대로 됐고요! 그야말로 믿는 자가 구원받았다는 감촉이네요!”

“그런 불확실한 가능성에 자기 목숨을 걸었나…….”

“――? 네, 그런데요?”

갸웃하며 세실스가 이상하다는 표정을 지었다.

마치 무슨 이상한 소리라도 했나 싶다는 태도다.

만약 건져낸 두 사람―― 슈바르츠와 탄자가 검노에 어울리지 않으면 두 생명의 책임은 자기 생명으로 치르겠다고 주장한 것에도 집착이 없다.

“실제로 문제는 없었잖아요? 제가 보자면 고마운 제안이었어요. 이런 곳에서 무의미하게 사라질 만한 제가 아니니 내기하면 이득이죠.”

“네 논리는 본직이 이해할 수 없군. ――왜 마지막 국면에서 힘을 빌려주었지?”

얄팍한 가슴을 펴고 웃는 세실스의 말에 구스타프는 『스파르카』의 마지막 장면을 떠올렸다.

마지막에 『합』과 검투수의 목숨이 공평해진 국면에서 세실스는 딱 한순간 모습을 감추었다. 그 마지막 결말을 보면 사라진 그가 무엇을 했는지는 명백하다.

“저 소녀를 깨우러 갈 줄이야.”

“애초에 5인 1조가 원칙인 『합』의 인원 부족, 저 아이가 일어나지 않으면 넷이서 해야 된다고 설명한 건 구스타프 씨잖아요. 그 말을 뒤집어 보면, 저 아이가 일어나면 끼어도 된단 의미잖아요? 아니면 부정을 저질렀다 쳐서 제 목숨도 거두게요?”

한쪽 눈을 찡긋한 세실스가 신장 차가 나는 구스타프를 도발적으로 쳐다보았다. 그 위태로운 태도에 구스타프는 네 팔로 팔짱을 끼고 말했다.

“——부정에 해당하지 않는다. 황제 각하께서도 훌륭한 검노의 탄생을 기뻐하시겠지.”

“아항, 제가 말하는 것도 뭐한데 황제 각하께서도 변변한 사람이 아닐 것 같네요!”

“황제 각하께 대한 모욕은 허용되지 않는다. 두 번째 기회는 없다.”

엄숙한 목소리로 경고하자 세실스가 어깨를 으쓱이고 얌전히 물러섰다.

검투장에는 간수가 들어가 『스파르카』에서 살아남은 새 검노들을 데려가는 중이었다. 기진맥진한 네 사람은 치유실로 옮겨져 치유자의 처치를 받게 한다. 일단 막막해하던 눈치의 소녀도 『합』의 남자들을 따라가는 것 같았다.

"설마 『합』의 전원을 혼자서 살려놓다니."

누가 빠져도 닿지 못했을 결말이지만 가장 큰 공로자는 논의할 여지조차 없다.

검투장에 준비된 장치 및 무기를 간과하지 않고, 같은 처지의 동료들을 눈여겨보며 적의 움직임까지 가능한 한 관찰해서 가느다란 실 위를 끝까지 건넜다.

그 결말을 본 사람으로서는——.

"거 보세요? 어쩐지 장대한 이야기가 시작될 예감이 들죠?"

그렇게 아는 척하며 동의를 바라는 세실스에게 뭐라 대답하기도 못마땅한 까닭에, 구스타프는 위엄 있는 얼굴로 검투장에서 뒤돌아서는 데 그쳤다.

제3장 『히아인 야츠』

1

"카오스프레임은 크나큰 재앙으로 멸망했습니다. 주민의 피난은 요르나 님께서 지시하셨을 테지만, 슈바르츠 님의 동행들이나 다른 일에 관해서는 아는 바가……."

동그란 눈썹을 내리고 눈을 내리깐 탄자의 말투는 슬픔으로 가득했다.

감정을 별로 겉으로 드러내지 않는 아이라 여겼는데, 이렇게 또래다운 반응이다. 고향이나 소중한 사람의 안부를 알 수 없어지면 누구나 이처럼 슬퍼하는 것이 당연하리라.

그렇기에——.

"아항, 마도가 멸망할 만한 재앙이라니 제가 섬에 갇혀 있는 중에도 세상은 정신없이 돌아가네요. 이건 지각했다가 불청객 소리 듣는 사태는 피해야겠어요."

"셋시, 좀 조용히 해 주지 않을래?"

"어라? 제가 또 무슨 사고 쳤어요?"

탄자의 슬픔에 전혀 배려가 없는 가짜 세실스가 스바루의 눈총을 받고 갸우뚱했다.
 사람의 마음이 없는 이 태도, 『스파르카』에서 몇십 번이나 스바루의 유언을 들으려 하던 일관적인 몰인정이라 할 수 있으리라.
 "그래도 마지막에는 도움받았지만……."
 치유실에서 깨어난 탄자를 검투장으로 데려온 것은 가짜 세실스다.
 그 지원이 없었으면 이렇게 『스파르카』를 돌파할 수 있었을까. 정말이지 탄자가 그 사자의 목을 쳐 주지 않았으면──.
 "──앞으로 몇 번 실패했었을지 모를 일이니."
 성공할 때까지 팽개칠 수가 없는 싸움이다. 포기한다는 선택지가 없기는 해도, 『합』의 전원이 무사히 돌파하려면 기적을 여러 번 잡고 뛰어넘어야 할 필요가 있었을 것이다.
 무수한 기적 끝에 거머쥔 승리. 그래야만 나츠키 켄이치의 아들이라고 가슴을 펼 수 있다.
 "슈바르츠 님……. 저는 한시라도 빨리 요르나 님 곁으로 돌아가야 한다 생각해요."
 "그렇겠지. 나도 돌아가서 모두와 합류하고 싶고……."
 이야기를 본론으로 되돌리면, 탄자가 품은 고민은 스바루에게도 남의 이야기가 아니다.
 마도를 멸한 재앙── 생이별한 모두가, 특히 루이가 무사한지 걱정이다. 그 아이에게는 적이 많다. 요르나가 심술쟁이 아벨로부터 지켜주고 있으리라 믿고 싶지만.
 "운이 돌아오길 기다릴 유예는 없단 말이지. 나, 꼬박 하루 동안 자고 있었지?"

"네. 치유자님께선 몸에 문제는 없다고 하셨어요. 다만 너무 무리하진 마시길."

"그건 이다음의 운명이 어떻게 나오느냐에 달렸지."

치유실의 침대에서 몸을 일으킨 스바루의 말에 가짜 세실스가 눈을 빛냈다.

아마 스바루의 표현이 심금을 울렸을 것이다. 하지만 그것이 스바루의 본심이다. 수동적인 대응은 상대를 기고만장하게 한다. 운명 쟤 요즘 너무 까불어.

"지금부터는 더 적극적으로, 탐욕스럽게 목표 달성을 노리자고."

당면한 스바루의 목표는 이 살벌하고 피비린내 나는 섬에서 탈출하는 것이다.

물론 최종 목표는 탄자를 고향에 돌려보내고, 렘을 데리고 왕국으로 당당히 돌아가는 것이지만, 큰 목표만 보고 있으면 좌절하기 쉽다.

"무슨 일이든 차근차근히 해야지. 여름방학 숙제인 그림일기도 첫날에 정리하긴 무리란 소리야."

"——그런데 슈바르츠 님, 드리고 싶은 말씀이."

이후 방침을 설정하는 스바루에게 탄자가 유난히 가라앉은 표정으로 말을 꺼냈다. 그녀는 기모노의 소매를 누른 오른손으로 살며시 가짜 세실스를 가리켰다.

"이쪽 분 말인데요……. 저, 세실스 세그문트 님이신 게……."

"아—응, 그렇게 주장하고 있는 늑대 소년이지."
"아하핫, 늑대 소년! 뭔데요, 그게? 늑대인간이라는 의미라면 험담이잖아요! 확실히 저는 말이 통하지 않는 구석도 있지만 공통점은 위험한 매력 정도일 텐데요!"
"미안, 무슨 말을 하는지 좀 모르겠어."
쏟아지는 말에 반사적으로 받아친 스바루는 가슴이 욱신거리는 것을 느꼈다.
눈을 감으면 사랑하는 소녀의 얼굴이 분명히 떠오른다. 소중한 모두의 얼굴도 떠오르니까, 괜찮다. 그래도 확실하게 서랍은 빽빽해져서 열기 힘들어졌다. 느긋하게 있을 수 없다.
그런 초조함을 느끼면서도 스바루는 탄자의 의문에 어깨를 으쓱였다.
"평범한 거짓말쟁이인데 생각이 과해. 설마 제국 최강이 어린 애라는 소리는 안 할 거지?"
"그건 그렇습니다. ……다만 저는 이전에 딱 한 번 세실스 님을 뵌 적이 있어서, 저기, 요르나 님을 해치려 하셔서."
"요르나 씨를? 엄청 나쁜 사람이잖아……."
"네, 극악인이에요. ……아뇨, 중요한 것은 그 세실스 님하고, 이쪽의 세실스 님이 나이는 달라도 많이 닮으셨기에 형제분이 아니신가 해서."
힐끔힐끔 의혹의 눈초리를 가짜 세실스에게 보내는 탄자. 그 말에 스바루는 요르나가 모반을 꾸몄다가 몇 번이고 황제——아벨에게 공격당했다는 이야기를 떠올렸다.

아마 탄자가 본 것은 그 때문에 파견된 진짜 세실스일 것이다. 이 가짜 세실스와는 닮았어도 딴판인—— 그 순간 스바루는 불길한 예감을 느꼈다.

모습은 많이 닮았으나 치명적인 다른 나이, 그건 설마.

“셋시, 자백할 거라면 지금인데, 저 말 맞아?”

“아니요! 저는 진짜, 이 세상에 하나뿐인 주연 배우, 세실스 세그문트입니다!”

“그런, 가. ……이거 묻기가 무서운데, 셋시, 혹시 몸 줄어들지 않았어?”

실제로 체험을 한 이상, 묻지 않을 수는 없는 의문이었다.

만약 여기에 있던 것이 성장 후의 스바루라면 여러 가지로 생각해서 말을 가렸을지도 모른다. 하지만 여기에 있는 것은 신동 스바루이기에 복잡한 판단은 싹 빼놓았다.

화내거든 사과하자 정도의 감각으로 던진 질문에 가짜 세실스는 눈을 끔뻑거리다가 되물었다.

“줄다니 제가요? 재미있는 소리를 하네요! 인간의 몸이 줄어들다니 그런 재미있는 일이 있으면 엄청 즐거워지잖아요!”

“이거, 어느 쪽이지……?”

시치미 떼는 건지 마는 건지, 시치미 뗀다 치면 자각이 있는지 없는지 어느 쪽인가.

스바루도 『유아화』의 영향 때문에 여러 가지로 기억이 누락되거나 흐릿해진 실감이 있다. 만약 가짜 세실스가 같은 처지라면 줄어들었다는 사실조차 잊었을지도 모른다.

그러나 만약 그렇다면 그것은 스바루에게 최악의 가능성을 의미한다.

“잠깐잠깐잠깐! 즉 셋시는 가짜가 아니라 진짜이고, 그래서 진짜 셋시를 작게 만든 것이 오르바르트 씨에다, 셋시는 내가 처할 미래라는 뜻?”

“잘은 모르겠지만, 어떤 형태든 제가 된다면 명예로운 일이 아닌지?”

“시끄러, 바보야!”

엄청나게 심플한 욕이 튀어나와서 가짜 세실스가 혀를 내밀고 침묵했다. 그 모습을 조마조마하게 지켜보는 탄자 옆에서 스바루도 혼란한 와중에 가능성을 둘로 좁혔다.

하나는, 이 가짜 세실스가 『유아화』된 존재라는 오르바르트 망할 영감설.

다른 하나는, 겉모습이 닮은 것을 핑계로 진짜를 사칭한 가짜 세실스 망할 꼬마설이다.

“망할 꼬마와 망할 영감, 두 가지 가능성 모두 머릿속에 넣어 둬야겠어…….”

“호오, 어쩐지 흥미로운 말이네요. 자세히 물어봐도?”

“시끄러, 바보야!”

“아하핫! 신랄해! 하지만 그 반응 싫지 않아요, 오히려 좋아.”

매몰차게 대해도 화내기는커녕 웃는 가짜 세실스——. 잠정적으로 아직 가짜 세실스라고 불러 두겠지만 이 이상은 답을 아는 상대에게 이야기를 들어 볼 수밖에 없을 것이다.

“그렇게 되었으니, 탄자도 셋시에 대해서는 치워 둬. 진짜든 가짜든 도움이 되지 않는 점은 똑같으니까.”

“알겠습니다. 요르나 님을 노린 분이니까 호감이 생길 여지가 없으므로…….”

“고분고분하고 솔직해서 살았어. 자, 그러면…….”

그렇게 이야기가 일단락 지어졌을 즈음, 갑자기 스바루의 뱃속 거지가 울었다.

걱정거리를 치워 두자마자 배가 꺼지다니 스스로도 속물적이다 싶지만, 카오스프레임에서 벌이던 숨바꼭질부터 시작되어 고도에서 벌인『스파르카』를 마친 뒤 아무것도 입에 대지 못했다.

게다가──.

“──배가 고파서는 싸움은 못 한다지. 여기, 밥 먹을 수 있는 곳은 있어?”

내일을 싸우기 위해서는 일단 오늘을 넘어설 비축이 필요하다고 주장했다.

2

“먹어라, 슈바르츠……. 이것이 네 몫이다…….”

쿵, 하고 놓인 큰 접시. 그 위에 수북하게 쌓인 뼈 붙은 고기에 스바루는 눈을 동그랗게 떴다.

스바루의 그 반응에 접시를 놓은 문신투성이의 얼굴이 “뭐냐…….” 하고 눈을 가늘게 떴다. 하지만 뭐냐고 말하고 싶은 것은 스바루 쪽이었다.

"바이츠, 너무 불친절하잖아. 봐, 슈바르츠가 굳었어."

"하, 안 먹을 거면 가져간다? 이 꼬마에겐 너무 많아. 우리끼리 갈라 먹…… 아팟!"

"분배는 대화해서 결정했다……. 꼬아 보려면 나를 납득시켜 봐라……."

얼굴에 문신을 새긴 바이츠가 그렇게 말하면서 깔끔하게 발라 먹은 뼈로 상대의 옆구리를 찔렀다. 못 버티고 비명을 터트린 석척인 히아인이 탁자 너머로 도망쳤다.

그 모습에 한숨을 쉰 적갈색 머리의 이드라가 스바루를 보며 어깨를 으쓱였다.

"소란스러워서 미안하다. 몸 상태는?"

"아, 느낌은 괜찮아. 그쪽이야말로 다친 곳은?"

"우리는 크게 다친 곳은 없어. 네놈…… 아니, 네 덕분이야."

어울리지 않는 전사 말투를 고친 이드라가 스바루에게 깊이 고개를 숙였다.

현재, 스바루 일행이 있는 곳은 고도 안에 있는 식사용 공간이다. 섬 전체가 요새처럼 구성된 기눈하이브의 구역은 검노가 자유롭게 지낼 수 있는 하층과 구스타프를 비롯한 관리자의 허가 없이는 갈 수 없는 중층으로 나뉜다.

식사 공간은 개방된 하층에 있으며, 이곳에서 검노들이 저마다 지내고 있는 듯하다.

실제로 검노들에게 주어진 자유는 상당한 수준인지――.

"이제야 깼냐, 꼬마야!"
"요전의 『스파르카』, 그거 대단하더군!"
"난 못 봐서 아주 망했지. 나중에 소문만 들어서 손해만 봤어."
이렇게 우글우글 모여든 검노들은 『스파르카』에서 활약한 스바루의 모습에 관해 소문을 주고받은 모양이라 이렇게 곧잘 말을 건넬 정도였다.
"마지막의 아가씨 난입도 볼 만했지! 분위기 끝내줬어!"
"고맙습니다. 전부 저를 사랑해 주신 위대하신 분의 은총이에요."
"오오? 그래? 잘 모르겠지만 좋은 사투였어!"
성실한 탄자의 답변에 호탕하게 웃지만 놀리는 뉘앙스는 느껴지지 않았다. 아무래도 진심으로 스바루 일행을 환영하는 모양이었다.
"저 환영이, 이 대량의 뼈 붙은 고기로 표시된 거라거나?"
"아뇨, 그렇지 않습니다. 이 성찬은 첫 『스파르카』에서 살아남은 『합』에게 마련된 것이라 해서…… 이분들이 슈바르츠 님을 위해서라며."
"날 위해서라니…… 뭐?"
반쯤 농담으로 한 소리인데 다른 각도에서 긍정받자 스바루는 놀랐다. 눈을 동그랗게 뜨며 주위를 보니, 탁자 너머로 눈싸움하던 바이츠와 히아인이 스바루에게 끄덕였다.
"일부러 내준 거야, 배 터지게 먹어. 남기면 가만두지 않…… 아얏!"

"자기 공훈인 것처럼 말하지 마라, 때려눕힌다……."

"그런 말 안 했고, 감사해서 한 거잖아!"

뼈를 무기 삼아 빈틈을 찌른 바이츠에게 이빨 빠진 컵을 방패로 삼은 히아인이 응전한다. 견원지간처럼 다투는 두 사람을 보면서 옆에 앉아 있는 탄자가 스바루에게 고자질했다.

"저렇게 으르렁대고 있습니다만, 이 일을 제안한 것은 저 두 분입니다."

"뭐어?! 말 안 했는데요?! 요 계집애, 아무 소리나 떠들지 마!"

"아서, 히아인. 네가 저 소녀에게 이길 것 같나. 길티라우의 목을 친 여자다."

"목을 쳤습니다."

탄자의 고자질에 시비 걸던 히아인이 이드라의 제지에 "으으." 하고 분한 소리를 냈다. 그 모습에 콧방귀를 뀐 바이츠는 무기로 삼은 뼈를 입에 넣고 으적거렸다.

삼자삼색, 탄자도 포함해 사자사색의 동료들 모습에 스바루는 작게 웃었다.

"전혀 사양하지 않고 고맙게 다 먹어치울게!"

"그래, 그렇게 해……. 다음 사투가 언제 있을지 모른다……."

뼈 붙은 고기를 물어뜯은 순간, 사형선고처럼 낮은 목소리로 바이츠가 선고했다. 그렇지만 과장된 이야기는 아니겠지. ——검노라는 신분이 된 이상은.

"저기, 금방 또 다음 사투란 걸 시킬까?"

"아니, 아무리 그래도 그렇게까지 가혹하지는 않은 모양이더군. 이전 방침…… 몇 년 전, 총독이 교대되기 전까지는 검노의 대우도 심각했다고 하지만."

"구스타프 씨로 바뀐 뒤로 나아졌단 소리야……?"

고기로 볼이 부푼 스바루의 질문에 이드라가 차분한 표정으로 끄덕였다.

그 답에 구스타프의 얼굴을 떠올린 스바루는 속으로 갸웃했다. 깨어나자마자 『스파르카』에 내몰린 처지다. 냉혈한이란 인상은 쉽게 떨칠 수가 없다.

검노의 대우를 개선한 것도 뭔가 내막이 있는 것이 아닐지 의심이 든다.

"극한까지 괴롭히는 게 아니라 토실토실 살찌운 뒤에 잡아먹을 속셈일지도."

"꼭 틀린 이야기도 아니지……. 사투를 짜는 것도 본격적인 흥행을 감안해서다……."

"흥행……. 검노를 구경거리로 삼는다는 이벤트인가."

한 해에 몇 번, 검노고도에서 열린다는 대규모 이벤트――흥행이라 불리는 그날을 앞두고 검노는 매일같은 사투로 전투법과 관객을 홀리는 법을 배운다고 한다.

당연히 실전 전에 검노가 죽으면 흥행을 주최하는 구스타프는 손해를 보게 된다. 그리 생각하면 구스타프의 방침은 비즈니스 차원에서 옳을지도 모른다.

"그래도 그런 게 있어. 그런 얘기를 들으면 겁나는 것이 그 파란 머리 꼬마지."

섬의 흥행과 구스타프의 방침에 집중하던 스바루를 그 한마디가 깨웠다.

"——히아인 님."

"아? 이런 걸 감추고 있어 봤자 별수 없잖아? 오히려 이 녀석은 우리 『합』의 일원이야. 섣불리 지워져서 곤란한 건 우리라고."

나무라는 듯한 탄자의 부름에 투덜댄 히아인이 물갈퀴 달린 큼직한 손으로 스바루를 가리키며 그 이빨이 빽빽한 입을 크게 벌렸다.

"그 실실대는 꼬마 말인데, 평판이 안 좋아. 같은 꼬마라도 어울릴 상대는 가려라."

"실실대는 꼬마라면…… 셋시 말이야?"

우물우물 뼈 붙은 고기를 먹던 스바루는 생각지 못한 충고에 곤혹스러워졌다.

가짜 세실스하고는 식사 전에 따로 행동하게 되었지만 그 태도로 누구와 어떻게 교류하고 있는지는 알쏭달쏭하다. 아마 누구에게나 같은 태도로 접하고 있겠지만.

"그래서 평판이 안 좋다니? 굳이 따지자면 나한테 들러붙는 상황인데."

"히아인의 표현은 좋지 않지만, 그건 나도 같은 의견이야. 주위 말로는, 그 소년은 이 섬에 오고 20일 정도라고 하는데…… 이미 그 소년의 『합』은 전멸했어."

히아인을 대신해 이드라가 심각하게 뒷말을 이었다. 침착한 그 어조에는 설득력이 있다. 하지만 『합』의 전멸이 가짜 세실스

탓이라고는——.

“그 소년은, 검투수 상대로『합』이 전멸하는 것을 지켜보고 나서 검투수를 맨손으로 죽였어. 구할 수 있었는데 구하지 않았지. 그게 악평의 이유야.”

“그뿐만이 아냐! 다른 사투를 짤 때마다, 죽일 필요까지 없다고 들은 상대를 죽여 버려. 어때, 위험한 녀석 맞지!”

“하물며 그러고서 대는 이름이 세실스 세그문트이니까 말이다…….”

마지막 정보가 새빨간 거짓말이라 해도, 남은 정보만으로도 위험인물 취급받기에는 충분. 그것이 저마다 가짜 세실스는 위험하다고 의견을 피력한 셋의 결론이었다.

“——.”

한편, 쏟아지는 의견을 들은 스바루는 입술을 뒤틀고 아무런 반박을 하지 않았다.

여기서 발끈하며 반박할 만큼 가짜 세실스에 대해 알지도 못한다. 가볍게 대화할 수 있는 상대이기는 하지만 친구란 것도 아니다. 목숨의 은인, 같은 이야기는 들었지만.

“슈바르츠 님, 마저 식사하시죠.”

“아, 응. 그렇지. 어쨌든 간에 체력은 비축해 둬야지.”

가짜 세실스에 관한 충고와 생각을 읽을 수 없는 구스타프의 꿍꿍이. 언제 짜일지 모를 사투까지. 문제는 계속해서 자꾸 쌓여만 간다.

하지만 이 섬에서 얌전히 풍파를 일으키지 않고 생활할 작정이란 털끝만치도 없다. 오히려 스바루는 호수를 출렁출렁 흔들어서라도 나갈 방법을 찾아낼 각오였다.

설사 누구와 적대하더라도 탄자를 데리고 이 섬에서——.

"뭐냐, 그 낯짝은……. 하고 싶은 말이 있으면 해라……."

"아니, 모두가 걱정이다 싶어서. 내가 빠져도 해낼 수 있는 자신 있어?"

"그게 뭐야?! 야, 장난칠 거면 고기 물어내, 고기!"

쭈뼛쭈뼛 던진 스바루의 물음에 뭔 소리인지 모르겠다고 히아인이 입을 쩍 벌리고 성냈다. 그 서슬에 바이츠가 일어서고 이드라가 허겁지겁 말리려는 모습을 보며 한숨.

만약 스바루와 탄자가 섬을 떠나면, 남은 세 사람의 『합』은 해나갈 수 있을까.

그 말을 꺼낸다면 말을 붙여 준 검노들도 입장은 크게 다를 것이 없고——.

"차라리 섬의 전원이……."

"슈바르츠 님?"

"아아, 미안, 미안. 혼잣말이야. 아무리 그래도 그건 너무 비약했으니 반성."

뜬금없이 떠오른 혼잣말이라도 섣불리 남이 들으면 곤란한, 뒤숭숭한 발상이었다.

하지만 스바루는 히아인과 바이츠와 이드라의 됨됨이를 알고 말았다. 그들은 겁쟁이에 비겁하고 거짓말쟁이지만 악인이 아니란 것을.

적어도 사투라는 형태로 생사결을 강제당할 이유는 없다.

그리고 그 점이 다른 사람들도 마찬가지라면——.

"——나는, 나츠키 스바루야."

그 이름이 의미하는 바는, 지금의 스바루에게는 만능의 힘을 주는 주문이었다.

3

——기눈하이브에서 보내는 생활은 스바루에게 썩 나쁜 것이 아니었다.

스바루 일행이 『스파르카』에서 싸운 모습은 널리 퍼진 모양이라 어디에 가도 식사 공간의 검노들과 비슷하게 환영받는 환경이다.

아무래도 스바루 일행과 싸운 그 사자 검투수는 여태까지 숱한 『합』을 전멸시킨 강적이었는지, 어린아이가 두 명이나 있는 『합』의 승리는 이변이었다는 평판이 자자했다.

사투를 강요받는 검노들에게도 강자가 존중받는 제국의 방식은 변함없다.

그렇기 때문에 인기 좋은 스바루 일행과 비교하면 비슷한 공적을 남긴 가짜 세실스가 미움받는 정도가 엄청나다. 그 고약한 평소 행실을 잘 알려주고 있다.

"다만 은근히 주의를 주어도 들은 척도 하지 않는단 말이지. 탄자는 어떻게 생각해?"

"아무래도 좋습니다……. 그보다도, 슈바르츠 님."
"응?"
"——슈바르츠 님은, 정말로 여기서 나갈 생각이 있으신 건가요?"
탄자는 힐난하는 말과 눈초리로 스바루의 진의를 캐물었다.
장소는 섬의 하층. 검노에게는 여럿이 공용으로 쓰는 혼거실 같은 방이 주어져서, 스바루와 탄자는 같은 방을 쓰고 있다.
훼방꾼이 없는 그 공간에서 탄자는 마침내 인내심이 한계라는 양 한숨을 쉬고 재차 물었다.
"요 며칠, 슈바르츠 님은 여기서 보내는 생활을 만끽하고 계십니다만, 처음 방침은 기억하고 계시나요? 만약 적극적으로 움직이지 않으시겠다면……."
말하는 중에 눈을 내리깐 탄자가 정좌한 무릎에 올린 주먹을 떨었다.
"지금도 카오스프레임의 그 이후는 아무것도 모르는 상태입니다. 요르나 님께서 무사하시다는 것만은 저에게 내린 총애가 남아 있는 점으로도 알겠습니다만……."
"총애…… 그거, 요르나 씨의 『혼혼술(魂婚術)』 말이구나."
"네. 지금도 요르나 님의 총애만은 절실하여요."
탄자가 눈을 꼭 감고서 요르나의 『혼혼술』이 주는 영향을 긍정했다.
자신의 힘 일부를 나누어 주는 『혼혼술』, 그것이 탄자가 지닌 어린아이 같지 않은 힘의 비밀이다. 사자의 목을 단숨에 친 것도 탄자의 실력이 아니라 요르나가 내린 사랑의 산물.
멀리 떨어져 있어도 요르나 미시구레라는 여성의 다정함이 사랑하는 아이를 지키고 있다.
"요르나 씨는, 너무 다정하니까……."
약육강식을 주창하는 제국의 방침에 거역해 몇 번이고 모반자 취급도 당했다. 그런 요르나의 처지와 그 보호를 받으며 그녀를 사랑하는 주민들의 마음을 스바루도 알 만하다.
그렇기에 조급해지는 마음을 참지 못하는 탄자의 생각도 알 만하지만.
"그러니까 슈바르츠 님처럼 느긋하게는 있을 수가 없어요!"
"으그윽! 느긋……."
"그래요. 틀림없이 당장에라도 섬을 나갈 방법을 찾을 줄 알았더니, 『합』의 사람들이나 다른 검노 분들과 잡담을 하거나, 섬 안을 무턱대고 돌아다니기만 할 뿐이고……."
탄자가 손을 꼽으며 행동을 거론하자 스바루는 손가락으로 뺨을 긁었다.
탄자의 말대로 요 며칠 동안 사람과 만나서 대화만 할 뿐이던 스바루의 행동은 적극적으로 섬을 나가려는 것처럼은 보이지 않았을 것이다.
"오히려 이 섬의 생활에 정을 붙여 뼈를 묻으려는 줄……."
"어마어마한 오해네! 아니, 불안하게 해서 미안해. 하지만 탄자가 요르나 씨를 만나고 싶은 거랑 똑같이 나도 만나고 싶은 상대가 있어. 그러니까 반드시 돌아갈 생각이야."

"그…… 함께 계시던 분들 말씀인가요?"

"아벨만 빼면 그렇다고 말할 수 있고, 다른…… 커다란 벽에 둘러싸인 도시에도 있어. 그리고 제국의 이웃나라에도. 나도 꽤나 바쁘신 몸이라구."

"하, 하지만, 그렇다면 더……."

진지하게 착수해 달라. 탄자의 뒷말은 그랬을지도 모른다.

하지만 그녀가 스바루에게 소망을 전하기보다 먼저——.

"——읏, 이 진동은."

"——왔나!"

땅 밑바닥에서, 정확히는 섬 밑바닥에서 진동이 전달되자 스바루는 펄쩍 일어섰다.

고대하던 순간의 방문은 탄자의 인내심 한계를 봐도 최고의 타이밍이었다.

"탄자, 중층의 안뜰로 가자! 거기까지는 간수의 허가가 없어도 올라갈 수 있어!"

"아, 안뜰이요? 거기에 올라가서, 뭘……."

"뻔한 거잖아! ——도개교가 올라가는 모습을 볼 거야."

스바루는 눈이 휘둥그레진 탄자의 손을 잡고서 억지로 방에서 데리고 나갔다. 급한 걸음으로 가는 곳은 선언한 대로 중층에 있는 안뜰이었다.

섬의 중턱에 있는 그곳은 아무 방해도 없이 호수를 한눈에 내다볼 수 있는 절호의 포인트로——.

"무슨 영문인지 날아온 우리는 정작 그 도개교를 한 번도 못 봤어. 하지만 여기를 나가려면 반드시 도개교를 건너야만 해. 안 그래?"

절해(絕海)의—— 바다가 없으니 절수(絕水)의 고도라 불러야 할 기눈하이브는 안팎을 오가기 위해서 섬과 맞은편 기슭을 도개교로 연결하고 있다.

당연히 도개교이니 쓰지 않을 때는 접어 두고 있고.

"이 눈으로 그걸 보고 싶어. 셋시에게 몇 번 물어도 감이 안 잡히는 설명만 나와서."

"저도 들었습니다. 이 섬의 도개교는, 평소에는 잠겨 있다고."

"그래, 그 도개교가 첫 번째 관문이야. 우리가 이 섬에서 나가려고 할 때의."

달리는 스바루의 설명에 탄자가 진심으로 놀라고 있었다. 눈치를 보면 진실로 스바루가 섬의 탈출을 내팽개쳤다고 여겼을지도 모르겠다.

그만큼 걱정을 끼쳤나 싶어 반성하는 스바루의 손을 탄자가 맞잡았다.

"도개교가, 첫 번째 관문…… 그렇다면 두 번째 관문은."

"말할 필요도 없이 주칙이지. 구스타프 씨가 검노 전원에 거는 속박이란 거."

"——총독님의, 주칙."

동그란 눈썹을 내린 탄자의 말에 스바루도 앞을 본 상태로 끄덕였다.

식사용으로 개방된 공간이나 독서하기 위한 책이 비치된 도서

실까지 있는 검노고도지만, 상당한 자유를 허락받은 검노들을 절대적으로 옭아매는 것이 『주칙』이다.

검노는 예외 없이 섬에 들어온 시점에서 주칙의 대상이 되는 주인이 새겨져 규칙을 어긴 이는 가차 없이 목숨을 빼앗긴다. 그런 구조라고 한다.

물론 검노를 졸업할 자격을 충족하면 경사스럽게 주인을 풀어 준다지만.

"그거야말로 황제가 보러 오는 흥행의 포상 수준이라나 봐. 셋시 말로는, 사투에서 백연승한 패턴이라도 풀어 줄지 모른다더라."

"양쪽 다 도저히 현실적이라고는……. 다음 흥행의 일정도 모르고, 백승이라니."

"할 수 있느냐 없느냐는 따로 치고 말이지."

스바루의 답에 한순간 탄자가 흠칫한 것이 잡은 손 너머로 전해졌다.

실제로 농담한 것도 아니다. 스바루가 진심으로 하겠다 마음먹으면 사투를 백 번 이겨내는 것도 불가능하지는 않다. 단지 시간이 지나치게 걸려서 폐기할 수밖에 없었을 뿐이지.

"구체적으로 어디까지라면 구스타프 씨가 주칙으로 벌을 내릴지 모르겠지만, 이 섬에서 탈주하겠단 소리를 꺼내면 한 방에 아웃이라 봐."

"그건, 같은 의견입니다. 검노의 탈주를 총독님은 허락하지 않을 테지요."

"그 엄중한 시선을 피하기 위해서도 도개교와 주칙을 해결할 방법을 찾아야 해. 그러니까 지금은 도개교를 보러 간다. 땡땡이 친 거 아니지?"

"슈바르츠 님이 느긋하게 보내던 것처럼 보인 것은 사실이니까요……."

"속이 꽁하네……."

게슴츠레한 탄자의 눈총에 쓴웃음 지었을 즈음, 마침 목적지인 안뜰에 도착했다.

섬의 중턱에 있는 안뜰——근사하게 표현하자면 공중정원이라고 할 수 있을까. 물론 멋대로 자란 잡초와 손질되지 않은 들꽃, 군데군데 자란 나무들이 늘어선 광경을 그렇게 부르면 전국의 정원사 여러분이 얼굴이 벌게져서 화낼지도 모른다.

기본적으로 회색에 둘러싸인 살풍경한 섬 속이라면 이런 정원이라도 힐링 효과가 있지만.

그러나 이 타이밍에 안뜰에 모인 이들의 목적은 녹음의 힐링 효과가 아니라——.

"다들 도개교 목적……이라기보다 도개교를 건너오는 상대가 목적 같네."

"도개교를 건너오신다면……."

"또 새로운, 검노 후보일 거야. 우리랑 같은 처지의."

"앙? 슈바르츠랑 꼬마 아니냐. 왜 여기에 왔어."

두리번두리번, 자신들 말고도 안뜰에 와 있는 검노들을 둘러보고 있으려니 그 인파 속에서 손을 흔드는 히아인의 모습이 있었다.

스바루는 "오." 하고 놀라면서 마침 잘됐다며 탄자와 함께 그에게로 갔다.

"그쪽이야말로 눈요기나 하게?"

"눈요기일 리 있겠냐! ……다음 제물이 온다고 들어서 그렇지."

언성을 높이던 히아인이 금세 겸연쩍은 표정으로 눈을 피했다.

방금 자기 발언이 눈요기 목적을 조금도 부정하지 못했다는 자각이 있기 때문이다.

"그, 근데 말이다! 말해 두지만 나를 눈요기 목적의 구경꾼하고 똑같이 보지 마!"

"히아인 님, 그런 말씀은 너무 크게 하시지 않는 편이……."

드센 태도와 정반대로 히아인은 꽤 겁이 많은 성격이다. 탄자의 말에 금세 "아……." 하고 기세에 맡긴 자기 발언에 얼굴이 해쓱해졌다.

"젠장……. 내 얘기는 됐잖아. 너희야말로 뭐 하러 온 건데."

"우리도 다음에 올 사람들에 흥미는 있지만, 가장 큰 목적은 다리야. 도개교를 보러 왔어."

"다리가 보고 싶다고? 어린애냐…… 어린애 맞잖아!"

"어, 그래. 목소리 되게 크네."

정신없이 감정의 정리를 못하는 히아인 옆에서 스바루는 넓은 호수 위를 바라보았다.

아직 해가 높은 시간일 테지만 검노고도 주변은 늘 흐린 날씨라 어둑하다. 시간을 파악하기 힘든 날씨, 그 아래에 있는 호수의 변화를 기다리고 있으려니――.

"오, 오오, 오오오오――!"

처음에 들린 것은 어디선가 톱니바퀴나 기계적인 것이 움직이는 소리였다.

검투장에 있던 장치와 같은 타입의 구조이겠지만, 도개교는 규모가 현격히 다르다. 뭐니 뭐니 해도 섬에서 물 건너편까지 1킬로미터 이상의 다리를 연결해야 하기 때문이다.

스바루 일행이 느낀 전조를 코웃음 치는 진동이 섬 전체를 크게 흔들고, 검은 호수 위를 가르듯이 천천히 도개교가 '올라온다'――.

"――굉장해."

무심코 그런 감탄의 한숨이 나올 만큼 압도적인 광경이었다.

천천히 호수 안에서 모습을 드러낸 도개교는 연결된 여러 개의 발판을 부상시켜 호수 위에 외다리로 구축되는 대규모 시설이었다. 여럿으로 분할된 다리는 호수 위로 나오자 어마어마한 양의 물을 배수하며 다리 절반으로 완성된다.

그것과 한 쌍이 되는 도개교의 남은 한쪽이 맞은편 기슭의 조작으로 똑같이 완성―― 두 도개교가 하나로 합쳐 검노고도는 일시적으로 절수의 고도에서 벗어났다.

"건너편 다리도 조작할 필요가 있나 보네요……."

"그래 보이네. 도개교를 이용해 나갈 거라면 협력자가 있어야 하겠어."

도개교의 조작에는 각각 전용의 장치를 쓰는 것 같다.

힐끔 내려다보니 섬 쪽의 도개교 옆에 파수대로서는 어중간한 탑이 있다. 틀림없이 도개교를 조작하는 제어탑이리라.

당연하지만 탑 입구는 잠겨 있을 테고 이만큼 대규모 다리를 움직여서 몰래 도망치기란 불가능하기 그지없다.

나룻배를 타고 건너기에도 수중의 마수가 방해되며, 현실적인 탈출 방법을 고안하기에는 정보가 부족하다.

더구나――.

"탑의 열쇠를 가지고 있는 건, 구스타프 씨인가."

나쁜 조건은 겹치기 마련이라 방금 발견한 제어탑 안에서 나타난 것은 그 다부진 몸과 네 개의 팔을 갑갑한 제복으로 감싼 구스타프였다.

도개교를 조작하고 곧장 다리를 건너온 상대를 마중까지 하는 모양이다. 간수를 이끌고 직무에 열심인 모습, 스바루 일행에게는 너무나 만만찮은 일꾼이다.

그렇게 스바루 일행이 조금씩 부족한 퍼즐 조각을 맞추고 있으려니――.

"앗――?!"

갑자기 스바루와 탄자 옆에서 도개교를 바라보던 히아인이 기성을 질렀다.

히아인이 파란 눈의 동공을 좁히며 혀를 떨면서 도개교를 보고 있다. ――아니다. 그가 보던 것은 도개교가 아니라 건너오는 마차 쪽이었다.

검고 큰 질풍마가 끄는 마차. 도개교를 건너 기슭에서 기다리던 구스타프 일행 쪽에 도착한 마차가 안에 태우고 있던 사람들을 내렸다.

새로 끌려온 검노 후보들을 본 히아인이 얼굴을 손으로 가렸다.

"저 멍청한 놈들, 붙잡혔어……!"

쥐어짜는 것만 같은 히아인의 말뜻은 내려오는 인영을 보자 바로 알 수 있었다.

불안한 눈치로 마차에서 끌려 내려온 것은 비늘색이야 각자 다르긴 해도 다들 히아인과 같은 석척인이었다.

"나를 미끼로 삼아서까지 도망쳤던 것 아니냐고……."

히아인의 그 씁쓸한 중얼거림이 그들과의 관계를 밝혔다.

몇 번이고 『스파르크카』를 재시도한 스바루는 『합』의 세 사람이 어떤 사정으로 검노가 되었는지 알고 있다. 히아인은 주위 풍경으로 의태할 수 있는 능력 탓에 미끼가 되어서 노예상으로부터 동료가 달아날 시간을 벌기 위한 버림돌이 되었다고 토로했었다.

"즉, 저 녀석들이 히아인을 미끼로 삼은 녀석들인가."

"윽……."

씁쓸하게 신음한 히아인을 탄자가 "히아인 님……." 하고 걱정스럽게 쳐다보았다. 그러나 그는 스바루와 탄자, 둘의 시선에 크게 고개를 내저었다.

"고, 고소하네! 남을 이용해 먹으니 지들도 골탕 먹는 거지!"

"————."

그것은 있는 힘껏, 자기 안에 있는 악의를 긁어모아서 내뱉은 듯한 말이었다.

자신을 속인 상대의 처지를 비웃는 것치고는, 히아인의 목소리는 지나치게 떨리고 있다. 그것이 본인도 알았는지 그는 혀를 차고 뿌리치듯 호수에 등을 돌렸다.

그대로 성큼성큼 떠나가려는 등짝에다——.

"그래도 되겠냐, 히아인. 동료였던 것 아니냐."

"하! 마, 말했잖아! 저 녀석들은 나를 미끼로 삼아 도망친 주제에, 그 뒤에 삽질해서 저 꼬라지인 거야! 그런 멍청이들 따위를 알 바냐!"

"——그래도 벼랑에 가방을 떨어뜨렸을 때, 먹을 것을 나누어 주었다며?"

그렇게 가로막는 스바루의 말에 히아인이 "아." 하고 눈을 부릅떴다.

스바루는 말을 잃은 히아인에게 고개를 가로젓고 계속해서 말했다.

"도적으로부터 도망칠 때 힘을 보태 주거나, 불을 피우지 못했을 때에 대신해 주거나……. 마지막 기억은 나쁜 거였을지도 모르겠지만."

"————."

"그 마지막 모습이 그 사람의 전부라고 여기면 너무 섭섭해."

극한 상태일 때 인간의 본성이 나온다는 이야기가 있다.

참 어처구니가 없는 이야기라고 스바루는 그 논리를 웃기지 말라며 걷어차 주고 싶다.

속절없이 비일상적인 상황에 처했을 때 저지른 행동으로 그 사람의 전부를 단정하다니, 어이없는 이야기다.

그렇다면 『스파르카』 상황에서 히아인이, 바이츠가, 이드라가 보여 준 모습이, 그 겁쟁이에 비겁하고 사기꾼인 모습이, 세 사람의 본성이라 단정할 수 있다는 말인가.

도망치지 않고, 뒤통수치지 않고, 속지 않고, 스바루와 협력한 세 사람이 있었다.

그렇기에 이렇게 다 같이 목숨을 건지고, 『합』의 모두가 모여서——.

"그 기회를 내버리면, 반드시 후회할 거야."

지금 스바루가 정말 좋아한다 생각하는 사람들도, 처음부터 좋아한다 여겼던 것이 아니다.

그 사람들의 좋아할 수 없는 얼굴도 보았다. 그래도 스바루는 모두를 좋아한 채로 있고 싶었다. 그리고 그것은 딱히 스바루만 특별한 게 아니라고 생각한다.

"저 녀석들은 『스파르카』를 넘지 못해……."

스바루의 호소에 히아인은 뒤돌아선 채 말을 남기고 떠났다.

말한 기억도 없는 화제를 거론해서 자못 불편했을 것이다. 그러나 스바루가 느끼기로는 그 이상으로 느껴지는 감정이 있는 목소리였다.

본인은 눈치채지 못했을지도 모르지만, 히아인은 말했었다. 자기 기분이 문제가 아니라 상황이 용납하지 않는 거라고.

그렇다면 상황이 용납한다면——.

"――그건 가시밭길이에요, 밧스."

"심장에 좋지 않게 등장하지 마……."

떠난 히아인과 교대하여 불쑥 모습을 보인 인물에게 스바루는 한숨을 쉬었다. 타이밍을 재다가 나온 것만 같은 등장. 실제로 타이밍을 재고 있었을지도 모른다.

그 정도쯤은 해도 전혀 이상하지 않은 것이 이 인물이므로.

"세그문트 님……."

"구경꾼 행세라니 안 어울리게. 왜 여기 있어?"

스바루와 탄자, 둘의 시선을 받으며 나타난 가짜 세실스는 "아뇨, 아뇨." 하고 고개를 가로젓고 기모노 옷자락에 들어간 손으로 호수를 가리켰다.

"아마도 왜, 밧스는 도개교를 보러 올 예감이 들어서요. 그러면 이야기가 진행된다……. 그렇게 짐작한 거죠."

"슈바르츠 님, 저기……."

"알아. 나도 의미는 전혀 모르겠으니까."

도움을 청하는 탄자의 눈빛에 스바루도 같은 기분이라고 끄덕였다.

어쨌든 가짜 세실스의 이야기 망상증에서 배출되는 헛소리를 파고들어 봤자 의미가 없다. 다만 처음 꺼낸 말은 헛소리라기에는 살짝 정곡을 찌르고 있었다.

"방금 한 가시밭길이라는 말은 무슨 뜻이야?"

"그건 말 그대로, 듣던 대로 느낀 대로의 의미죠. 밧스도 알잖아요? 저 이외의 사람은 맺고 끊을 줄 알아야 한다는 걸."

"그럴 때 특별 대우하는 자기를 끼워 넣는 바람에 노이즈가 심하네."

한쪽 눈을 찡긋한 가짜 세실스의 말에 그리 대꾸하며 스바루는 그 딴의 충고를 받아들였다.

가짜 세실스는 하고 싶은 말을 자기 방식대로 번잡하게 꺼내지만 스바루의 심정과 대조하면 그 진의가 보인다.

"맺고 끊기……. 그것이 셋시가 남을 돕지 않는 이유야?"

검노고도에서 악평을 한몸에 모으는 가짜 세실스. 같은 『합』의 동료를 죽게 내버려 두고 사투가 짜일 때마다 상대의 목숨을 앗아가는 소년은 그 물음에 "네." 하고 수긍했다.

"장해물은 자기 힘으로 타개해야죠. 남의 힘을 빌려서 달성해봤자 다음 장해물에서 반드시 꺾여요. 힘은 영원히 빌릴 수 없습니다. 사람은 죽어요. 저라도 불사가 아닙니다."

의도는 이해한다. 논리도, 전부는 아니어도 이해하지 못할 수준은 아니다.

하지만 그것은 가짜 세실스가 강하고 문제를 베어 넘길 수 있는 사람이기에 말할 수 있는 논리다. 그것은 매우 엄격하고 정나미가 없어서 스바루는 좋아하지 않는다.

게다가──.

"만남이 사람을 바꿀 때도 있잖아. 그러면 그 사람은 다음 장해물을 자기 힘으로 극복할 수 있을지도 몰라. 그 기회는 있어도 돼."

스바루는 지금의 자신이 자기 혼자만의 힘으로 여기에 있다고 생각하지 않는다. 좋든 나쁘든 많은 만남이 지금의 자신을 형성하여 나츠키 스바루가 되었다.

설혹 손발이 작아져도, 얄팍해진 가슴을 펴고 주장하리라.

이, 뭐든지 혼자 헤쳐 나갈 수 있는 초인에게 혼자 살아갈 수 없는 범인(凡人)으로서.

"이 맺고 끊지 못하는 마음이 중요한 거야. 이 맺고 끊지 못하는 마음이 누군가를 구하는 원동력이 되는 거지. 풋내 나는 어린애의 투정이라 그래도, 원래 그래."

스바루는 그리 믿고 싶다. 영리한 어른인 양 맺고 끊지 못하는 풋내 나는 논리를.

"아핫."

스바루의 그 선언에 가짜 세실스의 표정이 변했다. 으스스한 가짜 웃음 같던 미소에서 어린아이가 별을 바라보는 듯한 반짝거리는 웃음으로.

스바루는 그 얼굴을 눈 끝자락에 담아 두며 할 일이 정해졌다고 발을 떼었다.

"슈바르츠 님?! 세그문트 님, 무슨 말씀을……."

"정말 멋지네요, 밧스! 제가 상상하는 논리에 맞아떨어져요. 멋있는 사람은 멋있는 말을 하고, 강한 사람은 강하게 보이는 말을 한다. 어느 배역이든 그에 맞춘 말을 하는 것부터 시작하는 거죠. 그 기개, 그야말로 운명의 반역자!"

"세그문트 님!"

크게 웃는 가짜 세실스에게 소리치는 탄자. 그런 둘의 중재도 뒤로 미루고서 스바루는 급한 발걸음으로 섬 안으로 돌아가 하층에 있는 목적지로 달려갔다.

시간과의 승부다. 들러야 할 곳에 먼저 간 다음, 상대를 설득할 필요가 있다. 경우에 따라서는 설득이 아니라 논의나 폭론이 될 가능성도 있지만——.

"눌 할아버지!"

달려간 치유실의 문을 난폭하게 열자 안에서 낮잠을 자던 등짝이 대경실색했다.

홀쭉한 몸에 자라는 대로 방치한 긴 수염, 면봉 같은 인상의 노인은 치유실에 틀어박혀서 치유자 노릇을 하는 눌 할아버지다.

난데없는 상황에 놀라는 눌 할아버지에게 스바루는 "미안, 미안." 하고 운을 떼고서, "부탁했던 것, 다 됐어?"라고 물었다.

4

가는 말이 고와야 오는 말이 곱다. 히아인은 안뜰에서 슈바르츠에게 등을 보인 자신을 저주했다.

또 충동적으로 시비를 걸고는 금세 후회하는 자신의 고약한 버릇이 시작되었다. 머리에 떠오른 말을 바로 입 밖에 떠들면 안 되는 줄 알면서도 도무지 낫지를 않는다.

이 버릇 때문에 여태까지도 실컷 싫은 일을 경험했다. 검노로서 기눈하이브에 보내지는 처지가 된 것도 이 입이 화를 부른 게 원인이었다.

슈바르츠에게 했던 이야기는 사실이다. 노예상에게서 도망치기 위해 히아인은 동료들의 버림돌이 되었다. 하지만 애초에 노예상에게 찍힌 원인은 히아인의 실언이었다.

여행 도중, 들른 술집에서 트집을 잡히고 명백하게 위험한 패거리와 분쟁을 일으켰다. 그 뒤로 며칠이나 해코지 같은 추적을 받다가 동료들은 고뇌 어린 결단을 내린 것이다.

"다 알아, 그런 건……."

겁이 많으면서 허세를 부리고, 그런 이유로 문제를 부른 히아인을, 동료들은 아슬아슬한 순간까지 저버리려 하지 않았다. 그런 그들에게 "도저히 방법이 없으면 버려." 하고 멋을 부린 것은 다름 아닌 자기 자신이었다.

마음 어디선가, 그들에게는 자신을 버릴 용기가 없다고 여겼었다. 그들도 마지막 일선을 넘지 못하는, 자신과 똑같은 겁쟁이라고 단정하고 투정을 부렸었다.

"나 자신이 가장 글렀다는 것쯤은 다 안다고……."

그래 가지고 버림받았다며, 버림돌이 되었다며 피해자 행세하다니 어이가 없다.

하지만 그러지라도 않으면 자신의 마음을 지킬 수 없었다. 나는 잘못이 없는데 매정한 동료 때문에 이렇게 된 거라고, 살아난 그들을 저주함으로써 자신을 지키려 했던 것이다.

"그런데, 왜 지들도 붙잡힌 건데……!"

기껏 미끼가 되어서 잡혀 줬는데, 이래서는 히아인이 그냥 밉상일 뿐이다.

그들을 저주할 대의명분을 빼앗기고 그냥 밉상으로 전락해서 보고만 있을 수밖에 없다. 붙잡힌 검노로서 고도의 세례를 받아 죽어갈 그들을.

"————."

히아인 일행 때와 달리 인원이 갖춰진 그들의 『스파르카』는 당일이었다.

무슨 낯짝이냐는 생각을 하면서도 검투장의 관객석으로 발길을 옮긴 히아인은 충격을 받았다. 뜨문뜨문 메워진 관객석에는 바이츠와 이드라의 모습도 있었다.

역시나 그토록 말을 하던 슈바르츠와 탄자의 모습은 보이지 않았지만.

"——지금부터 『스파르카』를 시작하겠다!!"

총독인 구스타프의 걸걸한 호령이 떨어지자 검투장 안쪽으로 연결된 통로가 열리고, 철책 너머에서 천천히 『스파르카』를 위한 검투수가 나타났다.

그것은 히아인 일행과 싸운 검투수와 전혀 다른, 두 팔에 새의 날개가 달리고 온몸을 바늘 같은 날카로운 체모로 감싼 크나큰 쥐였다.

단, 그 위험성은 다를 것이 없다고 히아인은 겁쟁이의 본능으로 알아챘다.

"아무래도 저들이 이번 참가자 같군."

낮게 으르렁대는 검투수, 그 맞은편 통로가 열리고 거기에 다섯 명의 석척인——『스파르카』의 가엾은 희생자들이 이드라의 말대로 기가 죽은 모습을 보였다.
그 전원의 낯이 익어서 잘못 봤기를 바라던 히아인의 마지막 희망은 사라졌다.
무슨 팔자인지 겁쟁이 히아인은 『스파르카』에서 살아남고, 그렇지 않은 저들은 죽는다. 그것이 피할 수 없는 운명인 것이라며 히아인은 검투장에서 눈을 돌리고——.
"말도 안 돼……."
"——아?"
히아인이 자신과 세상을 모두 저주한 순간, 바이츠가 얼굴의 문신을 일그러뜨리며 중얼거렸다.
그 얼굴에 새겨진 것은 음산한 문신 이상의 경악이었다. 그리고 그것은 검투장을 내려다보는 검노 전원이 목격한, 믿기 어려운 광경에 대한 반응이었다.
히아인도 무심결에 시선을 검투장을 되돌렸다가 그들과 똑같은 충격에 말을 잃었다. 검투장으로 보내진 다섯 명의 석척인, 그들 옆에 있을 리 없는 여섯 번째 인영이——.
"뭐, 뭐, 뭔 짓을 하는 거야, 슈바르츠?!"
히아인은 목을 푸들거리며 있어서는 안 될 존재, 흑발 소년의 이름을 외쳤다.
아까 안뜰에서 풋내 나는 말을 듣고서 헤어진 소년. 꼼짝없이 정나미가 떨어진 줄로만 알았던 소년은, 히아인의 외침 소리에 고개를 위로 꺾었다.
그리고 목숨이 걸린 『스파르카』를 앞두고 석척인들을 등지고 당당히 선언했다.

"——최강의 원군."이라고.

5

눌 할아버지에게는 진심으로 미안한 짓을 부탁했다.

지금이야 섬의 치유자—— 의사 시늉을 내고 있는 눌 할아버지지만 원래는 그냥 섬의 고참 검노일 뿐이며 치료 및 약에 대해 공부한 적은 한 번도 없었다고 한다.

팔을 잃은 검노의 상처를 지저분한 헝겊으로 막아서 지혈해 준 것이 계기였다.

그때 도움받은 검노의 입소문으로 잇따라 부상자가 눌 할아버지에게 치료를 요구해서, 어느샌가 검노의 직무가 면제되어 치유실의 지킴이가 되었다고 한다.

부상자가 끊이지 않는 섬에서라면 죽을 때까지 치유자로서 평안무사하다고 웃던 눌 할아버지. 그런 눌 할아버지에게 하기에는 분위기 깨는 부탁이라고 스바루도 생각했다.

하지만 여기서 스바루가 해야 할 일에는 꼭 필요했기에——.

"입에 물거나 혀를 대기만 해도 사람이 즉사하는 독을 마련할 수 있어?"

잇몸만 남은 입을 성대하게 뒤튼 눌 할아버지에게는 무지무지 미안했다.

하지만 생각해 보길 바란다. 만약 싸움 도중에 기절해서 어중간한 상태로 살아남았다간 최악이다. 재시도할 수단은 꼭 필요했다.

그리고 그것을 손에 넣으면 스바루는 이미 완전무결했다.

"뭐, 배부른 소리를 하자면 좀 더 다리가 길어지고 싶지만."

그런 푸념은 싸움 중에 큰 걸음 한 발짝이 부족한 상황과 맞닥뜨린 뒤의 감상이다.

물론 그 한 발짝은 다음 기회에 두 발짝 빨리 뛰쳐나가서 억지로 해결한다. 시행착오를 거듭해서 최선의 수를 찾아 원하는 미래를 이 손으로 거머쥐기 위해서.

그렇기에——.

"——그만! 『스파르카』에서 잘 살아남았다!! 본직의 권한으로 제군을 검노고도의 일원으로 받아들이겠다!"

울려 퍼지는 걸걸한 호령이 치열한 싸움의 종식을 칭찬했다.

검투장 한복판에는 몸통에 크고 작은 검 두 자루가 박혀 위를 보고 쓰러진 검투수의 시체가 뒹굴고 있었다. 두 팔의 날개와 긴 꼬리가 절단되어 애처로운 모습으로.

하지만 저 날개의 활공과 날카로운 꼬리의 연속 공격은 진짜 진짜 성가셨다.

그건 그렇다 쳐도——.

"구스타프 씨, 진짜냐……."

어깨를 들썩거리며 헐떡이는 와중에 스바루는 검투장을 내려다보는 구스타프의 모습을 쳐다보았다.

흉행이 벌어질 경우의 주빈석, 그 위치에 네 팔로 팔짱을 낀 구스타프는 이번『스파르카』를 스바루 일행 때와 일언일구도 차이가 없는 문구로 마무리 지었다.

융통성이 없는 고지식한 인물이란 이미지였지만, 돌덩이를 넘어 숫제 철골이었다.

거기에――.

"해, 냈다……. 해냈어, 해냈다고! 살아남았어! 살아남았다고오오오!"

푹 퍼진 스바루에 뒤이어 승리한 실감이 솟은 다섯 명의 석척인이 환성을 터트렸다.

오손, 히츠, 나드레이, 쿠온손, 코드리까지 다섯 명이다. 전원 석척인이기는 하지만 세세한 종족 차이가 있어서 그 개성의 파악과 연계가 승리의 열쇠가 되었다.

누구 하나라도 없었다면 이길 수 없었다. 물론 스바루 없이는 절대로 불가능했다.

"하지만, 이겼지……!"

"슈바르츠!!"

주먹을 하늘로 쳐올린 스바루. 그때 관객석에서 뛰어내린 인영이 달려왔다. 온몸의 비늘을 거꾸로 세운 히아인이 뒤뚱뒤뚱 볼품없게 달렸다.

그는 입을 뻐끔거리며 물갈퀴가 달린 큼직한 손가락으로 스바루의 어깨를 붙잡았다.

“무, 무슨 생각을 하고 자빠졌어?! 애초에 왜 네가 『스파르카』에…….”

“아파아파, 어깨 아파! 징벌이야, 징벌! 징벌로 강제 참가!”

“징벌, 이라고?”

울상을 지은 스바루의 호소에 히아인은 눈을 동그랗게 뜨며 놀랐다.

그것은, 고참 검노들에게 탐문해서 얻은 정보── 섬의 질서를 지키기 위해 구스타프는 자신과 간수에게 거역하지 못하게 주칙으로 검노를 속박하고 있다. 하지만 가능한 한 검노를 헛되이 죽이고 싶지 않은 구스타프는 내리는 벌에도 단계를 설정했다.

“그것이 경고와 징벌, 그다음에 주칙이야. 경고는 말 그대로 경고고, 징벌이란 것이…….”

“설마, 『스파르카』……?”

“의, 강제 참가. 누구랑 한 조가 될지 모르는 『스파르카』는 목숨이 얼마나 있어도 부족하잖아. 그러니까 진짜로 벌이 되긴 하는 거지.”

뭘 잘하고 못하는지도 모르는 상대와 협력해 흉포한 검투수와 싸운다. 할 메리트는 없는데 죽을 가능성만 지나치게 높은 위험한 사투── 그것이 『스파르카』다.

그런 건 아무도 하고 싶어하지 않으니까 징벌은 반항적인 검노를 겨냥한 억지력이 된다.

스바루는 그것을 악용해 이번 오손 일행의 『스파르카』에 자진해서 끼어들었다.

왜냐하면——.

"내가 없었으면 오손 일행도 모두 죽었을 테니까."

실제로 스바루가 있어도 끔찍한 싸움이었다. 히아인 이상으로 싸움에 부적합한 오손 일행과 하나로 뭉치려면 먼저 석척인과 인간의 뿌리 깊은 도랑을 넘어설 필요가 있었다.

하지만 그 도랑을 뛰어넘는 데 이바지한 것은 스바루의 예상치 못한 경험이었다.

"다 같이 카오스프레임으로 가고 싶었다며?"

"뭐……."

"그런 얘기, 제대로 해 두는 편이 나을걸. 모처럼 재회할 수 있었으니까."

히아인이 길쭉한 동공을 가진 눈을 부릅뜨자 스바루는 웃으며 다섯 명 쪽으로 턱짓했다.

살아남은 기쁨에 잠겨 있던 다섯 명도 서서히 주위를 볼 여유를 되찾는다. 그러던 중에 그들 중 가장 시야가 넓은 코드리가 스바루와 히아인 쪽을 눈치채고——.

"히아인?! 히아인이다! 다들, 살아 있어! 히아인이 살아 있었어!"

코드리가 펄쩍 뛰며 기뻐하자 다른 네 사람도 히아인을 발견하고 눈을 크게 떴다. 그런 그들의 얼굴에 번져가는 것은 한 점 흐림 없는 안도와 감격의 빛깔이었다.

"내가 목숨 걸고 만든 기회야. 꼭꼭 씹으며 맛보라고, 형제."

얼굴이 엉망으로 무너진 히아인의 등을 스바루가 웃으며 때렸다. 그렇게 동료들 쪽으로 보내졌다가, 몇 걸음 나아간 곳에서 히아인이 멈춰 서고——.

"고맙다……."

여러 번 머뭇거린 뒤, 조그마한 감사를 입에 담고서 히아인이 동료들에게로 갔다.

히아인은 불안한 듯하지만, 아무것도 걱정할 필요가 없다. 오손 일행은 히아인에게 적의도 악의도 없다. 다섯 명이 붙잡혀서 검노고도에 온 이유도 스바루는 이미 알고 있다.

제대로 대화를 나누면 히아인과 저들이 싸울 이유는 없다는 것도.

"그래, 대화를 나누면…… 그러니까, 일단 내 변명을 들어줘."

"——들어 보지요."

히아인을 배웅한 스바루는 뒤에서 분노의 아우라를 일으키는 탄자 쪽으로 뒤돌았다. 어린 소녀는 여느 때 같은 무표정이지만 검은 눈이 한층 더 차갑게 느껴졌다.

"머, 멀쩡한 이유가 있어서 한 짓이거든?"

"————."

"엄청 의심 서린 눈초리! 잠깐, 잠깐! 잘 설명할게!"

아무 설명도 없이 저지른 무모한 짓은 스바루의 주가를 어마어마한 기세로 폭락시켰다.

스바루는 잃어버린 신뢰를 회복할 말을 찾으면서 입에서——어금니에 끼워둔 봉투의 위치를 혀로 고치고 급한 난국을 넘어섰음을 실감했다.

어금니 뒤에 숨겨 둔 것은 스바루가 눌 할아버지에게 조합을 부탁한 마지막 수단이다.

"슈바르츠 님?"

"엄청 의심 서린 눈초리!"

깜빡 실수해서 봉투를 찢지 않게 스바루가 잠깐 침묵하자 탄자의 눈초리에 의혹이. 필사적으로 변명을 강구하며 스바루는 조금 멀어진 히아인 일행을 쳐다보았다.

들뜬 목소리로 이런저런 말을 하며 히아인이 동료들과 얼싸안고 있었다.

그것이, 스바루가 결사적으로 도전한 운명으로부터 얻은 보수였다.

6

"오손 일행의 말로는, 카오스프레임은 괴멸했다나 봐."

씁쓸한 표정을 지은 히아인의 보고에 탄자는 동그란 눈썹을 내리고 고개를 숙였다.

혹시나 하고 최악의 상상을 했어도 그것이 사실이라 들었을 때의 고통은 누그러지지 않는다. 넘어질 줄 알아도 넘어지면 아픈 것이다.

『스파르카』가 끝나고 살아남은 오손 일행도 경사스럽게 검노로서 섬에 들어왔다. 지금은 그들과 화해한 히아인에게서 바깥세상의 이야기를 듣던 중이다.

격리된 섬 안에서는 밖에서 무슨 일이 일어나는지를 알려면 그 방법밖에 없다.

"그것이 네가 무모하게 군 이유잖아. 무상으로 인명 구조나 할 깜냥도 아니니 말이지?"

"반반…… 아니, 7 대 3이네. 너랑 오손 일행이 7 쪽이거든."

"말은 잘해, 소름 끼치는 꼬마가!"

성깔 있는 척 히아인이 큰소리치자 비교적 본심이던 스바루는 쓴웃음 지었다.

다만 히아인도 스바루가 『스파르카』에 참가한 이유는 알고 있다. 그렇기 때문에 자기가 할 수 있는 일을 고민하다가 이렇게 정보를 가져와 준 것이리라.

히아인의 그 변화에는 오손 일행에게 그 이야기를 들었다는 이유도 큰 것 같았다.

"그 녀석들, 노예상에게서 나를 되찾으려다가 잡혔다네. 글러먹은 녀석들이야."

"신도 운명도 매정한 거지. 그러니까 내가 구한 거고. ……우리라고 해 둘까?"

"시끄러! 말해 두겠지만 이젠 더 고맙단 소리 안 한다!"

허세 부릴 생각이겠지만, 감사의 마음을 잊지 않았음을 실토한 히아인. 그 점을 깨닫지 못한 채 그는 스바루의 머리를 거칠게 벅벅 쓰다듬었다.

그다운 감정표현이고, 스바루도 그 이상은 바라지 않는다. 남자끼리는 이런 거면 족하다.

그보다 염려되는 것은 침울한 표정으로 있는 탄자였다.
"이봐, 꼬마, 왜 그렇게 시무룩해졌어?"
"카오스프레임은, 제 고향입니다. 붕괴 직전일 때도 그 자리에 있었기에……."
"그, 그러냐……. 그건 그거군. 그거 말이지……."
예상 밖의 대답에 당황한 히아인의 눈이 요란하게 굴러갔다. 돌발 상황에 약한 본래의 성격이 나왔지만, 그는 금세 "그래도 말이야!" 하고 언성을 높였다.
"확실히 도시는 날아갔다지만, 살고 있던 녀석들이 전멸한 건 아니란 모양이야. 도시에 살던 녀석들은 하나로 뭉쳐 다른 곳에…… 아— 사정이 복잡한데."
"사정이, 복잡하다고요……?"
말끝을 흐린 히아인은 고개를 든 탄자에게 "미심쩍긴 하다?" 하고 서두를 달고 뒷말을 이었다.
"아무래도 밖에선 큰 반란이 일어나서 카오스프레임 녀석들은 거기에 힘을 보태고 있다더군. 뭐, 마도의 대가리는 허구한 날 모반을 일으켰단 바보 같은 소문도 있으니……."
"——요르나 님께선 어리석은 분이 아닙니다."
"미, 미안해! 사과할게! 내가 잘못했어!"
괄괄한 배려가 역효과를 내는 바람에 탄자에게 추궁받은 히아인이 머리를 감싸 쥐고 사과했다.
그런 두 사람을 아랑곳하지 않으며 스바루는 방금 이야기에 신빙성과 안심할 포인트가 있었다고 받아들였다. 물론 히아인이 들은 소문이 전부 진실로 믿으면 말이지만.

"카오스프레임은 부서졌어도 요르나 씨와 도시 사람들은 건강하게 있다. 반란이 화제가 되었다면 변태 가면 아벨과 다른 사람들도 무사히 있는 것 같고."

제도를 되찾는 것이 목적인 싸움도 아벨이 없으면 본말전도일 것이다.

그리고 반란에 요르나가 협력하고 있다면 루이도 무사하다는 것이 스바루 생각이다. 만약 아벨이 루이에게 위해를 가했다면 요르나가 한편이 될 리 없다는 신뢰가 있었다.

다만 난관을 넘어선 것과, 이후에도 안전하느냐는 것은 전혀 이퀄이 아니다.

"응, 알았어. 고마워, 히아인. 도움이 됐어."

"도움을 받은 건 우리가…… 알면 됐어! 알면!"

스바루의 감사에 히아인이 침을 튀기며 고함쳤다. 그 반응에 작게 웃은 스바루는 탄자를 위로하려다가――.

"――슈바르츠, 총독이 부르신다."

세 사람이 대화하는 공동방 밖에서 검은 제복을 입은 간수가 말을 건넸다. 간수가 스바루를 호명해 불러내자 히아인과 탄자가 얼굴을 마주 보았다.

둘은 완전히 예상 밖이라는 표정이지만 스바루 쪽은 그렇지만도 않다.

"그토록 강짜를 부리면 구스타프 씨가 화내는 것도 무리가 아니니……."

"슈바르츠 님, 총독님은 무엇을……."

"모르겠지만, 잠깐 혼나고 올게. 나도 묻고 싶은 게 있거든."

독단에 화를 내던 태도가 일전하여 걱정스러운 눈치인 탄자에게 스바루가 끄덕였다.

스바루의 그 한마디에 탄자와 히아인보다 마중 온 간수 쪽이 꺼림칙한 표정을 지었다. 그도 그럴 터. 그는 스바루가 『스파르카』에 참가하는 계기를 만든 자리에 같이 있던 사람이다.

그에게 스바루는 자진해서 『스파르카』에 참가하고 싶어 하는 머리가 이상한 어린아이다.

"셋시와 같은 범주로 놓는 건 좀 항의하고 싶지만."

"유감이지만…… 그렇게 여겨도 당연한 짓을 저질렀다고 생각합니다."

탄자의 따끔한 지적에 스바루는 쓴웃음과 함께 뺨을 긁었다. 그러고서 잡담은 그만두라며 눈으로 호소하는 간수를 따라 스바루가 방 밖으로 나갔다.

그러자 스바루의 등에 히아인이 "슈바르츠." 하고 말을 건넸다.

"저기, 그 말이다……."

"응? 뭐 볼일 있어?"

"어, 아니…… 조심해서 갔다 와라. 너 같은 거라도 없어지면 곤란한 건 우리라고."

솔직하지 못한 데에도 한도가 있는 걱정에 스바루는 얼떨떨했다가, "푸." 하고 요란하게 웃음을 터트렸다. 나쁜 기분은, 당연히 들지 않는다.

그런 스바루 일행의 대화를 더더욱 섬뜩한 듯이 바라보는 간수의 눈빛이 유쾌했다.

7

――그렇게 스바루가 간수를 따라가는 모습을 두 사람이 배웅한 직후였다.

"이봐, 슈바르츠 녀석은 무슨 짓을 저질렀지……."

"방금 간수랑 같이 있던 걸 스쳐 지나갔는데, 『스파르카』 말고도 또 무슨 짓을?"

그렇게 말하며 탄자와 히아인이 있는 곳에 바이츠와 이드라가 초조한 표정으로 찾아왔다.

둘 다 『스파르카』 사건으로 이야기를 듣고 싶은 상황일 것이다.

그런데 문제의 인물이 끌려간 바람에 그럴 경황이 아니게 된 모양이었다.

"탄자, 너는 사정을 알고 있나?"

"전부는 모릅니다. 슈바르츠 님은 비밀을 만드는 걸 좋아하는 분 같아서요……."

"정체 모를 녀석이군……. 그럭저럭 좋게 볼 구석은 있지만 말이다……."

고개 숙인 탄자의 말에 바이츠와 이드라는 얼굴을 마주 보며 한숨 쉬었다.

그런 세 사람의 대화를 들으며 히아인은 가만히 침묵하고 있었다. 그, 유난히 이리저리 굴러가는 그의 눈을 본 바이츠가 “도마뱀 자식아…….” 하고 짜증 서린 목소리를 냈다.

“뭐냐, 그 낯짝은……. 대체 뭘 숨기고 있어…….”

“아, 아니…… 그게, 너희도 슈바르츠 녀석이 일부러 『스파르카』에 끼어든 건 눈치……챘지?”

“그건…… 믿기 어려운 얘기지만, 그 모습을 보면 알 거 아냐?”

갈피를 잡지 못할 히아인의 말에 이드라가 대꾸하고, 탄자와 바이츠도 같은 의견이라며 끄덕였다.

아마도 그 『스파르카』를 본 검노── 아니, 간수를 포함한 전원이 그 소년의 기이한 싸움을 마음에 새겼을 것이다.

“무슨 속셈으로 그런 바보 짓을 했는지는 모르겠지만…….”

“그건, 나도 모르겠어. 근데, 근데 말이야.”

“──? 근데, 뭐지? 무슨 말을 하고 싶어, 히아인.”

“그 녀석이! 왜 그런 짓을 했는지는 모르겠어. 모르겠지만, 왜 그런 짓이 가능한지는, 그게, 어쩌면 알 것, 같기도…….”

그가 어째서 『스파르카』에 참가했는지가 아니라, 어떻게 『스파르카』에 참가하고 살아남았는가, 거기에 짚이는 바라면 있다고 히아인은 목소리를 떨었다.

그것은 같은 『합』 전원에게, 그 『스파르카』를 넘은 전원에게 남의 이야기가 아니다.

그 때문에 세 사람으로부터 강한 주목을 받은 히아인이 머뭇거리며 말했다.

"이건, 밖에서 막 온 녀석들에게 들은 얘기인데…… 아무래도 밖에선 황제의 사생아가 어딘가에 있단 말이 나돌고 있다나 봐. 그리고 그게……."

"————."

"——검은 머리에 검은 눈을 가진 꼬마라고 하더라고."

제4장 『제도에서 오다』

1

"——잠시 대기해라, 슈바르츠. 지금 적당히 끊을 데까지 훑어보겠다."

그렇게 말한 구스타프는 수중에 시선을 내린 채로 스바루에게 눈길 한 번 주지도 않았다.

간수의 안내를 받은 스바루가 끌려온 곳은 섬의 상층 에어리어의 가장 꼭대기, 딱 보아도 호화로운 문으로, 방문을 고대하던 총독용 집무실이었다.

넓은 방에는 집무용 책상과 집무용 책장과 집무용 도구함 등이 철저히 갖추어져서 방의 주인인 구스타프의 성격을 아주 잘 반영하고 있었다.

쉽게 말해 조금도 여유가 없다. 일 중독자라는 사실밖에 전해지지 않는 방이었다.

그리고 대기하란 명령을 받고 할 일 없이 무료하던 스바루를 어이없게 만든 것이——.

"왜 여기에 셋시가 있어?"

방의 창가에 앉아서 다리를 흔들흔들 젓던 가짜 세실스의 존재였다. 그는 스바루에게 살랑살랑 손을 흔들며 "안녕요~." 하고 실실 웃었다.

그 스스럼없는 가짜 세실스의 태도에 스바루는 대놓고 한숨을 쉬었다.

"그러고 보니, 어땠어? 조금은 셋시의 안목에 들었나?"

"어땠냐니 혹시 『스파르카』 얘기인가요? 아~ 그럼 미안해요."

"——? 왜 사과해?"

"아니, 그게, 제가 아까 『스파르카』를 보러 가지 않아서요."

태연자약하게 혀를 내민 가짜 세실스의 말에 스바루는 입을 떡 벌렸다.

딱히 약속한 것은 아니다. 아니지만——.

"너도 부추켜 놓고서…… 이, 이 자식이……!"

"그야 안 봐도 결과가 뻔하잖아요? 밧스가 완봉하고 '넵, 끝.' 할 거 아녜요. 그럼 제가 갈 이유도 없죠. 목숨도 걸지 않았고."

"————."

"이번에는 기개 쪽에 볼 만한 점이 있었습니다! 그러니 저는 거기에 큰 기대감을 품었죠! 앞으로도 안심하고 파격적이고 대담무쌍하게 설쳐 주세요!"

"난 이제 셋시 미워!"

스바루는 자기만 아는 논리만 늘어놓는 가짜 세실스에게 그렇게 말하고 혀를 내밀었다. 거기에 가짜 세실스가 "에~." 하자, 마침 그때 묵직한 소리가 끼어들었다.

쳐다보니 읽는 행위에 일단락을 지은 구스타프가 다 읽은 편지를 서랍에 넣더니, 그 네 팔 중 두 개를 턱에 신고 남은 두 팔을 책상에 짚고 있었다.

구스타프는 그 엄숙한 얼굴과 눈매로 두 사람을 번뜩 쳐다보고 말했다.

"너희는 잠잠히 있는 배려를 할 줄 모르나? 상식적으로 생각해서 편지를 읽은 사람을 기다린다면 침묵을 존중하는 것이 도리다만?"

""말을 안 해서…….""

"———."

변명이 가짜 세실스와 겹치자 눈매가 더욱 엄해진 구스타프에게 미안한 마음이 치솟았다. 아무리 스바루라도 가짜 세실스와 같은 생각이 잘못임은 잊지 않을 셈이다.

"애초에 본직이 부른 것은 슈바르츠다. 세그문트에게 입실을 허가한 기억은 없다."

"어, 그래? 그럼 더더욱 불청객이잖아. 돌아가."

"하하핫, 저더러 돌아가라 하고 싶으면 힘으로 해 보시죠. 그럴 수 없는 한, 저는 저대로 있고 싶은 곳에 있을 따름입니다."

천연덕스러운 가짜 세실스의 폭론에 구스타프가 말없이 미간을 주물렀다. 이 자칭 주연 배우에게 퍽 고생하고 있으리라.

"남 일이라는 표정이지만, 자신을 예외라 생각하는 것은 의문의 여지가 있다, 슈바르츠."

"으그윽, 반박을 못하겠어……."

호출받은 시점에서 스바루도 자신이 검노고도의 문제아가 되었다는 자각은 하고 있었다.

그래도 자각 없이 생태계를 어지럽히고 다니는 가짜 세실스보다는 낫다고 생각하지만.

어쨌든——.

"슈바르츠, 너는 본직 앞에서 섬의 질서를 문란케 할 우려가 있는 발언을 했다. 그에 대한 경고를 무시하고 징벌을 받았지. 자각은 하고 있을 테지?"

"응, 하고 있어."

"그러면, 본직 앞에서 다시는 그런 발언을 하지 않도록 맹세하도록. ——이 섬에서 탈주할 것을 꾀하고 있다는, 황제 각하의 생각에 거역하는 계획을."

"와오."

나지막하며 엄숙한 구스타프의 발언. 그 말을 들은 가짜 세실스가 즐겁게 웃었다.

——두 번째 『스파르카』에 참가하기 위해 징벌을 받고 싶던 스바루가 선택한 쉽고 빠른 방법이 바로 구스타프를 향한 직접적인 선전 포고였다.

구스타프는 그 선언의 철회를 요구했지만, 스바루는 경고를 무시했다. 그 결과, 구스타프는 자신의 원칙에 따라 스바루에게 징벌로 『스파르카』에 참가할 것을 부과한 것이다.

다만 스바루는 그렇게 명령한 구스타프의 근간에 있는 감정이 총독인 자신에게 검노가 거역했다는 분노가 아니라 강한 사명감이라고 느꼈다.

"구스타프 씨는 황제 각하한테 큰 은혜라도 입었어?"

"황제 각하와 사적인 연고는 없다. 어디까지나 총독으로서 섬의 관리를 임명받은 입장이다."

"그럼, 고지식한 일 처리는 성격이란 거야?"

"당연한 직무를 처리하는 것을 두고 고지식하다 표현하는 건 다소 불합리하다만?"

바보 취급할 생각은 없었지만 더 이상 하면 험담이라 받아들일 성싶다.

솔직히 황제 각하 본인을 직접 아는 스바루 입장에선 구스타프가 그렇게까지 진지하게 충성을 맹세하는 이유가 떠오르지 않았다. 아벨의 고약한 심성을 몰라서 저럴까.

"——슈바르츠, 뭐지, 그 얼굴은."

"아니, 구스타프 씨의 얼음 같은 마음을 녹이려면 5회나 10회의 도전으론 어렵겠다 싶어서."

"마음과 얼음에 상관관계는 없다. 세그문트 같은 말투는 삼가도록 경고하겠다."

"생각도 못한, 섬의 규정 위반 취급!"

그야말로 가짜 세실스의 방약무인함이 만들어 낸 검노고도의 새로운 규정이다. 정작 본인은 뒤에서 흐뭇한 기색이니 구스타프의 그답지 않은 야유도 효과가 없다.

그렇다면 그나마 싶은 마음에 구스타프는 스바루 쪽에 의식을 집중했다.

“슈바르츠, 다시 너에게 요청하지. 이 섬에서 검노로서 활동하는 이상, 충독인 본직을 따라야겠다. ——황제 각하의 생각을 등지는 행위는 삼가겠다 맹세해라.”

“————.”

“이미 경고와 징벌을 내렸다. 또 거역하겠다면 잘 알 테지?”

첫 번째는 경고, 두 번째는 징벌, 그러고도 반성하는 기색이 보이지 않는 상대에게는 마지막 수단.

그것이 스바루가 검노들에게 들은 섬의 규정이며, 구스타프가 확실한 명언 없이 으르는 말도 그와 완전히 같은 이야기일 것이다.

거역하면 목숨을 빼앗긴다. ——그것이 난폭자들이 즐비한 검노들이 지배를 감내하는 이유.

누구나 벌벌 떠는 으름장을 받고도 스바루는 크게 숨을 내뱉은 뒤에 말했다.

“그렇구나. ……그렇다면 해 보든지?”

2

“아하하하하하하하하하하핫!!”

스바루는 구스타프의 무서운 얼굴을 마주 보며 또렷하게 선언했다.

다음 순간, 훔쳐 듣던 제삼자가 거리끼지도 않고 웃어 젖혔다.

그 웃음소리가 집무실에 울려 퍼지는 가운데, 구스타프의 표정이 살짝 움직인 것을 스바루는 놓치지 않았다.

그것은 분노나 곤혹이 아니라 찜찜한 곳을 찔린 사람의 반응이었다.

"섬의 검노 전원에게 건 주칙, 그것을 써서 나나 셋시 같은 악동에게 벌을 주면 돼. 구스타프 씨는 총독이니까 본보기도 임무 중 하나야. 하지만."

"────."

"구스타프 씨는 안 해. ──아니, 못 한다는 게 내 생각이야."

스바루는 입을 다문 구스타프 상대로 확인하고 싶던 자신의 생각을 밝혔다.

이렇게 집무실에 불렸을 때부터 스바루는 이 문답을 던질 작정이었다. 왜냐하면 이 질문의 답은 스바루의 목적에 반드시 필요한 것이었으므로.

검노고도 기눈하이브를 빠져나가기 위한, 탈주 계획의 성공을 위해서.

"눌 할아버지 같은 고참들에게 들었어. 구스타프 씨가 오기 전, 섬은 더 무법지대라서 부상이나 병으로 죽는 사람도 펑펑 나왔다고. 탈주자도 많이 있었다고."

"──관리자로서 개선에 애쓰는 것은 당연한 직무다. 본디 검노의 목숨은 흥행을 위해서 쓰여야 하며, 그 이외의 사정으로 생기는 소모는 가급적 피해야 하는 법 아닌가."

"응, 그 생각은 나도 이해가 가. 이 섬, 의외로 복리후생이 번듯하니까."

자유롭게 오갈 수 있는 하층에서는 식사나 독서도 허용된다. 큰 문제를 일으키지 않고 간수에게 거역하지 않으면 목숨이 위험에 처할 일도 없다.

유일하게 예외인 것은 죽는 사람이 나올 가능성이 높은 『스파르카』지만――.

"그것은 검노의 질적 유지와 모두의 마음을 단속하는 게 목적이라고 짐작해. 모두에게 게으름피우는 요령을 익히게 할 생각은 없을 테고, 더욱이…… 안심을 하니까."

"안심이라면?"

"우리는 검노가 될 수 있어서 다행이다, 라는 안심."

검노가 되려면 혹독한 『스파르카』에서 살아남을 필요가 있다. 그리고 그다음에 기다리는 것은 의외로 자유가 허용된, 진짜 생명의 위기에서 멀어진 검노 생활.

때때로 싸우는 법을 잊지 않도록 짜이는 사투를 벌이고, 『스파르카』로 목숨을 건 싸움을 관전함으로써 검노들은 교육받는다.

――이 섬에서 살아가는 방법을.

그리고 그 정체성을 완전히 아로새길 수 있으면, 『주칙』은 실존하지 않아도 충분하다.

그저 검노들의 거역을 방지하는 핑계로, 믿게만 하면 될 뿐이다.

"슈바르츠, 본직은 경고하고 의견을 철회하지 않는 너에게 징벌을 내렸다. 그뿐만 아니라 태도를 고칠 기회를 마련했음에도 너는 요청에 따르지 않겠다. 그리 대답하는 거로군?"

"응……. 구스타프 씨가 싫은 건 아니야. 싫은 건 제국이지."

"본직은 개인의 호오에 관해서 주관을 꺾을 권리를 지니지 않는다."

구스타프는 언외로 자신이 미움받을 각오를 했다고 말하지만 스바루가 구스타프를 싫어하지 않는 것은 진실이다. 좋아하느냐 싫어하느냐 따질 만큼 아직 그에 대해 알지 못한다.

첫인상으로 상대를 단정하는 것만큼 어처구니없는 짓은 없다.

"그야말로, 좋아하는 아이의 손에 키스받기라도 하지 않는 한…… 전혀 관계없는 소리였네."

"——?"

입을 비집고 나온 헛소리를 내쫓은 뒤에 스바루는 진지한 눈으로 구스타프를 응시했다.

이, 집무실에서의 총독과 문제아, 2명+α 의 대치에도 결말을 지을 때가 왔다.

"구스타프 씨, 나는 위험 분자야. 스스로도 분명하게 말할 수 있어."

스바루는 말을 다듬어 자신의 위치를 구스타프에게 선언했다.

엄숙한 외견과 답답한 분위기와 반대로 구스타프는 아주 신중하게 섬의 총독이 해야 할 업무를 처리해 왔을 것이다. 그것이 황제—— 아벨에게 바치는 충성의 표현이라는 것은 미묘하게 마음에 걸리지만, 폭력이 아니라 규칙으로 검노를 속박한 그의 방식은 훌륭하다고 여긴다.

힘으로 상대를 따르게 하는 제국식이 아니라 아무도 상처받지 않는 방식을 택한 것이다.

그것이 스바루가 생각하는, 이 검노고도를 둘러싼 『주칙』이라는 시스템의 정체── 그 추리가 옳은지 여부는 이후의 구스타프가 취할 행동을 보면 알 수 있다.

이렇게까지 도발하고 주칙의 존재까지 의심하면 구스타프가 구축한 섬의 원칙이 모조리 뒤집힌다. 그 사태를 막기 위해서도 스바루는 반드시 주칙으로 벌해야 한다.

절대로, 반드시. 진실로 주칙이 존재한다면.

"────."

진실을 파악하고자 스바루는 구스타프로부터 가만히 눈을 떼지 않았다.

스바루의 눈길에 구스타프는 한동안, 한동안 침묵하다가, 그리고──.

"슈바르츠, 다음번 『스파르카』에 참가해라. ──징벌을 내리겠다."

──끈기를 겨루다 패한 것처럼 지시한 구스타프는, 스바루의 목숨을 빼앗지 않았다.

3

"그야말로 완승이랄 만한 흐름인데, 밧스는 지금 어떤 기분이에요?"

구스타프의 집무실에서 나왔을 때, 옆에 붙은 가짜 세실스가 웃으며 물었다.

그 표표하고 떳떳한 태도에 탈력감도 거들어 스바루는 크게 한숨을 쉬었다.

"뭐라고 할까, 셋시는 내 적이야, 아군이야?"

"이런, 그건 희한한 질문이네요. 저는 구태여 밧스와 녹인족 아가씨를 호수에서 건진 별종이라고요? 어느 쪽이 더 재미있을 것 같아요?"

"내가 어느 쪽이라 대답해도 셋시는 그때그때 기분 따라 정할 것 같아."

"딱 맞췄습니다! 상호이해가 된다는 건 신선하네요! 제 『합』의 모두도 전멸하지 않았다면 좋았겠는데 참!"

터무니없이 재수 없는 발언이지만 스바루는 더 이상 가짜 세실스의 개성을 꼬집지 않았다.

여하튼 가짜 세실스는 단순한 기분파가 아니라 터무니없이 위험한 기분파다. 전투광 동료를 끌고 다니는 감각이라 여러 게임이나 만화의 주인공이 존경스러워진다.

그리 생각하면 제국에 온 뒤로 내내 동행자 선택지에 고생하는 자신이 불쌍했다.

"슬슬 에밀리아제와 베아트로민 부족이 치사량에 달할 것 같아……."

만나고 싶은 사람하고 만나지 못한 채 제국을 동쪽에서 서쪽까지 횡단하고 말았다. 더더욱 멀어지는 루그니카 왕국을 그리며 스바루는 수중에 있는 것을 헤아렸다.

구스타프와의 대화로, 스바루는 꼭 구하고 싶었던 답을 손에 넣었다. 그 때문에 다음 『스파르카』에도 참가하는 희생을 치렀지만——.

"어차피 참가 예정이던 밧스에게는 치명타가 되지 않으니 말이죠."

"어차피는 말이 과할걸. 나도 참가하지 않고 넘어갈 수 있으면 하기 싫어."

"과연, 과연, 알겠습니다. 분위기 띄울 때의 상투적인 말이죠?"

"아닌데?!"

가짜 세실스의 억측에 소리친 스바루는 어금니 뒤의 감촉을 혀로 확인했다.

가짜 세실스에게는 이렇게 말하긴 했으나 다음 『스파르카』에도 참가할 거라면 오늘과 비슷하게 '약'에 의존하게 된다. 어쩔 수 없는 일이지만 기분은 우울했다.

우울하다고 하니, 이 일을 『합』의 모두에게 설명하는 것도 그랬는데——.

"뭐야, 이 분위기는……."

가짜 세실스와 함께 하층의 넓은 공간으로 돌아온 스바루는 자신들을 맞이한 긴장된 분위기에 무지무지 곤혹을 느꼈다.

식사 때도 아닌데 평소 이상의 인원으로 북적이는 검노들. 그것이 스바루와 가짜 세실스를 보자마자 일제히 침묵하고 단지 시선만을 보낸 것이다.

"셋시에게 모두가 겁을 먹고 있는 거라면 평소대로인데……."

"무슨 말씀을, 눈치가 어둡네요, 밧스. 보는 쪽은 아무리 봐도——."

"——나네."

히죽대는 가짜 세실스의 말을, 이번만큼은 스바루도 인정할 수밖에 없었다.

넓은 공간의 주목을 모은 것은 소름 끼치는 꼬마 담당인 가짜 세실스가 아니라 그와 같이 있는 스바루 쪽이었다.

다만 『스파르카』에서 저지른 짓이 주목의 원인인 것치고는 영 분위기가 달랐다.

"슈바르츠 님, 돌아오시기를 기다리고 있었습니다."

"아, 탄자……."

그렇게 스바루가 당황하고 있으려니, 인파 속에서 낯익은 탄자가 나타났다.

그녀 주위에는 『합』의 동료인 히아인 일행도 있었고, 아무래도 모인 검노들 한복판에 있던 것이 그들이었던 모양이다.

무리 짓기를 꺼려하는 바이츠와 서먹한 탄자치고는 별난 위치지만, 그것도 넓은 공간에 팽팽한 묘한 분위기의 일부에 지나지 않았다.

스바루는 그 사실을 이상하게 여기며 탄자 일행 쪽으로 갔다.

"미안해. 걱정 끼쳤지. 구스타프 씨의 호출 말인데, 무사히 정리하고……."

"아니요, 그건 아무래도 좋습니다만."

"아무래도 좋아?!"

헤어질 때 걱정하던 탄자가 싹둑 잘라내서 눈이 동그래진 스바루에게 그녀는 "그보다도." 하고 거리를 바짝 좁혔다.

무심코 몸을 뒤로 젖힐 기세였다. 그러나 그 등은 뒤따라온 가짜 세실스에게 "자자." 하고 떠밀려서 영문을 알 수 없이 도피로가 막힌 상태로 탄자와 마주 보는 처지가 되었다.

"두고 보자, 셋시……!"

"슈바르츠 님, 여쭙고 싶은 것이 있습니다. 대답해 주실 수 있을까요?"

"어, 엉. 응, 좋아, 해 봐. 내가 할 수 있는 대답이라면……."

"——슈바르츠 님의, 아버님에 관해 여쭐 수 있을까요?"

"내, 아버지……?"

가라앉은 표정으로 던진 탄자의 질문에 스바루는 갈피를 잡을 수 없어 대혼란에 빠졌다.

이렇게나 의미심장한 태도로 물어보는 것이 스바루의 아버지 이야기다. 심지어 묘하게도 그 의문은 아무래도 탄자만 품은 것이 아닌 듯했다.

——스바루를 가만히 주시하는 검노들의 압력이 질문한 순간 더욱 강해진 것이다.

무슨 영문인지 히아인과 바이츠, 이드라도 포함한 모두가 마른침을 삼키고 스바루의 아버지에게 흥미진진한 눈치였다. 영문을 모르겠다.

딱히 뜸 들이면 아낄 내용도 아니니 말하는 거야 문제없지만.

"말해 두겠는데, 내가 아버지 얘기를 하면 길어진다?"
"짧게 부탁드립니다."
"자기가 물어본 건데 조건을 다네?! 에잇, 뭐냐고, 진짜!"
스바루는 머리를 벅벅 긁다가 "아~." 하고 신음했다.
어째서 모두가 스바루의 아버지에게 흥미를 품었는지는 모르겠지만.
"아버지는, 내 동경의 대상이야. 무지무지 멋있고, 엄청 많은 사람들에게 흠모받고서, 늘 모두의 중심에 있어. 뭐라고 할까, 카리스마라고 하나…… 그 있잖아, 날 때부터 타고난 천성적인 리더 기질이란 인상이라, 굉장해."
"――! 늘, 많은 분들 중심에 계신다……."
"여러 사람들이 의지해서 일도 힘들 텐데 시간이 나면 나를 챙겨 주고 여러 가지를 가르쳐 줬어. 싫은 내색 하나 없고, 엄청 존경해. 최고의 아버지야."
마지못해 꺼내기 시작했는데, 머릿속에 아버지와 어머니의 얼굴이 떠올라서 말이 멈추지를 않았다.
눈시울에 뜨거운 것이 훅 치밀어서 스바루는 가슴을 꽉 움켜잡았다. 이렇게 이세계에 있는 지금, 두 사람을 떠올리면 기쁘면서 아주 괴롭다.
하지만 쓰라리도록 소중히 여기는 부모님이, 이 순간 스바루의 심지를 지탱해 주는 대들보이기도 하다.
"아버님의, 성함은."
"그건……."

살짝 머뭇대며 꺼낸 탄자의 말에 스바루는 답변을 주저했다.
감상적인 기분에 젖어서 선뜻 '나츠키 켄이치' 라고 대답할 뻔했지만, 지금 스바루는 여기서 '나츠키 슈바르츠' 라고 이름을 밝혔다. 성과 이름이 뒤죽박죽이 되고, '켄이치 슈바르츠' 같은 거짓 이름을 가르쳐 줘도 이야기를 복잡하게 만든다.
그러니 스바루는 잠깐 망설였다가 이렇게 대답했다.
"미안. 아버지 이름은 말 못 해."
"——역시."
"역시?!"
답변을 들은 탄자가 그렇게 중얼거리자 스바루는 눈이 휘둥그레졌다.
어떻게 스바루가 아버지 이름을 대답하기 어려워하는 걸 들켰단 말인가. 혹시 스바루의 가명이나 거짓말이 전부, 몽땅 다 알려진 탄핵 재판의 자리였던가.
그러나 그런 생각하며 안달복달하는 스바루를 내버려 둔 채 주위도 웅성웅성 소란스러워지기 시작했다.
"아무래도 우스갯소리가 아닌 모양이군……."
"그, 그래도 그런 일이 있을 수 있나? 하지만 그렇다 치면 설명이 되긴 해."
"어, 어때, 내가 말했지! 이래도 내가 이상하냐?! 안 그래, 엉!"
스바루의 『합』 멤버를 필두로, 넓은 공간에서 술렁거림이 퍼져나가기 시작했다.
한편, 스바루는 이 소동이 어떤 결론을 맞이할지, 거짓말이 들키고 죄상이 거론된 피고인 같은 기분이었다. 여태까지 잘해 온 줄 알았는데.

그 노력도 거짓말이 들켜서 무너지는 것이냐고 일말의 허무함이——.

"슈바르츠……. 네 정체가 뭐든, 내 생각은 변함없다……."

그렇게 낙담한 스바루에게 맨 처음으로 바이츠가 말을 건넸다.

두려운 문신을 얼굴과 온몸에 새긴 바이츠. 하지만 그는 불안해하는 스바루를 안심시키고자 여차할 때의 배짱으로 먼저 말을 붙여 준 것이다.

"거기선 나라고 하지 말고 우리라고 해 줬어야지."

"오, 오오, 맞아, 맞아! 새치기하지 마시지, 비겁한 자식! 아무 문제도 없어! 이 녀석은 우리랑 똑같은 검노, 내 형제뻘이다!"

바이츠의 말에 이드라가 쓴웃음 짓고, 이어서 히아인이 목청을 높였다. 히아인은 힘차게 스바루와 어깨동무하더니 주위 검노들에게 그리 떠들며 주지시켰다.

이드라는 몰라도, 히아인의 기세에는 스바루도 얼떨떨했지만——.

"——하긴 그래! 대단한 꼬마인걸, 슈바르츠!"

"너는 예삿놈이 아니라 싶더랬다! 안 그럼 설명이 안 되지!"

"오오, 우리가 숭배하는 검랑의 인도여! 오늘의 은혜와 운명에 감사를!"

『합』의 세 사람을 발단으로 얼굴을 마주 본 검노들의 환성이 터졌다.

넓은 공간에 울려 퍼지는 환성은 마치 섬 전체를 뒤흔들려는 것 같은 대음량이라, 더더욱 상황을 못 따라가는 스바루의 혼란을 부추겼다.

그 놀란 기분을 소화할 겨를도 주지 않은 채 스바루는 검노들 한복판에 떠밀려 갔다.

"자자, 아직 오늘 『스파르카』의 축하가 안 끝났어! 날뛰어 보자구, 형제!"

"히아인, 너 겁나게 속물적이네?!"

"뭐 어때, 자식들아, 형제를 위해서 자리 터 봐! 고기랑 술 안 가져오냐!"

품위 없는 목소리로 히아인이 외치자 인파 너머에서 오손 일행이 큰 접시에 수북하게 쌓인 고기를 얹고 나타났다. 『스파르카』의 공로자에게 주어지는 보수, 2회 연속이다.

"오늘은 정말로 고맙다, 슈바르츠. ——네가 있어 줘서 다행이야."

그렇게 스바루를 맞이한 오손이, 커다란 몸으로 정면에서 껴안았다.

다른, 히츠나 나드레이에게도 울먹이는 감사 인사를 받은 스바루는 무심코 말문이 막혔다.

이 상황의 의미는 잘 알지 못하고, 방금까지 느끼던 죄인 기분에서 해방되어도 되는지 모르겠지만, 여기에 찬물을 끼얹는 재미없는 짓은 할 수 없다.

"나야말로 도와줘서 고맙지."

그래서 잇따라 밀어닥치는 뼈 붙은 고기를 고맙게 접수하기로 했다.

"——그런데, 아가씨는 같이 떠들지 않는 건가요?"

"복잡한 입장이라서요."

왁자지껄 여럿이서 떠들썩하게 탁자를 둘러싼 이들을 바라보던 탄자는 옆에 붙어 말을 건 소년에게 그리 대꾸했다.

아는 상대와 많이 닮은 그에게 속내를 솔직하게 밝히긴 망설여졌다.

히아인이 가져온, 저 흑발 소년의 놀라운 정체는 물론이거니와 옆에 붙은 소년에 대한 탄자의 복잡한 마음에 대해서도.

"요르나 님……."

기모노 띠에 손을 얹으며 탄자는 소중한 주인을 생각했다.

요르나가 품고 있는 소원, 그 소원과 무관하지 않은 인물, 나아가서는 그 인물과 깊은 인연이 있는 듯한 소년이 있고. 관계는 더없이 복잡해지기만 할 뿐이었다.

다만 분명하게 할 수 있는 말이 있다면——.

"——저는, 슈바르츠 님을 의지하는 것 외의 수단이 없습니다."

"과연, 과연. 복잡하기 그지없는 마음을 품고, 실로 애수가 감도는 옆얼굴이네요."

옆에서는 소년이 상대의 마음일랑 상관도 없이 명랑하게 입 끝에 웃음을 내비쳤다. 그 웃음이 탄자의 눈에는 언제 어느 때나 섬뜩한 것으로 느껴졌다.

살며시 몸서리를 치는 탄자 옆에서 소년은 그 웃음을 머금은 채로——.

"——슬슬 사태가 움직이지 않으면 제 인내심이 바닥날 수도 있겠는데 말이죠."

4

두 번째 『스파르카』 이후로, 검노고도는 으스스한 고요를 유지하고 있었다.

세 번째 『스파르카』나 사투는 진행되지 않아서 검노에게는 온화한, 그러나 스바루에게는 이해하지 못할 시간이 흘러간다.

"간수들이 바짝 독이 올랐는데, 형제랑 우리에게 쫄아서 그럴걸."

이는 요 며칠 섬의 분위기를 유리하게 해석한 히아인의 의견이었다.

이 석척인, 두 번째 『스파르카』에서 동료를 구해 준 것이 어지간히 기뻤는지 그 뒤로 스바루를 유난히도 허물없이 대하고 있다.

먼저 형제라 부른 것은 스바루지만, 상대도 형제 취급하는 상황이다.

"뭐, 나쁜 기분은 안 들지만."

속물적인 성격이라 기가 막히기는 하지만, 스바루에게 그 변화는 대환영이다.

게다가 히아인의 태도가 가장 알기 쉬운 변화지만, 바이츠와 이드라, 그리고 섬의 검노들 태도도 전보다 거리가 부쩍 좁아진 기분이다.

솔직히 원하는 정보를 손에 넣기 위해 친해질 수 있는 상대는 많으면 많을수록 좋다.

일단 구스타프의 『주칙』을 경계할 필요가 없어진 지금, 가장 큰 과제는——.

"——도개교의 제어탑."

몰래 움직이는 것도 어려우며, 입구의 열쇠는 구스타프가 들고 다닐 가능성이 농후하다. 이곳의 공략이야말로 기눈하이브 탈출의 가장 큰 난관이라 해도 무방하다.

기껏 주칙이 없는데도 구스타프와 적대할 수밖에 없다면 너무 서글프다.

"싸우고 싶지 않고, 싸우면 강할 것 같단 말이지……."

사실 구스타프가 얼마나 강한지는 스바루에게도 미지수다.

그 외모에 팔도 네 개나 있고, 검노들의 섬 관리를 임명받았으니 약할 리가 없다. 물론 한 번 싸우면 알 만한 수준의 미지지만 애초에 구스타프와 적대하는 것 자체에 스바루는 꽤 소극적이었다.

입장상으로는 이해관계가 대립하고 있지만 비교적 말이 통하지 않는 상대가 많던 제국에서 구스타프는 스바루와 언성을 높이지 않고 대화를 해 주는 소수의 인물이다.

오히려 적과 아군의 경계선상을 얼쩡거리는 가짜 세실스보다 훨씬 호감이 간다.

"그렇게 됐으니, 구스타프 씨와는 가급적 다투지 않는 방향으로 가자. 제어탑의 열쇠는 훔치거나, 아니면 간수 중 누구를 한 편으로 끌어들여서……. 그런데 그게 어려울 것 같단 말이야."

머리를 긁으며 스바루는 고도에 있는 간수들의 결속력에 막막해했다.

우두머리인 구스타프를 따르는 간수들은 검노와 비교해 머릿수가 적다. 하지만 아무래도 전원이 강한 제국병이라는 인상이라 파고들 빈틈이 조금도 눈에 띄지 않는다.

덤으로 스바루는 상당히 경계받고 있는 것 같아서 마음의 가드가 압도적으로 단단하다.

요 며칠의 섬 분위기도 스바루가 구스타프에게 날린 선전 포고가 원인이라면, 간수 쪽에서 허점을 찾아내기란 어려울지도 모른다.

"아니, 간수 한 명에게 차여도 간수 백 명에게 어택하면 돼. 그래, 헌팅은 횟수가 중요하다고 위인도 말했었어. 헌팅이 아니긴 하지만!"

세상에는 '모든 길은 하나로 통한다'는 말도 있다. 무슨 분야든 간에 극의에 이른 인간의 말에는 어느 정도 심오함이 있기 마련이다.

스바루가 주먹을 쥐고서 다음 간수에게 미움받을 각오로 걷고 있으려니——.

"방정맞은 녀석이군, 슈바르츠……."

"어, 바이츠?"

간수를 찾으러 하층 에어리어를 어슬렁거리는 스바루에게 바이츠가 말을 걸었다.

장소는 검투장과 연결된 곳의 입구로, 『스파르카』도 사투도 없는 오늘은 철책이 내려와 있어 통행금지 상태였다. 스바루는 어쩌면 감시가 있을지도 모르겠다 싶어 발길을 옮겼지만 그 추측은 빗나가고 말았다.

"그런데 바이츠는 뭐하고 있어? 숨바꼭질?"

"그게 뭔지는 모르겠지만, 아마 다를 거다……. 잠시 지하의 상황을 보러 왔다……."

"지하라면…… 아아, 거기 말인가."

바이츠가 턱짓으로 가리킨 곳은 철책으로 막힌 통로가 아니라 그 옆에 있는 녹슨 철문── 지하의, 쓰레기 투기장이라는 소문이 도는 곳이었다.

알고 있다시피 이 섬은 호수 안에 있다. 즉, 저곳은 쓰레기 투기장이라는 명목의.

"시체를 호수의 마수에게 먹이는 처리장……. 우리도 졌더라면 물고기 밥이지……."

"오싹한 얘기네."

호수에 풀어놓은 마수는 아주 사나운 종류라는 모양이다.

이것도 눌 할아버지에게 들은 이야기다. 검노의 사망 원인 중 1위는 『스파르카』지만, 2위는 사고인지 도주인지는 둘째 치고 그 마수의 밥이 되는 거라고 한다.

과거, 저 호수를 건너 도주에 성공한 검노가 딱 한 명 있었다고

하지만——.

"검노를 놓친 죄로 이전 총독은 물고기 밥……. 그 다음 총독이 구스타프지……."

"나도 같은 얘기를 들었어. 하지만 구스타프 씨가 총독이 된 뒤로 호수에서 사고사당할 만한 검노도 많이 줄었다더라."

애초에 도주하는 검노가 격감한 것이 사고가 줄어든 이유일 것이다.

그 점은 구스타프가 지닌 총독으로서의 수완이 낳은 성과이니 검노에게는 좋은 일이리라.

그러나——.

"어떻게 생각하지, 슈바르츠……. 우리는 지배당하는 처지를 감수해야 하나……?"

그렇게 뒤이은 바이츠의 발언은 섬의 검노로서 꽤 아슬아슬한 말이었다. 성격이 고약한 간수가 들으면 한 방에 경고, 생략해서 징벌까지 내릴 수 있을 만큼.

스바루가 말할 자격은 없지만 그렇잖아도 바이츠를 비롯한 일행은 스바루와 같은 『합』이라는 이유로 주위에 엄중한 눈총을 사고 있다.

그런데 이렇게 위험한 말을 하면——.

"내가 왜 지하를 보러 왔을 것 같나……. 너에게 힘을 보태기 위해서다……."

"바이, 츠……."

"너는, 탄자와 함께 여기서 나갈 생각이겠지……. 나도 따라

가마……. 여기서 검노로서 사육될 생각은 없다……. 너에게는 빚도 졌어……."

그런 말과 함께 바이츠는 얼굴을 뒤덮은 문신 속에 진지한 눈빛을 빛냈다. 그 각오를 증명하는 모습에 말로 못할 충격을 받은 스바루가 숨을 집어삼켰다.

도저히 둘러대며 넘어가도 될 분위기가 아니라서.

"바이츠, 나는……."

"네 정체가 뭔지는 알고 있다……."

"어."

"하지만 그건 관계없어……. 까불대는 히아인과 똑같이 보지 마……. 나는 네가 쓸 관에는 흥미 없다……. 그냥 힘을 보태지……. 그 사실을 기억해 둬……."

정체를 알고 있다는 말에 스바루는 온몸의 솜털이 곤두섰다. 하지만 그 뒤에 이어진 바이츠의 말은 그 이상으로 스바루의 몸에 저릿한 감각을 주었다.

설령 스바루가 누구여도 바이츠는 빚을 갚겠다고, 힘을 보태겠다고 말해 주었다.

그것은, 그것은 아주――.

"든든한데…… 바이츠."

"흥……."

스바루가 엄지를 세우고 끄덕이자 바이츠는 당연하다는 듯이 콧방귀를 뀌었다.

전혀 솔직하지 못한 반응에 웃은 스바루는 그에게도 탈출 방법을 찾기 위한 협력을 청하려 생각에 잠겼다. 물론 탄자와 똑같이 무리하면 곤란하지만.

스바루가 바이츠에게 말을 붙이려던 순간이었다.

"——읏, 이 진동!"

"도개교인가……!"

출렁출렁, 섬 전체가 흔들리는 진동과 낮은 소리가 울려 퍼져서 같은 결론에 이른 스바루와 바이츠가 얼굴을 마주 보았다.

도개교가 움직였다는 말은, 섬과 육지를 오갈 필요가 생겼다는 뜻.

"즉, 새로운 사람들이……."

"보러 가지……."

변함없이 망설임이 없는 바이츠가 스바루보다 먼저 통로 밖으로. 두 사람은 도개교를 볼 거라면 안뜰이라고 섬의 중층 에어리어로 달려갔다.

안뜰에 도착하니 검노들의 모습이 뜨문뜨문 보였다. 개중에는——.

"탄자! 와 있었나!"

"네. 슈바르츠 님은, 바이츠 님과 함께 계셨군요."

"그래, 우연히 만나서 낯 뜨거운 대화를 나눴지. 그쪽은?"

"탑 쪽의 감시를. ——역시 열쇠는 구스타프 총독이 소지하고 계신 것 같아요."

탄자의 불편한 보고에 스바루는 "그런가……." 하고 어조를 낮추었다.

도개교를 조작하는 데에 필요한 열쇠의 위치가 구스타프의 품속이라고 확실을 가질 수 있었다. 더더욱 그와의 대립 구조가 강화된 모양새였다.

"열쇠만 빼앗으면 된다면, 머릿수로 밀어붙이면 어때……?"

스바루와 탄자의 밀담에 바이츠가 옆에서 쑥 고개를 들이밀었다. 그다운 직설적인 제안에 스바루는 "안 돼, 안 돼." 하고 고개를 가로저었다.

"너무 성급한 생각이고 그런 무모한 짓을 했다간 주칙 때문에 당하잖아?"

"그도 그렇군……."

지당한 이야기라고 얌전히 제안을 거두는 바이츠. 그 대화에 탄자가 "어." 하고 눈을 동그랗게 떴기에 스바루는 자기 입에 손가락을 짚고서 비밀이란 포즈를 취했다.

주칙이 허세라는 이야기는 아직 탄자에게만 털어놓은 정보다. 그 자리에 같이 있던 가짜 세실스도 알지만 말 상대가 없는 그에게서 누설될 염려는 없다.

이 정보는 섣불리 퍼지면 일이 커지기 마련이다.

"검노들이 얌전히 있는 것은 주칙이 있는 줄 알기 때문이니까."

검노는 대우에 큰 불만이 없고 주칙에 거역할 수 없는 상태라서 얌전하다. 만약 그 전제가 무너지면 검노와 간수들 사이에서 전면 전쟁이 시작될 수 있다.

"머릿수로는 검노가 앞서도 간수에겐 뿔을 부러뜨린 마수가 붙어 있으니 말이지……."

스바루 일행이 고생하며 쓰러뜨린 사자나 쥐도 섬에서 기르는 검투수 중 일부에 불과하다. 그 녀석들이 풀려나오면 검노는 눈 깜짝할 새에 괴멸한다.

그러니까 여기서 바이츠가 성급하게 굴면 곤란해지는 셈이다.

"하지만 슈바르츠 님이 『스파르카』에서 검투수를 일소하시는 게 현실적이라고는…….."

"그 작전, 마수가 보충되면 마음이 꺾일 거 아냐. 오늘이 그날이면 어쩌게."

"아무래도 짐승의 보충은 아닌 모양이다……. 봐라, 마차가 오고 있어……."

답답한 표정의 탄자를 스바루가 달래고, 그 옆에서 바이츠가 도개교를 손가락으로 가리켰다. 안뜰 아래로 보이는 호수에는 이미 섬과 맞은편 기슭 양쪽에 도개교가 걸려 있다.

다리를 건너오는 마차는 새로운 검노고도의 주민이 되는 이들일까.

"설마 이번에는 바이츠나 이드라의 지인은 아니겠지?"

"내 지인 따위는, 다 죽으면 돼……."

"무서울 뿐만 아니라 좀 쓸쓸한 소리 하지——."

말아 줘, 라고 말하려던 순간에 도개교 위의 마차가 또렷하게 보이는 위치에 다다랐다.

마갑을 걸친 질풍마가 끄는 것은 지난번보다 조금 더 호화로워 보이는 마차였다. 다만 눈길을 끄는 것은 마차 자체라기보다 그 마차 지붕 위였다.

흔들리는 마차 위에 사람이 있었다. ──갈색 피부의, 호리호리한 몸을 가진, 여자가.

"──읏?!"

그 특징을 확인한 순간, 스바루는 비명을 억누르며 그 자리에 쪼그렸다. 난간 뒤로 숨어서 심장이 뛰는 가슴을 부여잡았다.

이 심장 소리조차 혹시 들릴지도 모른다고 겁내면서.

"슈바르츠 님? 갑자기 왜 그러시죠? 그렇게 겁을 먹고……."

"설마, 저 여자인가……?"

웅크린 스바루 옆에 탄자가 쭈그리고, 난간 너머로 바이츠가 마차 위의 여자를 확인했다.

두 사람은 마차 위의 여자가 누구인지 모르는 모양이지만, 스바루는 그 여자의 정체를 알았다. 알았을 뿐더러, 최악의 타이밍에 등장했다고 저주하고 싶어졌다.

저 마차는, 다음 『스파르카』의 후보자를 데려온 것이 아니다.

왜냐면 저 여자의 정체는──.

"──이름은 바로 떠오르지 않지만, 『구신장』이야."

전에 과랄에서 대난동을 일으킨, 은발에 안대를 찬 강하기 그지없는 여자였으므로.

5

"이번 방문자는 다음 검노가 아니라 제도에서 온 사자라고 하더군."

이는 간수가 흘린 이야기를 들었다는 이드라의 보고였다.

제도에서 온 사자, 그게 다라면 특별히 놀랄 만한 이야기는 아니다. 오히려 새로운 검노의 도착은 다음 『스파르카』를 의미하니 그렇지 않아서 안심해야 마땅하다.

하지만 그렇게 생각하기에는, 방문한 사자의 정체가 큰 문제였다.

"견인족(犬人族)의 반짐승에, 『구신장』…… 아마도 아라키아 일장(一將)이 확실하지 않을지."

"구, 『구신장』이라니, 잘못 본 것 아니냐? 응?"

"글쎄다……. 하지만 그 여자, 안뜰에 있는 나를 알아채고 쳐다봤었어……."

탄자가 상대의 정체를 특정하자, 히아인의 낙관에 바이츠가 혀를 찼다.

도개교로부터는 100미터 이상이나 거리가 있었을 테지만, 거기서 시선을 느끼다니 괴물이 따로 없다. 그때 스바루가 쭈그린 판단은 옳았다.

물론 지금의 스바루를 봐도 상대는 아마 알지 못할 테지만.

"아라키아 일장은 제2위의 지위, 제국에서도 최고봉에 속하는 한 분으로…… 그 역량은 단숨에 도시 절반을 불길로 휩쓸 수도 있다고 합니다."

"노, 농담이 심한걸……."

히아인이 뻣뻣하게 어색한 웃음을 띠지만 아무도 그가 기대한 반응을 보여 주지 않았다.

세상에는 상상을 초월하는 강자가 있으며, 아라키아도 그 중 한 명이라는 뜻이다.

"그냥 단순하게 강한 녀석이, 내 가장 큰 천적인데……."

파고들 빈틈이 있거나, 궁리하기에 따라서 승부해 볼 여지가 있는 상대라면 스바루에게도 승산이 있다.

하지만 단순하게 실력이 크게 차이가 나는 상대라면, 그 즉시 공략 수단이 없어진다. 왜냐면 강하니까. 강한 상대에게는 잔재주가 통하지 않으니까.

약자의 작전을 모조리 짓밟고서 쓸어 버리는 것이 강한 사람의 특권이다.

"슈바르츠 님, 이야기에 따르면 사자라고 합니다. 아직 적이라 단정 짓기에는 성급하지 않을까요."

"알아……. 하지만 최악의 패턴을 고려하면 말이지."

스바루는 탄자의 격려에 한기를 느끼는 어깨를 감싸며 그리 대답했다가 후회했다.

탄자도, 최소한으로 말해도 요르나와 비슷한 수준이거나 요르나보다 강한 아라키아 상대로 불안이 클 텐데 말이다.

"그, 근데, 형제는 왜 걱정을 하고 그래? 상대가 제도에서 온 거라면……."

"히아인, 모르겠어? 지금 제국은 둘로 갈라졌다고."

"엉? 아, 아아! 젠장, 그렇게 된 일이냐……!"

골똘히 생각에 잠긴 스바루를 내버려 두고 히아인과 이드라도 심각한 낯으로 대화를 나누었다.

둘의 대화 흐름은 도통 알 수 없지만 스바루가 느끼는 불안감은 생각이 지나쳤을 가능성이 높을 터다. 확실히 스바루는 섬 안에서야 좋지 않은 주목을 받고 있지만, 그것이 섬 밖에까지 퍼졌다고는 생각하기 어렵다.

"생각해 볼 만한 사자의 목적은 섬의 흥행인가……. 하지만 정세가 이런 판국인데 할까……?"

"이럴 때라서 한다고 생각할 수도 있지. 제국이 흔들리는 상황에야말로 제국민은 정강하라는 가르침을 주지시키려는 목적일지도 몰라."

"조, 좀 봐 달라고. 목숨이 걸려 있건만, 황제 각하는 뭔 생각을 하는 거야……?"

저마다 의견을 내놓는 세 사람. 그 시선이 마지막에 스바루에게 쏠렸다.

마치 스바루라면 그 답을 알고 있는 게 아니냐고 기대하는 것 같았지만, 스바루에게도 그 답은 없다. 다만——.

"지금, 황제가 이 섬을 신경 쓰고 있을지 의문인데……."

제도의 옥좌에 앉아 있는 빈센트, 그것이 가짜 황제임을 스바루는 알고 있다.

진짜든 가짜든, 어느 쪽 황제도 카오스프레임에 있었으니 반란이 일어난 이상 스바루가 모르는 사이에 아벨이 황제로 복귀했다는 전개는 없었으리라.

그러니 사자에게 지시한 것은 가짜 황제겠지만, 그 목적은 당최 불명. 그렇다면 여기는 고민하기보다 쓸모 있는 방법을 가다듬는 것이 긍정적일까.

“녀석들을 이용할 거라면, 저 마차에 숨어서 섬을 빠져나가는 건 어때…….”

“마차에 숨는 작전, 카오스프레임 때 이미 한 번 했었지.”

“설령 같은 방법이라도 몇 번이든 통한다면 상관없는 줄로 압니다만…….”

바이츠의 제안에 스바루와 탄자가 진지하게 검토했다. 하지만 세 사람의 이야기를 들은 히아인이 “잠깐잠깐잠깐!” 하고 언성을 높였다.

그는 물갈퀴가 달린 큼직한 손을 세 사람에게 내밀고 파란 눈을 휘둥그렇게 떴다.

“섬을 나가겠다니, 제정신이야?! 죽고 싶어?!”

“이대로 남아 있어도 머잖아 뭐하고 싸우다가 죽을 뿐이다, 도마뱀 자식…….”

“그, 그래도 오늘 내일 얘기가 아니잖아! 슈바르츠…… 형제도 있고 말이야!”

이빨이 즐비한 입을 벌린 히아인이 바이츠와 정면으로 눈싸움을 벌였다. 그러던 그는 화제를 탄자와 이드라 쪽으로 돌렸다.

“꼬마! 너도 진심이야? 이드라는 어떻게 생각하는데!”

“저는 여기에 오래 머물 수 없는 이유가 있습니다.”

“구체적인 방책은 없지만, 나도 나갈 수만 있으면 나가고 싶다고 생각은 해.”

“새, 생각들이 없어…….”

와들와들 몸을 떨던 히아인의 눈이 매달리듯이 스바루 쪽을 바라보았다.

스바루라면 탄자와 다른 두 사람을 설득해 주지 않겠느냐는 의도로. 하지만 히아인도 알고 있을 것이다. 밖으로 나가겠다는 대화에는 스바루도 참가하고 있었으니.

"생각을 해 보지 않겠어? 히아인. 진지하게 여기 계속 있고 싶은지를."

"주, 주칙이 있잖아, 주칙이! 그건, 그건 어쩌려고!"

감정적으로 소리 지르기를 그만둔 히아인이 마지막 수단을 꺼냈다.

그 단어에 바이츠와 이드라의 안색도 변했다. 검노들을 옭아매는 최대의 사슬, 주칙이 구스타프가 바라는 대로의 효과를 발휘한 상황이다.

그것이 이미 무력화되었음은 세 사람에게도 아슬아슬할 때까지 밝히고 싶지 않다. 그렇긴 해도 주칙을 무시하고 대화를 진행하는 것은 공평하지 못하다.

"실은 주칙도, 어떻게 손쓸 만한 힌트는 잡아냈어."

"――읏, 주칙을?"

스바루는 자신 넘치는 표정으로 "응." 하고 힘차게 끄덕였다.

그 답변에 히아인이 말문을 잃고, 바이츠와 이드라도 눈을 부릅떴다. 사실을 알고 있는 탄자만이 자연스러운 태도로 스바루 옆에 서 있었다.

사실은 말할 수 없다. 하지만 스바루가 당당한 모습이면 세 사람의 불안을 덜 수 있다.

아라키아의 방문도 포함해서 아직 알 수 없는 사항은 숱하지만——.

"완전히 섬에서 나갈 방법을 내가 꼭 찾아내겠어. 그러니——."

그때는 힘을 빌려 달라. ——그렇게 말을 이을 생각이었다.

"커."

가슴을 편 스바루 앞에서 갑자기 히아인이 갈라진 숨결과 함께 쓰러졌다.

"어……."

너무나 뜬금없이 히아인의 큰 몸이 공동방의 바닥에 옆으로 고꾸라졌다. 전조도 없는 돌변에 스바루는 반사적으로 쓰러지는 몸을 받치지도 못했다.

"히, 아인?"

핏발이 선 눈에서, 벌어진 입에서 피가 줄줄 흐르고 있다. 피를 흘리며 바닥에 쓰러진 히아인의 몸은 꿈틀꿈틀 떨다가 곧 움직임을 멈추었다.

마치 매미 같았다. 한여름의, 도로에 몸을 까뒤집고 죽음을 기다리는 매미.

그런 식으로, 매미처럼, 히아인이. ——아니다. 히아인만이 아니었다.

"——아."

히아인과 비교하면 지나치게 가벼운 소리와 함께 다른 세 사람이 쓰러졌다.

이드라도, 바이츠도, 스바루 옆의 탄자도 쓰러져서 꿈틀꿈틀 떨고 있었다.

"탄자?"

이해가, 가지 않는다. 도무지 이해가 되지 않아서 반응을 보일 수 없었다.

주저앉아 쓰러진 탄자의 몸을 흔들었다. 쭉 뻗은 그녀는 눈과 코에서 피를 흘리며 매미처럼 떨고 있었다. 죽었다.

"히."

탄자만이 아니다. 다른 세 사람도, 바닥에 쓰러진 전원이 피를 흘리고 죽어 있었다.

어째서, 라고 의문의 목소리가 머릿속을 어마어마한 기세로 가득 메운다. 그 의문의 폭풍우가 하도 격렬한 바람에 뇌를 후벼 대는 것처럼 아파서 스바루는 벽에 기대었다.

"아, 니야……."

두통의 원인은 혼란이 아니다. 얼굴을 짚은 피가 피로 물들었다.

스바루도 정신이 들고 보니 코피를 흘리고 있었다. 코피가 뚝뚝 떨어지고 입 안 가득히 쇳기가 번졌다. 지끈거리는 귀울림, 이것도 피가 나고 있는 것일지도 모른다.

느렸을 뿐이다. 다른 일행보다 느릴 뿐이지, 스바루도 똑같은 신세였다.

똑같은 신세가, 애초에, 이건, 뭔데.

"뭐가, 어떻게 되어서……."

벽에 피로 손자국을 남기며 스바루는 복도로 나가서 도움을 청하려 했다.

탄자를 비롯한 네 사람은 죽었다. 하지만 아직 늦지 않았을지도 모른다. 눌 할아버지가 있으면 죽은 네 사람을 구해 줄 수도.

옆 방도, 통로도, 넓은 공간에도 도개교 기슭에도, 여기저기에 다 죽어 있지만 아직 늦지 않았을지도 모른다. 도움을 청해야 해.

다들 눈에서 코에서 입에서, 피를 흘리고 죽어 있으니까 구해야지.

검노도, 간수도, 아는 사람도, 그렇지 않은 사람도, 다 구해야지.

"빨리, 구해야——."

"——이봐."

갑자기, 죽은 사람뿐이던 곳에 스바루 말고 다른 이의 목소리가 났다.

다들 죽어 버려서 빨리 도와줄 사람을 찾던 스바루는 초조해하고 있었다. 난처해하고 있었다. 울 것 같았다. 그러니까 목소리가 들려서 기뻤다.

기뻐서 급히 목소리가 들린 쪽으로 돌아섰고——.

"——당신, 이런 곳에서 뭐하고 있어?"

거기에, 구원받은 기분이던 스바루를 단박에 얼게 하는 남자가 서 있었다.

6

"보다시피 섬에 있는 녀석들은 싹 다 죽은 줄 알았는데……."

검은 머리띠를 찬 남자가 그런 말과 함께 목뼈를 뚝뚝 꺾었다.

밝은 주황색 머리카락을 붉은 라인이 들어간 머리띠로 묶은 제국병. 언뜻 보면 사람이 좋아 보이는 생김새지만 당치도 않다. 그것은 전부, 거짓이다.

정이 많은 듯한 표정도, 붙임성 있게 들리는 목소리도, 전부 꾸며낸 남자, 그 이름은──.

"──토드."

조금씩 기억의 서랍을 열기 어려워졌을 스바루가 쉽게 꺼낼 수 있을 만큼 중요한 곳에 넣어 둔 이름이었다.

그리고 그 이름이 왜 그런 곳에 들어 있느냐고 물으면.

"──당신, 어떻게 내 이름을 알고 있지?"

이름이 불리자 한순간에 분위기가 싹 달라진 남자── 토드가 특급 위험인물이기 때문이다.

수상해하는 토드가 큼직한 걸음으로 스바루와의 거리를 좁혔다. 스바루는 당황하며 그에게서 도망치려고 했지만 상태가 엉망인 몸은 잘 움직이지 않아서 금세 잡히고 말았다.

"아얏……."

"본 적이 없군. 살아 있는 녀석이라면 한 번 본 얼굴은 잊지 않을 텐데. ──아니."

거칠게 머리가 잡히고 가차 없이 벽에 눌렸다. 토드는 꺼끌거리는 벽의 감촉에 신음하는 스바루를 무시하며 코를 들이대고 스바루의 머리카락 냄새를 맡았다.

그리고──.

"당신, 내가 아는 무서운 녀석하고 비슷한 냄새가 나는걸."

누구를 말하는지, 자기 이야기를 하는 것 같아서 스바루는 소름이 쭈뼛 섰다.

이 혐오감과 공포, 두 번 다시 만나고 싶지 않던 남자와 이 섬에서 재회하다니.

"어, 째서……."

원망의 말처럼 여기에 있는 토드에 대한 분노가 샘솟았다.

그러고 보니 토드에게는 과랄에서 잡은 아라키아를 빼돌렸다는 의혹이 있었다. 그 아라키아가 있다면 토드가 있을지도 모른다고 눈치를 챘어야 했다.

그런 건 무리다. 같이 도망쳤다고 해서, 계속 같이 있다니 그런 건 이상하다.

이상한데, 어째서 토드가, 여기에, 싫어, 무서워, 어째서, 토드.

"어째서, 모두를……."

"죽였냐고? 대답 못하지, 그런 건. 내가 보자면 당신이 살아남은 쪽이 오산이야. 뭐, 내버려 두어도 시간문제일지도 모르지만."

"——으."

"시간입네 우연입네, 그런 불확실한 요소에 다 떠넘기는 짓은 싫어해서 말이야."

귓전에 속삭인 토드가 조용히 뽑은 나이프를 스바루의 목에 대었다.

커다란 칼날의 차가운 감촉은 스바루의 목을 간단히 떨어뜨릴 것이다. 설령 상대가 어린아이라도 토드가 망설이리라곤 조금도 생각되지 않았다.

다만 이 순간, 만일의 가능성이 머리에 스쳤다.

토드가 스바루를 죽이지 않고—— 아니다, 반드시 죽인다. 죽이지만, 지금 당장이 아니라 뒤로 미루어서 스바루로부터 뭔가를 캐내려고 시간을 들일 가능성.

그것은 허용할 수 없었다. 돌이킬 수 없어진다. 전부 최악이 된다.

그리 되기 전에, 차라리——.

"잠깐."

머리가 아프고 코피가 멈추지 않으며 시야가 뱅뱅 돌기 시작했다.

그 최악의 상황에서 마지막 수단을 쓰려던 스바루. 어금니 뒤를 혀로 더듬는 스바루. 그 입 안에 갑자기 토드가 손가락을 쑤셔 넣었다.

"——윽."

거칠게 입 안을 뒤집어놓는 손길에 스바루는 역류하는 위장 속 내용물을 토했다. 하지만 토드는 전혀 신경도 쓰지 않고 곧 노리던 대상을 손가락 끝에 잡고서 끄집어냈다.

스바루가 토한 음식물로 범벅된 그 봉투. 그것을 빤히 바라보던 토드가 말했다.

"……설마, 독인가?"

"——————."

"이봐, 이봐. 무슨 애가 이래? 일부러 입 안에다 독을 숨겨 뒀단 말은, 여차할 때의 자살용인 거지? 목숨 귀한 줄 모르다니 정신머리가 나갔군."

토드는 더러워진 손가락을 스바루의 옷으로 닦으면서 뻔뻔하게 말했다.

하지만 장난치는 투가 아니다. 진심으로 스바루의 생각을 믿을 수 없다는 표정이다. 자해라니 생각도 해 본 적도 없다는 듯한 표정.

"하지만, 그래. 딱히 괴롭히고 싶은 건 아니야. 맘대로 써."

"그, 말은……."

"그래, 죽어만 주면 자살이라도 상관없어. 나도 나이프가 더러워지지 않고."

그 증거로써 토드가 스바루의 입 안에 '약' 봉투를 도로 넣었다.

예의 바르게 어금니 위에 놓아서 세게 깨물면 봉투가 찢어질 위치에다. 터져 나온 내용물이 스바루의 목숨을 빼앗을 것을 알면서도 당연한 듯이.

"나야 어느 쪽이든 상관없어. 당신이 죽기만 하면."

턱을 손으로 밀어 '약'이 들어간 입이 천천히 다물리게 했다.

눈앞에서 스바루를 보는 토드의 눈동자에는 온도가 없다. 진심으로 스바루가 어떻게 죽든 아무 흥미가 없는 것이다. 그에게 중요한 것은 스바루가 죽는다는 결과뿐.

분한 마음이 치밀어서 뭔가 한 방 갚아 주고 싶다. 하지만 스바루는 죽기 직전이었다.

몸에서 힘이 빠지고 천천히 탄자와 동료들 같은 '죽음' 이, 스바루를 죽여 간다.

그것이 어째서 천천히, 천천히 다가오는지 알 수 없지만.

"시간 종료, 자살, 나이프."

"────."

"──선택해."

토드가 손가락을 세 개 세우며 도착지는 똑같다고 답을 다그쳤다.

몹시, 몹시도 차분한 질문에 스바루는 토드가 밉살맞았다.

탄자도, 히아인도, 바이츠도, 이드라도 죽었다.

오손 일행도, 눌 할아버지도, 검노들도, 간수들도, 다 죽었다.

어째서 토드는 살아 있는가. 어째서 스바루도 죽어 가는가.

"──윽."

가슴을 쥐어뜯고 싶어지는 저주를 걸면서 스바루는 어금니를 세게 깨물었다.

봉투가 찢어지고 안에 들어 있던 '약' 이 밖으로 새어나왔다. 그것이 혀와 잇새로 스르르 흘러들고, 흘러들어서, 그리고──.

"──푸억."

입 안에 넘친 대량의 피를 눈앞의 토드에게 힘껏 토했다.

길동무, 같은 생각이 아니다. 한 방 갚아 주고 싶었다. 옷 정도는 더럽혀 주고 싶었다. 하지만 토드는 감이 좋았다. 스바루가 피를 모은 순간, 옆으로 뛰고 있었다.

그 바람에 피는 묻지 않았다. 스바루는 그냥 피만 토한 채 쓰러졌다.

쓰러져, 쓰러지고, 그리고, 그리고, 그리고오——.

"아, 으, 아, 오오오오악……."

온몸이 꿈틀꿈틀 떨리며 가공할 기세로 독이 퍼진다.

코에서 귀에서, 그때까지 이상의 기세로 피가 흘러나오고 목이 터질 만큼 퉁퉁 붓는다. 온몸의 살이, 뼈가 일제히 신음하기 시작했다.

아니다. 신음하는 것처럼 들린다. 온몸이, 비명을 지르고 있었다.

"이, 기, 기기이, 기이이이익……."

피가 불타는 것처럼 뜨겁다. 끓는 냄비에 처박힌 것처럼 뜨겁다.

온몸이 부글부글 끓고, 마치 껍질을 벗겨서 거기다 고추냉이나 겨자 같이 매운 것을 싹 긁어모아 발라댄 것처럼, 산더미만 한 바늘에 꽂힌 것처럼, 강판으로 온몸을 가는 것처럼, 아프다, 아프다, 아프다, 아프다.

아프다는 것 하나로 죽어 버리고 싶어진다.

괴롭다는 것 하나로 죽어 버리고 싶어진다.

"당신, 정신이 나갔군."

꿈틀꿈틀, 낚싯대에 낚인 생선처럼 퍼덕대며 죽음으로 향한다.

그런, 피바다에 빠져 죽는 스바루를 바라보며 토드가 무슨 말을 중얼거렸다. 무슨 말을 하고 있는지 스바루는 모른다, 모른다, 알 수도 없다.

이젠, 아무것도, 알 수 없게. 아무것도, 알 수 없, 게——.

"——자살용 독이라면 대개 고통스럽지 않은 걸 준비하기 마련이잖아."

목소리가, 아득하게, 의식이, 하얗게, 하얗게, 날아가고.

그래도 마지막까지, 마지막, 까지, 아프고, 괴롭고, 피가, 피가 피가피가, 피이피피피피, 피피피피, 피——.

뺑, 하는 소리가 나고, 피가, 눈이, 안 보이, 으.

7

"네 정체가 뭔지는 알고 있다……."

"————."

"하지만 그건 관계없어……. 까불대는 히아인과 똑같이 보지 마……. 나는 네가 쓸 관에는 흥미 없다……. 그냥 힘을 보태지……. 그 사실을 기억해 둬……."

지글댄다. 불탄다. 온몸이 갈린다. 아픔이, 아픔이, 아픔, 이, 있었다.

그런 아픔이 갑자기 뚝 끊기고 스바루는 어느샌가 섬뜩하고 차가운 공기 안에 있었다.

차가운 공기 안에서, 스바루는——.

"아, 아……."

"슈바르츠……?"

"아아아아악——!!"

스바루는 자기 몸을 끌어안고 입을 크게 벌리며 피를 토하듯

절규했다.

외치고, 외쳐서, 자기 안에서 독을 몰아내려고 했다. 이미 몸 안에 없을 독을 몰아내려고 했다. 아직 남아 있는 느낌이 든다.

왜냐면 괴로우니까. 괴롭단 말이다. 속절없이 괴로운 독이었다.

스바루를 괴롭히고 괴롭히고 괴롭히며, 절대로 죽도록 하려는 맹독이다.

몇 번, 몇십 번, 맛본다 해도――.

"끄, 히으, 아아아으으으아아아아……!"

그 '약' 이 야기한 '죽음' 이, 편하게 죽는 요령이 아님을 통감시킨다.

그것만이 나츠키 스바루를 괴물이 아니라 인간으로 잡아 두는 마지막 쐐기다.

제5장 『바이츠 로군』

1

——눌 할아버지에게 '약' 을 주문할 때에 가장 중요한 사항은 확실성이었다.

원래 눌 할아버지는 의학의 문외한으로, 정상적인 치유자라고는 할 수 없는 사람이다. 그런 눌 할아버지에게 약의 조합—— 즉효성이 있는 '극약' 은 만들라고 할 수 없었다.

눌 할아버지가 만들 수 있던 것은 섬에서 손에 들어오는 범위의 약을 조합해서, 온몸의 혈류를 뒤틀어 상대를 죽게 하는 '극독' 뿐이었다.

먹으면 무시무시하게 괴로워하던 끝에 반드시 죽고 마는 극약—— 그것은 바라던 약과는 달랐지만, 생각하기에 따라서는 스바루에게 유리한 물건이었다.

"결국 내 본성은 게으름을 부리기 좋아하는 바보 멍청이 자식이야."

스바루의 어리광쟁이 습성을 감안하면 괴로움 없이 죽는 독은 절대로 안 된다.

분명히 사소한 일로 금방 재시도를 고려하며 독의 효력에 기대는 행동을 시작한다. 그러면서 나츠키 스바루는 괴물이 되어 가는 것이다.

사람의 아픔도 괴로움도 모르는, 인간과 동떨어진 괴물이.

“그런 건, 무조건 사절하겠어.”

이미 팔다리가 자랄 만큼 자란 시절의 기억과 실감은 곳곳이 흐릿해지고 있다. 그런데도 스바루의 경험이 만든 정체성이 크게 뒤틀리는 사태가 있어서는 안 된다.

그 성질의 변화는 나츠키 스바루를 받아들여 준 모두를 배신하는 짓이다.

자기 자신은 배신할 수 있어도, 모두는, 가족은 배신할 수 없다.

나츠키 스바루는 뒷전으로 미룰 수 있어도, 나츠키 스바루의 유대는 그럴 수 없다.

그렇기에——.

“『스파르카』에서 적에게 쓰겠다고 거짓말한 눌 할아버지에게는 미안하지만…….”

나츠키 스바루는 지옥의 고통을 맛보더라도 뻗친 손길만은 거두지 않는다.

그것이 이 절수의 검노고도라도 꺾을 수 없는 의지니까.

2

그렇게 강한 척은 해 보았으나——.

"커, 끄, 끼익……."

스바루는 깨질 정도로 이를 악물고 마음을 갈가리 찢는 고통에 버텼다. ——아니다. 버틴 것이 아니다. 버텨야 할 아픔은 이미 두고 왔다.

죽고 돌아왔다. 그러니 죽는 원인이 된 고통은 어디에도 없다.

하지만 영혼이 꼬리를 끌고 있다. 그 바람에 눈물도 콧물도 뚝뚝 흐르며 멎지 않았다.

"이봐, 슈바르츠……! 갑자기 왜 그래……!"

"괘, 괜안아……."

"괜찮을 리 있겠냐……. 그렇게 다 망가진 낯짝인데……."

웅크린 바이츠가 안면을 다양한 즙으로 더럽힌 스바루에게 일갈하더니 맨손으로 주저 없이 그 콧물을 닦았다. 그런 바이츠의 자세에는 감탄이 든다.

더러운 것을 더럽다 여기지 않고 행동할 수 있는 것은 아주 훌륭한 일이었다.

"아— 으……."

거칠게 콧물과 눈물이 닦이는 중에 스바루는 멍해지는 머리에 손을 짚었다.

충격적인 죽은 과거가 차츰 빠져나가자 완만하게 살아 있는 현재를 받아들인다. 이 느긋한 의식의 전환은 스바루가 '약'으로 죽을 때마다 매번 하는 행위다.

'약'은 확실하게 죽기 위한 히든카드지만, 뜻밖에 여기에 기댈 기회는 많지 않다.

『스파르카』 도중에 죽을 때는 검투수의 발톱이나 이빨에 당할 때가 압도적으로 많다.

다만 그러고도 미처 죽지 않았을 때나 희생자를 낸 상태로 일이 끝났을 때는 이 '약' 더러 제 역할을 하라고 할 수밖에 없다.

그것은 나츠키 스바루가 짊어져야 하는 고역이었다.

왜냐면――.

"내가 실수한 탓이니까……."

가장 해결 능력이 있을 인간이 실패하면 다른 사람들은 어떡해야 하나.

스바루에게는 책임이 있다. 해결할 수 있을 가능성이 제일 높다는 책임이.

원해서 손에 넣은 힘은 아니어도 잘 써먹을 수 있으리라. 나츠키 스바루라면.

나츠키 켄이치의, 그 사람의 아들이니까.

"――윽, 이 진동은……."

"도개교인가……!"

섬 전체가 흔들리는 진동에 스바루와 바이츠가 얼굴을 마주 보았다.

눈앞의 바이츠와 어두컴컴하고 습기 찬 통로. 스바루는 자신이 되돌아온 곳이 검노고도의 하층 에어리어―― 마침 도개교가 올라가기 직전이라는 데에 생각이 닿았다.

바깥세상과 고도를 연결하는, 유일한 다리가 걸리는 순간――.

"――온다."

그, 지옥도 그 자체 같은 광경과, 그것을 만든 최악의 적이.
두 번 다시는 만나지 않기를 기도까지 하던 상대── 토드와의 재회다.
"────."
오싹한 두려움에 휩싸인 스바루가 어깨를 부둥켜안았다.
눈을 감으면 한순간에 시체로 즐비해진 섬의 참상이 떠오른다. 눈앞의 바이츠도 포함해 알고 지낸 얼굴이 피를 흘리고 목숨을 빼앗긴 최악의 기억.
"그런 상황, 두 번 다시 일어나게 둘까 보냐……."
솟구치는 사명감. 그러나 어떻게 하면 막을 수 있느냐는 지점에서 사고가 멈추었다.
도대체 그것은 무슨 일이 일어난 상황인가. 당연히 토드와 아라키아가 한 짓이다. 그 두 사람이 같이 있는 것만으로도 악몽이지만 현실은 악몽보다 더 지독하다.
"꿈이라면 깨면 끝이라는데, 이건 끝나지 않아. 젠장, 약혼자에게 돌아가고 싶다고 그러지 않았냐고……. 그 거짓말쟁이 자식……."
어지간히 쇼킹했는지 토드에 관련된 기억은 꽤 선명하다.
스바루와 토드의 인연, 마지막에 만난 것은 스바루가 여장했을 때로, 아직 우호적이던 시절에 이야기한 약혼자의 존재처럼 시시콜콜한 부분까지 떠오른다.
거기에 토드 공략의 실마리가 숨어 있는지 서둘러 검증할 필요가 있었다.

그러기 위해서――.

"다음, 『스파르카』의 제물인가……."

"꼭 단정할 수 없어. 바이츠, 잠깐 도와줄 수 있을까?"

"――내가 방금, 무슨 말을 했는지 잊었나……?"

진동을 발밑에 느끼면서 스바루가 물은 말에 바이츠 얼굴의 문신이 일그러졌다.

이 타이밍에 바이츠가 해 주었던 말. '약'의 여운 때문에 머리는 패닉 상태였지만 그것은 임팩트가 컸기 때문에 똑똑히 기억한다.

"그냥 힘을 보태겠다고 했지. 그러니까 힘을 보태 줘."

"알고 있으면 됐다……. 그래서, 내게 뭘 시키려 하지……?"

당연히 도개교를 건너오는 다음 검노 후보를 보러 간다.

그렇게 제안받으리라 생각했을 텐데도 팔짱을 낀 바이츠의 전환은 빠르다. 그 깊은 의리와 한 번 결심한 자신의 룰을 완강히 지키는 모습은 정말로 고맙다.

바이츠의 성격에 크게 감사하면서――.

"잠깐이면 돼, 마차의 도착을 늦춰 줘! 단, 날뛰는 것 이외의 방법으로!"

3

바이츠는 많은 질문 없이 선언대로 스바루의 무리한 부탁을 수락했다.

그는 오기로라도 약속을 지킨다. 도개교를 건너오는 마차의 도착을 늦추어 모두의 생명에 걸린 리미트를 1분 1초라도 연장해 준다. 그럴 것이다.

"그사이에 생각해, 생각해, 생각해……! 다들, 얼굴에서 피를 흘리며 죽었던 건 어째서지? 독가스? 그런 종류의 마법?"

하층 에어리어의 공동방, 거기서 대화하던 도중에 잇따라 동료들이 쓰러졌다. 죽는 방식은 전원 동일하며, 거의 동시였다. 섬에 있던 다른 검노들도——.

"아니야……. 그때, 간수들도 다들 죽었었어."

그 지옥에 예외는 없었다. 정말로 예외가 없었던 것이다.

검노도 간수도, 면식이 있는 상대든 없는 상대든 구별 없이 다들 죽어 있었다. 우리 안에 있는 검투수의 생사는 확인하지 못했지만 적어도 인간은 예외 없이——.

"그것도 아니야. ——나와 토드는 살아 있었어."

섬 안에서 얼굴을 마주친 스바루와 토드, 두 사람은 지옥의 예외였다.

단, 탄자 일행과 같은 영향이 적지 않게 드러났던 스바루와, 팔팔하던 토드는 입장이 달랐다. 그 지옥을 만든 장본인은 토드가 확실하다.

그러고 보니 같이 있었을 아라키아의 모습은 눈에 띄지 않았지만.

"구스타프 씨와 셋시의 얼굴도 나는 못 봤어."

『합』의 동료도 오손 일행도, 눌 할아버지도 죽은 모습을 보았지만 주범일 토드와 아라키아를 제외하면 그 두 사람이 열쇠를 쥐고 있을 느낌이 들었다.

그 지옥에 두 사람은 어디에 있고, 무엇을 하고 있었는가. 섬에 무슨 일이 일어났는가.

"독가스나 마법이라 치고, 어째서 나에겐 효과가 약했지? 모두와 무엇이——."

"——꽤나 열심히 고민을 하고 있나 보네요, 밧스."

"우와아?!"

고민 중에 누가 뒤에서 말을 걸자 스바루는 비명을 지르고 말았다.

허둥지둥 뒤돌아보니 거기에는 기모노 소매에 손을 넣고 요란하게 놀란 스바루를 "아하핫!" 하고 웃어넘기는 파란 머리 소년의 모습이 있었다.

"세, 셋시……?"

"네, 그런데요, 뭔가요, 그 반응. 마치 저와 맞닥뜨려서 엄청나게 놀란 것 같은데, 걱정할 필요 없이 스바루는 제 마음이 내키면 언제든 저와 대화할 수 있는 위치에 있어요."

"네 마음이 내킬 때뿐이면 언제든이라고 말할 수 없잖아……."

가짜 세실스가 여기 예시가 있다는 양 코앞까지 거리를 좁히자 스바루는 우물우물 반박했다.

여전하기 그지없는 태도와 행동에 스바루는 당황하지만, 세실스는 전혀 개의치 않고 난간 위로—— 섬의 중층, 안뜰의 난간 위로 몸을 훽 내밀었다.

여기서라면 마침 호수의 도개교가 역할을 마치고 물에 잠기는 모습이 잘 보였다.

"아무래도 제도에서 사자가 왔다던가 해서 섬은 그 화제로 떠들썩하던데요. 목적은 그냥 세상 돌아가는 얘기일지 흥행일지, 어느 쪽이든 간에 밖에 나가고 싶은 밧스에게는 솔깃한 내용이지 않나요?"

"그렇, 겠지. 응, 부정은 하지 않겠는데……."

생각지 못한 접근 조우에 스바루는 가짜 세실스를 대할 태도를 결정짓지 못했다.

그가 토드 일행과 함께 섬의 대학살에 손을 물들였다고는 생각하지 않는다. 하지만 섬에서 가장 두려움을 사는 검노인 그가, 그 소동 중에 눈에 띄지 않던 것도 사실이다.

그리고──.

"어라, 밧스, 뭔가 초조해하고 있어요? 답변에도 건성. 이 상황에서 안뜰에 혼자 덩그러니 있는 것도 묘하다면 묘하고, 무거운 비밀을 품고 있다거나?"

이러는 중에도 다가드는 타임 리미트가 스바루의 마음을 태우고 있다.

가짜 세실스는 그 점을 태연히 파란 눈으로 꿰뚫어 보았다. 어차피 그냥 직감, 촉이다. 그걸로 정답을 맞히는 괴물 상대로 밀고 당기려니 우스꽝스러워진다.

현시점에서 가짜 세실스는 적이거나, 적이 아니거나 이지선다. 어느 쪽이든 간에 아군이 아니다.

그렇다면 아군으로 들어오게 노력하는 편이 낫다.

"셋시, 지금부터 섬에 터무니없는 사태가 벌어져. 아마 제도에서 온 녀석들이 저지를 거야. 구체적으로 무엇인지는 말 못 하겠지만……."

"호오호오, 심각한 눈치로 보건대 입으로 꺼내기도 소름 끼치는 사태…… 그 녹인족 아가씨를 비롯한 이들이 궁지에 몰린다. 아니, 사지라고 할 인상일까요."

"――읏."

"이야아, 밧스의 반응은 볼 만해서 흐뭇하네요! 그런데 그렇다고요. 드디어 조짐이 나타난 건 바람직하군요. 기다리다 지쳐서 죽을 지경이었거든요!"

가짜 세실스가 입을 벌리고 웃으며 힘차게 발을 굴렀다.

트러블을 환영하는 반응에 어안이 벙벙하던 스바루는 바로 가짜 세실스를 다그쳤다.

"셋시! 장난이 아니라고! 모두가 위험해!"

"그건 더 좋죠! 장난이 아니라면 최고입니다. 여기서 전부 다 지어낸 이야기에 괜한 걱정이라 하는 편이 김새니까요. 어서 오소서, 위기와 궁지와 난관 전부!"

"뭣……."

"아니면 설마 저를 무조건적으로 밧스의 아군으로 삼을 수 있을 줄 알았나요?"

일의 중대함을 모른다는 스바루의 호소에, 일의 중대함 따위 아무래도 좋다는 세실스의 눈빛. 웃음 속에 숨은 날카로운 안광에 스바루가 베였다.

베였다고 착각한 스바루에게 가짜 세실스가 두 팔을 벌렸다.

"——지금이에요, 지금."

이 검노고도 기눈하이브 딱 한복판, 섬과 호수가 내다보이는 황폐한 정원을 무대로 삼듯이 가짜 세실스는 하늘을 우러르며 입을 크게 벌리더니——.

"바로 지금이 분수령! 밧스는 저를 예감으로 매혹시키고! 기대로 연결되어! 밀고 당기며 웃고! 그리고 고비에서 증명하는 것입니다! 제가 어디에 서 있는 게 바람직한지!"

"————."

"자아, 자. 검에 꿰뚫린 늑대! 이 가혹하고 잔혹한 대지를 내려다보고 있는 관람자 분들도 굽어보시라! 도대체 누가, 이 세실스 세그문트를 매혹시킬지를!"

하늘 저 너머에 있는 관객의 존재를 확인해야만 나올 목소리를 외쳤다.

에누리 없이 제정신인지 의심받을 것이 당연한 기행. 아마 이 섬의 모두가 눈을 돌리고 귀도 기울이지 않는 그의 행동이지만, 스바루는 기묘한 확신을 느꼈다.

가짜 세실스는——아니, 세실스 세그문트는, 진짜다.

이 진짜 괴물은 진심으로 세계가 관측을 즐긴다고 믿고 있으며, 또한 실제로 세계에 의지가 있다면 세계는 그에게서 눈을 떼지 못한다.

이 작은 괴물은 그만한 존재감과 설득력을 풍기고 있다.

"너를……."

"뭐죠?"

"너를, 내 동료로 삼겠어. 혹사해 주겠다고 결심했다."

압도되는 와중에도 스바루는 그럴 때가 아닌데 가슴에 손을 짚고서 말했다.

상대를 똑바로 응시하며 그리 선언했다.

"——그 무모함, 싫지 않아요, 오히려 좋아."

웃음을 머금은 어조. 그러나 세실스는 지금까지와 똑같이 티 없이 환한 웃음이 아니라 그저 입술에 스칠 뿐인 미소로 스바루에게 응수했다.

그것은 세실스가, 스바루를 무대에 오를 도전자라 인정한 증거였을지도 모른다.

그 직후——.

"——흠."

세실스가 웃음을 띤 입술을 다잡고 턱을 손가락으로 쓸었다.

그, 모양 좋은 코에서 피가 방울방울 떨어지는 턱을.

"뭣……."

출혈을 일으킨 세실스를 본 스바루는 당황하며 난간 너머를 쳐다보았다.

아래에 보이는 섬 내부, 건물이나 섬 안까지는 보이지 않지만 그래도 언뜻언뜻 보이는 범위에 검노와 간수, 쓰러진 인영이 수두룩했다.

시작된 것이다. 대학살이.

섬 안의 인간에게 사신의 낫이 휘둘러져 예외 없이 목숨이 수확된다.

그렇다. 예외 없이——.

"영차."

"셋시?!"

난간에서 몸을 뗀 스바루는 콧속에 찡한 느낌을 받으면서도 바로 옆에 주저 앉은 세실스 쪽을 신경 썼다.

세실스는 난간에 등을 기대고 그 자리에 털썩 주저앉았다.

느긋한 태도, 하지만 손으로 잡고 있는 코에서 나는 피는 멎지 않았다.

"괘, 괜찮은, 거야?"

"이야아, 어렵겠는걸요. 이건 꽤 강적이 상대예요, 밧스. 상대로 부족하지 않다고 해야겠어요."

"그런 소리나 할 때야?! 코, 코피가…… 눈에서도!"

"흠……. 여기선 피를 한 방울도 흘리지 않은 것이 자랑거리였는데 말이죠."

말하는 중에도 앉아 있는 세실스의 눈에서 피가 흘러나왔다.

세실스가 눈뜨고 볼 수 없을 만큼 처참한 꼴이 되고 있지만, 넘치는 피를 코에서 몽땅 흘렸는데 어조가 조금도 변하지 않은 것이 두렵다.

하지만 세실스의 가장 무서운 점은, 그게 아니었다.

"죽는 것이, 무섭지 않은 거야……?"

"사람은 죽으니까요."

"————."

눈앞에 육박한 것이 '죽음' 임을 이해했음에도 세실스의 대답에는 망설임이 없었다.

망설임도, 당황도, 두려움도, 불안도, 긴장도, 후회도 없다.

스바루처럼 죽고 난 다음이 있는 것도 아닐 것이다.

그런데도 세실스에게는 생물이 가장 겁내야 할 '죽음' 에 대한 공포심이 없다.

그렇게 '죽음' 을 두려워하는 모습을 보이지 않은 채로——.

"————."

세실스는 코를 잡은 손을 내리고 피로 더러워진 소매를 숨기듯이 팔에 감고서, 등을 난간에 기댄 채로 움직임을 멈추었다.

고개 숙이고 눈꺼풀을 감은 채로 꿈쩍도 하지 않았다.

스바루도 그 모습이 의미하는 바를 분명히 알 수 있었다.

그리고——.

"쿨럭."

기침하는 입에 댄 손이 피로 젖고 '죽음' 은 스바루 코앞에도 육박해 있었다.

4

"——당신, 이런 곳에서 뭐하고 있어?"

검은 머리띠를 두른 사신이 우두커니 선 스바루의 모습을 발견하고 고개를 갸웃했다.

고도를 '죽음' 으로 가득 메운 사신── 토드는 친절한 청년처럼 행세하는 얼굴에 약간의 경계를 띠며 큼직한 나이프를 솜씨 좋게 뽑았다.

"보다시피 섬에 있는 녀석들은 싹 다 죽은 줄 알았는데……."

가볍게 턱짓으로 주위를 가리킨 토드는 매복을 당한 감각에 의심스러운 표정을 지었다.

그가 보자면 산 사람과 마주치는 것이 예상 밖. 섬뜩하게 여기고 있겠지만 그 정도의 앙갚음은 허용해야 도리가 맞는다.

──이미 섬 사람의 전멸은 확인했다.

생존자가 있기를 바라며 돌아다녔지만 세실스조차도 후보에서 벗어난 이상, 스바루의 너덜너덜한 기대에 부응해 주는 사람은 없었다.

스바루는 탄자와 『합』의 동료들, 지인의 핏발 선 눈을 감기고 여기에 왔다.

이미 이 섬에서 산 채로 대화를 나눌 수 있는 상대는 눈앞의 사신밖에 없기에.

"────."

토드의 눈빛에는 방심이 없지만 거침없는 발걸음을 보건대 스바루를 문제시하고 있지 않다.

그것은 스바루가 어린아이라서가 아니라 죽어 가고 있기 때문이다. 토드는 코피와 피눈물이 멈추지 않아 빈사에 처한 어린아이를 두려워하지 않는다.

토드는 교활하고 신중하지만 겁쟁이가 아니다. ──그렇기에 최고로 성가신 적이다.

"딱, 하나만……."

죽어 가는 어린아이가 상대라도 저승길 선물을 쥐여 줄 토드가 아니다. 쥐여 주지 않는다면 빼앗겠다. 하지만 기회는 아마, 딱 한 번뿐.

단 한 번으로, 딱 하나뿐. 그 한 번을 회심의 기회로 삼아야 한다.

"————."

한 걸음, 또 한 걸음씩 스바루와 토드의 거리가 줄어든다.

이 거리가 제로가 되기 전에, 사신의 손길이 닿기 전에 최선의 정답을 뽑아야 할 터.

누가 했는가. 이 대학살을 벌인 것은 토드다. 물어봐도 별수 없다.

누가 살아남았는가. 그것을 물어봐도 소용없다. 의미가 없다.

아라키아는 어디에 있는가. 알고 싶지만 대답해 줄 것 같지 않다. 헛일이다.

아직 보지 못한 구스타프는 어쩌고 있는가. 그것도 아라키아와 마찬가지로, 허탕이 된다.

그럼 남은 것은, 이 대학살의, 방법일까.

"————."

독가스는, 아니다. 스바루는 그 선택지를 머릿속에서 지웠다.

세실스와 대화를 나눈 중층, 스바루가 거기 있었던 것은 확인을 위해서다. ——만약 학살의 답이 독가스라면 바람이 강한 옥외는 안전할지도 모른다는.

하지만 결과적으로 스바루도 세실스도 대학살의 피해를 피하지 못했다. 섬 밖에 있던 사람도 쓰러진 시점에서 독가스일 가능성은 꽤 낮았다.

남은 가능성은, 마법이다. 그 확신만 얻을 수 있으면, 다음에는 더, 제대로——.

「——지금이에요, 지금.」

그 순간, 스바루의 뇌리를 환청이 지배했다.

이미 어디에도 없을 인기 배우의 목소리가 스바루의 나약한 사고를 뜨겁게 달구었다.

그리고 그 열기에 재촉받는 것처럼 입을 벌리고——.

"——주칙이다!!"

사라졌을 터인, 불가능한 가능성을 입에 담아 사신을 후려쳤다.

핏발 선 스바루의 목소리가 피할 수 없는 공격이 되어 사신을 때렸다. 그리고 그 외침 소리를 들은 순간, 사신—— 토드가 움직였다.

"죽어."

의아해하는 낌새도, 귀찮아하는 분위기도 사라지고 거기에는 오직 살의가 있었었다.

알아서는 안 될 사실을 안 '적', 그것을 처분하는 메마르고 냉혹한 살의만이.

"커."

날카로운 나이프가 가슴 한복판을 날카롭게 쑤셨다.

1밀리미터의 자비도 없이 뒤튼 나이프가 가슴속의 중요한 것을 전부 헤집고 뽑혀 나왔다. 튀는 피가 볼을 더럽혀도 토드의 무표정은 변하지 않았다.

"——억."

칼날이 찔렸다가 빠지고, 몸이 딱딱한 지면 위로 쓰러졌다. 가슴에서 목으로 피가 역류하여 울컥 토해낸 피에 '약' 봉투가 섞여 있었다.

깨물어서 봉투를 찢는 데 실패했다. 하지만 이것은 '약'이 필요 없는 상처였다.

"입 안에서, 제정신이냐?"

새빨갛게 물든 봉투를 줍고 콧방귀를 뀐 토드가 중얼거렸다.

냄새로 내용물이 위험하다고 알았는지, 아니면 입에서 나온 것으로 감을 잡았는지.

어느 쪽이든 관계없다. 스바루는 이미 간섭할 수 없는 사항이다.

단지, 그저, 할 수 있는 말이 있다고, 치면, 그것은.

"……나."

"——뭐지?"

"하, 나."

하나, 붙잡았다.

안색을 바꾸고 무엇보다 우선해서 황급히 스바루를 죽였다.

그러니까, 회심을, 잡아, 냈다. 잡고, 잡고, 그래서, 죽었다.

——검노고도 기눈하이브를 죽인 것은 존재하지 않았어야 할 『주칙』이다.

5

"토드의 그 반응…… 주칙이, 답이야."

죽기 직전의, 피가 부족한 머리가 선택한 답이 회심의 정답을 뽑았다.

거기서 아라키아의 마법이 원인이라는 생각으로부터 빠져나오지 못했더라면 스바루는 이 확신을 잡고서 돌아올 수 없었다.

정곡을 찔렸기 때문에 토드는 그 한순간에 스바루를 죽일 결단을 내렸다.

토드의 그 돌변과 살의야말로 스바루가 주칙의 존재를 확신하는 근거였다.

"하지만 주칙이 있으면, 왜 구스타프 씨는 그런 태도지?"

본디 스바루가 주칙이 존재하지 않는다 추측한 것은, 위협이란 용도 말고는 쓰지 않던 구스타프의 태도가 원인이다. 확실히 구스타프는 검노의 죽음을 피하는 것 같지만, 스바루 한 명의 생명과 섬의 질서를 비교해서 주칙을 쓰는 것을 망설이면 이치에 맞지 않는다.

쓰지 않을 이유가 없다. 반대로 말하면――.

"――내가 도발했을 때, 구스타프 씨는 주칙을 쓰고 싶어도 쓸 수 없었다. 하지만 섬의 모두가 죽임당할 때는 쓸 수 있는 조건을 충족했었다?"

그렇다면 섬의 관리자인 구스타프 모렐로는 스바루의 적이다.

주칙이 사용되었다면 그는 토드와 아라키아에게 협력했다. 세실스가 적의 편이 아님을 확인했던 것도 수확이었지만 기뻐하고만 있을 수도 없다.

그 주칙은, 세실스조차도 목숨을 빼앗기는 위협이었으니까.

"더더욱 어째서 나만 늦게 죽는지 이유를 모르겠지만——."

현시점에서는 규명할 수 없는 답이다. 대학살을 막기 위해서 주칙의 발동을 저지한다.

가용할 수 있는 시간과 뇌세포는 몽땅 다 그쪽에 투입해야 할 것이다.

"그러다가 몇 번 죽는다 해도, 나는 꼭——."

『사망귀환』을 전제로 하고 싶지 않아도, 작전은 『사망귀환』을 계산에 포함해서 고민한다.

직전의 세계를, 무엇이 '죽음'을 야기했는지를 확인하기 위한 버림돌로 삼았듯이. 예를 들면 몇 번 그 고통을 맛보든 간에——.

"슈바르츠, 보러 가지……."

"어?"

가슴을 잡고 웅크리고 있던 스바루는 그 목소리에 놀라 고개를 들었다.

바이츠가 스바루를 내려다보며 문신으로 뒤덮인 손을 내밀고 있었다. 죽어서 돌아온 다음에 그가 있는 거야 알던 사실이라 놀랄 부분이 아니다.

스바루가 놀란 점은 다른 곳에 있다.

"……어?"

가슴에 칼이 찔려 죽은 고통은 남아 있지 않다. 주칙의 격렬한 허탈감도 없이 건강한 상태다.

하지만 이상했다. 그 이상함이 스바루를 놀라고 겁나게 했다.

왜냐면——.

"——아까보다, 스타트 지점이 뒤로 밀렸어?"

이미 도개교가 움직일 때의 반응이 끝나서 부자연스럽게 얼굴이 굳은 스바루를 바이츠가 의아하게 눈썹을 모으며 보고 있었다.

6

——『사망귀환』의 권능에 발생한 오류는 심각한 것이었다.

가장 큰 원인으로 짚이는 사항은 현재진행형으로 스바루를 괴롭히는 『유아화』지만, 오류 자체는 볼라키아 제국에 온 당초부터 항상 느꼈었다고 말할 수 있다.

오류의 대표적인 예는 카오스프레임의 홍유리성에서 발생한 최악의 10초간이다.

스바루를 구하기 위해서가 아니라 절망시키기 위해서 주어진 것 같던 무한의 10초. 어색한 리스타트 지점의 설정, 오류는 검노고도에서도 변하지 않고——아니, 악화되었다.

그것이 이번에 일어난 리스타트 지점의 '밀림' 이라는 현상이었다.

리스타트가 십여 초 늦어지면 그건 그대로 유예가 십여 초 줄어드는 것을 의미한다.

여태까지 겪은, 유예가 극단적으로 적은 케이스와도 다른 오류로, 스바루의 불안과 절망감을 조장하는 데에 이보다 더한 효과는 없다.

이번에는 십여 초였지만, 지금부터 더 짧아지지 않는다는 보증은 없다.

몇 번이고 이 이상이 반복되다가 끝내는 죽을 때까지의 시간이 1초 이하가 되거나, 아예 『사망귀환』이 불가능해지면 스바루에게 무슨 방법이 있을까.

그런 최악의 사태는 기필코, 기필코 막아야만 했다.

그래서 나츠키 스바루는――.

× × ×

"――입실하길 바란다. 이야기를 들어 보지."

두꺼운 문이 열리고 묵직한 소리가 방 안에 엄숙히 울렸다.

문을 미는 통나무 같은 두 왼팔을 가진 이, 주인의 귀환에 방의 공기가 무거워졌다. 무게가 더해진 집무실에 불린 상대가 발을 들였다.

"아라키아 일장, 그리고……."

"토드."

문을 연 거한, 구스타프의 말에 여자의 목소리가 짤막하게 답했다. 그 짧고 불친절한 답에 쓴웃음 짓는 기척이 난 뒤.

"토드 팽 상등병입니다. 일단 이번 임무가 정리될 때까지는."

들은 스바루의 영혼을 찌부러뜨리는 듯한 목소리의 남자가 뒤이어 방에 들어왔다.
토드와 아라키아, 두 사람을 안내한 곳은 섬의 상층 에어리어에 위치한 구스타프의 집무실이었다. 전에 스바루도 호출되어 직접 경고를 받았던 직무 일색의 방.
"총독이란 지위에 비해서 꽤 검박하시군요."
"——집무실이다. 본직에게 필요한 것은 갖추어졌다. 자네는 감사가 목적인가?"
"당치 않은 말씀. 사람을 심하게 가리는 아라키아 일장의 유일한 측근이지요."
"소수, 정예."
가볍게 들리지 않는 가벼운 농담을 섞으며 토드와 아라키아가 방을 둘러보았다.
물건은 많지 않고 있는 것도 업무용 책상이나 책장뿐, 살풍경한 방의 모습을 토드가 검박하다고 평가하는 것은 이해가 간다. 하지만 주의 깊게 주위를 둘러보지 말았으면 했다.
방구석에 있는 서가, 그 방향은 특히 더.
"————."
스바루는 펄떡펄떡 큰소리를 내는 심장고동을 등에 느끼면서 밀착한 히아인이 공포와 싸워 주는 데에 마음속 깊이 감사했다.
——지금, 스바루와 히아인 둘은 구스타프의 집무실에 숨어 있다.
목적은 지금부터 적으로 돌아설 구스타프가 토드와 아라키아하고 무슨 이야기를 나누었는지. 그리고 주칙이 어떤 방법으로 쓰이는 것인지를 알기 위해서다.

히아인의『의태』는 비늘로 주위의 풍경을 카피해서 투명해지는 것 비슷해서, 현재의 스바루 크기라면 껴안고 같이 경치와 동화할 수 있다.

그 능력을 구사해 대담무쌍한 훔쳐 듣기 작전을 실행에 옮긴 것이다.

물론 히아인은 협력에 어마어마하게 저항했으며, 스바루도 겁 많은 그에게 섣불리 진실을 털어놓는 짓은 하지 않았지만——.

「들키지만 않으면 우리가 무슨 짓을 당할 염려는 없어. 오는 건『구신장』과 묘하게 눈치가 빠른 부관이지만, 네 의태가 확실하면 문제없어. 그리고——.」

「그, 그리고……?」

「——내가 붙어 있지.」

사전에, 집무실에 숨기 전에 눈을 또렷하게 뜨며 그리 선언했다.

팔다리가 작고 변성기도 오지 않은 맹랑한 어린아이의 말이라도, 자신과 동료의 생명을 구원받은 히아인에게는 닿았다. 분명히 감명을 주었다.

——그렇기에 이번 히아인의 의태는 '처음으로' 들통 나지 않았다.

"아라키아 일장, 자네는 앉지 않을 것인가?"

"서 있을 거야. 토드, 부탁해."

"알겠습니다. 총독, 이것이 제도의, 벨스테츠 재상이 내린 명령서입니다."

착석 권유를 거절한 아라키아가 토드에게 진행을 맡겼다.

상관의 명령이라기보다 칭얼거림 같던 그 말에 따라 토드는 품속에서 검은 봉투 한 장을 꺼내더니 구스타프에게 건넸다.

"제국, 재상……."

편지 발송인의 이름을 들은 스바루는 혀 위에서만 단어를 확인했다.

분명히, 얄미운 아벨에게 들은 말로는 그 재상이라는 지위에 있는 인물이 아벨을 제도에서 내쫓은 주범격 중 한 명이었을 것이다. 성격이 고약한 황제를 내쫓은 나쁜 재상이 보낸 편지, 그것을 구스타프에게 보낸 것이 악마인간 토드.

이 뒤에 검노고도에서 일어날 대학살과의 관계를 예감토록 하는 불길한 편지였다.

"구스타프 모렐로 상급백, 당신이 이 섬에 총독으로 부임한 것은 빈센트 볼라키아 황제 각하의 명령이라고 들었습니다만."

"그 인식에 정정할 부분은 없다."

"황제 각하의 명령이라고는 해도, 검노고도 기눈하이브의 총독이란 미움받는 임무, 볼라키아의 영웅 『여덟팔』의 쿠르강의 혈연자에게 합당치 않다고 여기신 적은?"

그런 스바루의 예감을 뒷받침하듯이 방의 공기가 찌르르 긴장되었다.

원인은 예의를 밥 말아먹은 것처럼 직설적인 토드의 말투였다. 그리고 스바루는 지금까지의 접점으로 구스타프가 어느 부분에서 가장 화내는지를 알고 있었다.

구스타프가 화내는 부분은 자기에 대한 왈가왈부보다――.

“――그 말버릇, 우리의 황제 각하께서 내리신 판단을 의심하는가?”

황제 각하, 다시 말해 아벨=빈센트 볼라키아에 대한 불충이었다.

× × ×

“――――.”

구스타프가 발산하는 험악한 분위기에 아라키아가 슥 앞으로 나섰다.

토드를 감싸는 위치. 아라키아는 무슨 생각을 하는지 모를 표정이지만, 단지 그 행동만으로 구스타프의 충의를 폭력으로 때려잡을 의지가 느껴졌다.

다만 그런 아라키아를 “일장.” 하고 만류한 것은 보호받는 토드 쪽이었다.

“방금은 내 말이 과했어. 총독의 분노는 정당해.”

“그래도 당신은 죽게 두지 않아. 친구의, 복수가 남았어. 그렇지……?”

“――그래, 물론 그렇지. 나는 지금, 그 때문에 살아 있어.”

아라키아를 달래면서 어조를 낮춘 토드의 대꾸에 스바루는 입술을 뒤틀었다.

그토록 만나고 싶어 하던 약혼자까지 방치하고 이 섬에서 많은 사람을 죽이려는 남자다. '친구' 든 '복수' 든, 양쪽 다 토드하고는 상성이 좋지 않을 말일진대.

"버릇없는 말을 해서 미안해, 총독. 나도 아라키아 일장도, 밖에 조금 걱정거리가 있어서. 그것 때문에 태도가 좋지 못했어. 사과하지."

"사과는 받겠다. 하지만 입을 잘못 놀리면 화를 부를 거다."

"그 문제에 관해선 뜨끔하네. 무겁게 통감하고 있어."

구스타프의 충고에 떠올린 씁쓸한 표정은 희한하게 토드의 본심에서 나온 반응으로 보였다. 토드의 반응을 개의치 않고 편지의 봉랍을 뜯은 구스타프가 읽기 시작했다.

제국의 재상, 현재의 혼란스러운 제국을 만드는 데에 일조한 인물이 보낸 편지는——.

"——이건."

"방금 꺼낸 버릇없는 얘기의 진의 말인데, 나쁜 뜻은 없었어. 단지 총독이 섬의 관리에 염증이 났으면 마침 잘됐다는 말을 하고 싶은 거지."

바위처럼 변화가 없던 구스타프의 얼굴, 그 미간에 한 줄기 주름이 놀란 감정으로 새겨졌다.

토드는 진짜로 바위에 생긴 균열을 벌리듯이 어깨를 으쓱이고 말했다.

"이 섬의 검노에게 내환의 우려 있음. 한꺼번에 다 처분하라는 것이 황제 각하의 바람이셔."

× × ×

담담히, 마치 쓰레기 버리는 날에 쓰레기에 관해 대화하듯 담백하게 토드가 구스타프에게 검노고도의 검노── 수백 명의 처분을 요구했다.

"────."

그 최악의 발언에 스바루가 소리를 지르지 않을 수 있던 것은, 이미 실제로 섬의 전원이 살해당하는 대학살을 목격해서 마음의 준비가 되었기 때문이다.

그리고 밤중에 홍두깨인 히아인이 비명을 지르지 않은 것은 기적이었다.

정확하게는, 너무 황당해서 채 이해할 수 없는 거겠지만.

다만 스바루에게는 히아인의 의태가 풀리지 않은 요행을 기뻐하기보다 구스타프가 적으로 돌아서는 명확한 비전이 보인 것 쪽이 더 중요했다.

제도에서 보낸 요청에 따른 주칙의 발동, 그것이 고도에서 일어난 대학살의 진상이다.

"내환의 우려라 하면."

"내환은 내환, 황제 각하의 위광에 감히 먹칠을 하는 발칙한 자들이지. 그래도 재상은 그걸 구스타프 총독이 숨기고 있다고 생각하지 않아. 총독의 충성심은 진짜배기지."

"────."

"그렇기 때문에 마음이 아픈 거겠지. 총독이 이 섬에 부임한 뒤로 흥행에서 선보인 검노의 질은 이전과는 비교가 되지 않는다고 들었어."

"——불필요한 죽음의 위험을 줄이고, 싸우는 방법의 기초를 가르치고, 타인을 속이기보다 연계하면 살아남은 검노의 질은 향상된다."

검노의 처분을 명령해 놓고서 토드는 구스타프의 노고를 치하했다.

그것을 어떻게 받아들였는지, 구스타프의 표정에서는 읽어낼 수 없었다. 다만 마지막의 답변에는 그 딴의 철학, 섬의 총독으로서 지닌 자부심 같은 게 있던 느낌이다.

구스타프는 검노를 단순한 구경거리로 삼는 것이 아니라, 그들을 단련하고 키워서 황제 및 제국 신민의 눈에 들도록 섬의 룰을 고쳤다.

감정 이입이나 정, 그런 말랑한 요소가 없는, 총독으로서의 자세라고 해도.

그리고 인간다운 정이 없는 것은 인간 행세를 잘하는 토드도 마찬가지다.

"주칙 얘기는 들었어. 『구신장』 그루비 검릿 일장이 만든 주구(呪具), 그 힘으로 검노를 일망타진할 수 있다던데. 편하게 수고를 덜 수 있어 다행이지 뭐야."

× × ×

"가능하다."

"그러면 일이 빠르지. 짐을 정리해서 같이 제도로 철수하자고. 새 검노를 준비하는 데도 시간이 필요할 테니 당분간 기눈하이브는 폐쇄하고――."

수업이 끝나서 교재를 정리하는 정도의 감각으로 말하는 토드. 그 진지함이 없는 말투가 아직 사고 정지 상태이던 히아인의 재기동을 방해했다.

하지만 히아인의 재기동이 늦어져도 결단의 순간은 시시각각 다가오고 있었다.

――토드가 가져온 명령서대로 구스타프가 주칙을 발동하면 끝이다.

그 변덕스럽고 멈추지를 않는 미래를 알고 있다. 이를 저지하려면 여기서 스바루가 움직일 수밖에 없다. 하지만 어떻게 움직여야 하는가.

무대책으로 모습을 드러내면 단박에 살해당한다. 그것은 충분할 만치 알고 있다.

그렇다고 해서 주칙을 쓸 구스타프를 인질로 삼는 작전은――.

"――거절한다."

"뭐……?"

그 대답에 필사적으로 머리를 굴리던 스바루도, 히아인과 똑같이 머릿속이 정지했다.

그에 상관없이 구스타프의 대답에 눈매가 가늘어진 토드의 분위기가 착 가라앉으며 탁해졌다. 구스타프가 토드의 말버릇에

화를 냈을 때와는 열이 아니라 색 또는 습도가 다른 분노다.

그 분위기를 두른 채로 한쪽 눈을 감은 토드가 집무용 책상 건너편에 있는 구스타프에게 물었다.

"그 명령서의 내용과 이쪽 인식에 오차가 있었나?"

"없다. 방금 자네가 전한 내용과 문장은 일치한다. 재상님의 이름과 압인도 있지."

"그렇다면 무슨 심경 표명이지?"

토드가 두 팔을 벌리고 요구를 내친 구스타프에게 물었다.

스바루도 무슨 일이 일어나고 있는지 이해하지 못했다. 구스타프가, 토드의, 제도의 요구인 주칙의 사용을 거부했다. 검노고도의, 검노의 일소를 거부했다.

그것은 어째서인가——.

"——본직은 황제 각하로부터 유사시에 대비해 심신 모두 단련된 검노를 양성하라 지시받았다."

"재상님의 압인은 황제 각하의 의향에 따른 것이야. 사전에 받은 지시와 차이가 나서 판단을 할 수 없다는 소리인가? 명령서는 진품이다만."

"위조를 의심하지는 않는다. 재상의 명령서라고 받아들였다."

"말이 되지가 않는데……?"

이번만큼은 스바루도 얼굴을 찌푸린 토드의 말과 의견이 같았다.

구스타프의 판단은 고맙지만, 그 판단을 내린 진의를 도무지 모르겠다.

같은 곤혹감을 품은 스바루와 토드 앞에서 구스타프는 말을 이었다.

"황제 각하께 친히 명령을 하달받았지."

"그러니까, 명령서로 그것을 철회하고 다음 명령에 따르란 소리를……."

"총독 취임 때의 명령이다. 각하께선 본직에게, '——설령 짐의 명령이 있다 해도, 이 최초의 명령을 어기지 말라.' 하셨다."

그것이, 몇 년 전에 구스타프가 검노고도의 총독으로 부임했을 때의 명령—— 구스타프 모렐로라는 충신이 제도의 명령을 거부한 이유였다.

구스타프가 이 상황에 처할 것을 내다본 발언이며, 용의주도하다는 말로는 결코 어림도 없을, 예지와 같은 선견성이 없으면 성립되지 않는 명령.

볼라키아 황제, 빈센트—— 아니, 아벨이 미래를 노리고 놓은 포석이다.

"과거의 황제 각하께서 내린 명령이 있으니까, 지금의 황제 각하께서 내리는 명령은 듣지 않겠다?"

"자세한 사정을 알 필요는 없다는 말씀도 있으셨지. 본직도 동감한다. 사실 확인의 유무에 상관없이 본직이 준수할 역할에 다를 건 없다."

고개를 가로저은 구스타프의 완강한 대답에 토드는 작게 숨을 내뱉었다.

거기에 구스타프를 어떻게 설득할지 고민하는 기색은 없었다.

그건 당연한 노릇이다.

들은 척도 하지 않는 고집불통을 애써 말로 설득할 이유가 그에게는 없는 것이다.

"아라키아. ——교섭 결렬이다."

토드가 평탄한 목소리로 아라키아에게 단언했다.

다음 순간, 구스타프가 그 우람한 팔로 집무용 책상을 잡고 100킬로그램 가까운 중량의 그것을 사자가 아니라 적이 된 두 사람에게 던지려——.

"찌익——."

긴장감이 풀리는 기합성과 함께 아라키아가 들고 있던 나뭇가지를 구스타프에게 겨누었다.

그 직후, 나뭇가지 끝에서 분출된 가공할 기세의 물이 구스타프의 목 위, 바위 같은 안면을 통째로 날려 버려서 이 외딴섬의 지배자를 저승으로 보냈다.

7

묵직한 소리와 함께 잠시 다리가 떴던 책상이 바닥에 떨어졌다. 한 박자 늦게 목 위가 없어진 구스타프가 그 책상에 온몸을 내던지듯 쓰러졌다.

커다란 몸에 걸맞은, 굉장한 양의 피가 책상 위에 번지며 바닥에 흘렀다. 번지는 선혈이 거짓말 같은 구스타프의 죽음을 현실로 꾸며 가는 것 같았다.

"다완족은 팔이 몇 개 있어도 똑같군. 그럴 거면 차라리 머리나 늘려서 오라고."

토드가 죽은 구스타프를 바라보며 심드렁하게 중얼거렸다. 그리고 그는 아라키아를 돌아보고, 그녀가 나뭇가지 끝을 빤히 바라보는 모습에 "왜 그래?" 하고 갸웃했다.

"설마, 자기 힘에 놀란 건 아닐 테지?"

"아니야. 하지만, 놀라고 있어. ……단순한 물인데, 저렇게."

"아아, 그거 말인가. 대인원을 넓게 노릴 거라면 불 쪽이 낫지만, 상대가 혼자라면 단연코 물이지. 다음에는 컵 한 잔만큼이라도 되니 상대의 머릿속에다 물을 만들어 줘."

"알았어. ……토드?"

무시무시한 제안과 함께 토드가 구스타프의 시체로 걸어갔다. 눈썹을 내린 아라키아가 품속에서 큼직한 나이프를 뽑은 그를 불렀다.

토드는 그 부름에 대꾸 없이 손에 든 나이프를 구스타프의 시체에 박았다.

"————."

마치 생선을 손질하듯이 솜씨 좋게, 무자비하게 구스타프의 등을 짼다. 그 광경에서 무심코 눈을 뗀 스바루는 자신이 떨고 있음을 깨달았다.

여태까지 스바루는 토드를 무시무시한 적이라고 여겨왔지만 그것은 적대한 상대를 가차 없이 제거하는 수완 및 사고방식을 두고 한 생각이고, 이런 엽기적인 면은 처음 보았다.

설마 지금까지 저 남자에게 살해당한 스바루의 몸도 비슷하게 망가져 왔던 것일까.

그리 생각하니 참기 어려운 두려움과 혐오감이 스바루의 마음과 영혼을 엉망진창으로——.

"——찾았다."

"——? 뭘?"

갑자기 해제 작업의 불쾌한 소리가 멎고 토드와 아라키아의 대화가 전환되었다.

제아무리 아라키아라도 토드의 악취미를 불쾌하게 여겼던 것 같지만, 토드 본인은 뺨에 튄 피를 손등으로 닦고 덤덤하게 대꾸했다.

"주구 말이야, 주구. 이런 녀석은 어차피 몸 안에 심어 뒀을 거라 생각했거든."

"주구……."

"주칙의 발동에 필요한…… 아아, 못 알아들어도 돼. 어쨌든 간에."

말하면서 토드가 구스타프의 몸에서 피로 젖은 검은 구체를 끄집어냈다.

커 봐야 골프공만 한 크기의 구체. 토드는 그것을 주구라고 불렀다.

즉, 저것이 없으면——.

"이것만 있으면 생사는 상관없건만, 총독도 멍청한 짓을 하셨어. 그나저나 지저분한걸……. 아라키아, 물 좀 줘. 피를 씻어

내면 섬에 있는 녀석들을——."

피로 젖은 나이프와 손을 씻고 싶다는 토드의 주의가 아라키아 쪽에 쏠렸다.

일단 손아귀에 있는 주구를 집무용 탁자에 놓고, 토드가, 아라키아 쪽을.

——본능적으로 이때밖에 없다고 판단했다.

"아."

입을 동그랗게 벌린 아라키아의 목소리에 토드가 뒤돌아보았다. 토드의 눈이 갑자기 방에 나타나서 주구에 손을 뻗는 어린아이를 발견하고 확 커졌다.

손끝이 주구에 닿고 그 감촉을 끌어당긴 순간, 스바루는 입을 벌리고——.

"히아인! 방째로 날려 버려!!"

바닥과 동화한 히아인이 아니라, 집무실 입구를 향해 외쳤다.

"——큭, 아라키아!"

스바루의 긴박한 호령에 토드가 반사적으로 아라키아를 불렀다. 아라키아도 입구를 경계하며 재빠르게 토드 옆에 붙었다.

갑자기 방째로 날아가도 대응할 수 있다. 그런 각오겠지만——.

"——허세인가!"

1초, 아무 일도 일어나지 않자 토드가 스바루의 허세를 간파했다. 하지만 그 1초만 있으면 스바루 쪽은 목적을 달성할 수 있다.

"우오오아아아아!"

뒤집힌 목소리로 외치면서 주구를 잡은 스바루의 허리에 히아인이 달라붙었다. 그대로 히아인은 스바루를 안고서 입구 반대 쪽—— 집무실의 창문으로 뛰어들었다.

"찰팍——."

창틀을 때려 부수며 밖으로 도망치는 두 사람을, 긴장감이 없는 기합성으로는 상상도 할 수 없는 위력의 물총이 따라가 집무실을 죄다 휩쓸었다.

맹렬한 물의 압력이 검노고도의 상층을 날려 버리고, 방주인이던 구스타프가 꼼꼼하게 정돈한 책장을, 가구를, 가차 없이 싹 쓸어 없앴다.

그러나——.

"꾸엌!"

그 어마어마한 공격은 섬의 안뜰에 떨어진 스바루와 히아인을 맞추지 못했다.

"으윽, 으으……."

스바루는 낙하의 아픔에 신음하며 이 정도 통증으로 그쳤다고 보험에 감사했다.

——집무실의 창문 밖에 시트를 걸어 둔 것은 여차할 때의 대비였다.

집무실에서 훔쳐 듣는 행위에 성공하기 위해서 스바루는 사전에 쓸 수 있는 수단을 다 동원한 뒤에 임할 각오였다. 핵심에 다다르기 위한 '시행착오', 그 전부를 동원해서.

바이츠더러 마차를 잡아 두라고 부탁하고, 탄자더러 냄새가 독한 향초를 피우라 하고, 이드라에게는 섬의 뒤편에서 사람을 모아 달라며 토드의 경계 라인의 아슬아슬한 지점까지 수작을 부렸다.

모든 것은 토드와 아라키아라는 최악의 적을 기만하기 위해서.

그렇지만——.

"형제! 이젠 어쩌지?!"

"생각 중이야!"

스바루와 비교해 낙하의 피해가 적은 히아인에게 무심코 고함을 질렀다.

스바루는 여유 없는 자기 자신에게 초조해하면서도 손아귀의 감촉——구스타프의 피로 푹 젖은 주구의 존재를 확인했다. 토드가 주구를 놓은 순간 반사적으로 몸이 움직였지만 그러지 않았으면 학살을 막지 못했을 것이다.

틀린 행동이 아니었다. 하지만 앞뒤를 따지지 않는 행동이었다.

"아무튼 덤불에 들어가 의태해!"

"도, 도망치지 않아도 되겠어?"

"무턱대고 도망쳐 봤자 잡힐 뿐이야! 어서!"

머리에 떠오른 '도망친다' 와 '숨는다' 의 이지선다에서 곧장 숨는 쪽을 택했다.

이미 토드와 적대하고 말았다. 어느 쪽을 택하든 '죽음' 과 이웃한다면 스바루가 택할 것은 죽기 어려운 쪽이다.

눈이 휘둥그레진 히아인을 덤불로 끌어당기고, 우물쭈물 의태하는 그를 재촉해서 수풀의 경치와 둘이서 동화, 숨을 죽이고 인내했다.

히아인의 심장이 집무실 때 이상으로 펄떡거리는 폭음을 등으로 느꼈다.

겁내며 움츠리고 있다. 하지만 버텨 주어야만 한다.

그렇지 않으면――.

"없어."

탁, 하고 가벼운 소리와 함께 스바루와 히아인이 죽을 지경으로 내려온 높이를 소녀가 돌파했다.

맨발로 안뜰에 내려선 아라키아는 나뭇가지를 한 손에 들고 태연히 안뜰을 걸어 다니며 졸린 눈매로 도망친 스바루와 히아인을 찾기 시작했다.

과연 수색하는 그녀의 눈길을 히아인의 의태가 속일 수 있을까.

이제 와서 궁리든 잔재주든 해 볼 여지가 없지만, 여기서 아라키아에게 들킬 수는 없다.

섬에 있는 모두를 죽일 수도, 구할 수도 있는 주구를 손에 넣었기 때문이 아니다.

――더 절실한 이유로, 나츠키 스바루는 죽을 수가 없었다.

"이봐, 이봐, 이게 뭐야? 총독의 방이 날아갔어!"

"모르는 미인이군, 손님인가?" "왜들 그래? 뭔 일 있었어?"

필사적인 스바루의 기도가 통한 것처럼 아라키아가 둘이 있는 덤불에 도달하기보다 먼저 안뜰에 사정을 모르는 검노들이 나타났다.

아무래도 그들은 아라키아가 집무실을 날려 버린 소리를 듣고 왔는지, 벽이 없어진 머리 위의 방과 낯선 미소녀인 아라키아에 놀라고 있었다.

"으응……."

아라키아 쪽도 나타난 그들을 돌아보고 고개를 갸우뚱했다.

그녀 입장에서는 저들이 스바루 일행과 관계가 있는지 의심하고 있을지도 모른다. 그 의심은 대환영이다. 아라키아가 저들과 대화하는 사이에, 어떻게든 여기서 달아날 수 있다.

스바루와 히아인이 자력으로 준비한 것이 아닌 저들은 그야말로 하늘이 드리운 구명의 실로——.

"——들어라!!"

"——읏."

난데없이 생긴 기회를 포기할까 보냐고 아라키아의 동향을 눈여겨보던 스바루와 히아인의 머리 위, 벽에 부서진 방에서 목소리가 터져 나왔다.

토드다.

그는 구멍 끝자락에 서더니 거기서 섬 전체를 내다보며 입을 열었다.

"구스타프 모렐로 총독이 살해당했다! 범인은 검은 머리의 어린애와 회색 석척인 둘이다! 검노건 간수건 따지지 않는다! 발견하는 대로 죽여라!!"

"——아."

"반복한다! 구스타프 모렐로 총독이 살해당했다! 총독의 역할은 아라키아 일장이 인계받는다! 전원, 주칙으로 죽기 싫으면 둘을 죽여라!!"

당했다. 스바루는 심플하게 토드의 술수에 감탄하고 말았다.

이 선언으로 토드는 구스타프의 죽음을 스바루와 히아인 둘에게 뒤집어씌웠다. 그뿐만이 아니라 주칙을 협박 건수로 이용해 검노와 간수를 자신의 수하로 삼았다.

주칙으로 죽고 싶지 않으면 얌전히 따라라. ──이 섬의 룰이 바로 그것이다.

즉──.

"──자, 『스파르카』를 시작해라!!"

검노고도 기눈하이브의 악습, 검노들의 목숨이 걸린 사투가 시작되는 것이다.

"아라키아!"

잔혹한 의식의 시작을 선언하고, 그 말을 들은 이들이 아직 움직이지 못하는 와중에 토드가 좀 전만큼 힘을 주지 않은 목소리로 아라키아를 불렀다.

그리고 토드는 아라키아와 눈이 마주치자 말없이 안뜰의 한 구석── 스바루와 히아인이 아니라 구경하러 나타난 검노들을 손가락으로 가리켰다.

「──해라.」

들리지 않는 목소리라도 입술 움직임만 가지고 무슨 말을 하는지 스바루도 알 수 있었다.

아라키아의 시선이 천천히 남자들에게로. 그녀의 안대를 차지 않은 쪽 눈, 붉은 눈동자의 시선을 받은 검노들은 아직 당황하고 있음에도 눈을 끔뻑거렸다.

"아가씨, 뭔가 아는 게 있어? 구스타프가 죽었단 말은……."
"미안. 미리 들었어."
"아? 뭘——."
사정을 이해하지 못하고 있는 검노들 앞에서 사과한 아라키아가 나뭇가지를 옆으로 휘둘렀다.
검노들을 쓸듯이, 옆으로. ——단지 그뿐이었다.
"푸허."
다음 순간, 아라키아와 마주 보던 다섯 명의 검노, 그 전원의 머리가 내부에서 터졌다.
정확히는, 내부에서 터진 사람과 머릿속이 눈과 코로 밀려나와 죽은 사람, 기이하게 머리가 부풀어서 죽은 사람 등 제각기지만 결과는 같았다.
"죽을 사람하고 말하지 말라고."
머리가 망가진 검노들이 쿵쿵 쓰러진다.
그 모습을 보며 중얼거린 아라키아의 말이 방금 그들이 던진 질문에 대한 대답인 것을 스바루는 잠시 후에야 깨달았다. 머릿속이 황망해서 그럴 경황이 없었다.
——아마, 물이다.
구스타프가 살해당했을 때, 토드가 아라키아에게 했던 조언. 상대의 머릿속에 물을 만들어 주라는, 아마 그 말을 실행한 것이다.
그 공격을 받아 저들의 머리는 물이 과도하게 들어간 물풍선처럼 터진 것이다.
"누구 없나! 들었나, 아까 큰 목소리!"

인간을 물풍선으로 만든 아라키아가 스바루와 히아인을 공포로 얼린 가운데, 또다시 다른 목소리가 안뜰로 다가왔다.

또 다른 검노들이다. 목소리가 들린 총독의 집무실을 올려다볼 수 있어서 제일 사람이 모이기 쉬운 장소라고 알고 있기에 잇따라 검노들이 올라왔다.

그리고 그것은——.

"이봐, 너, 어디서 왔어?! 총독이……."

"미리 들었어. ——죽을 사람하고 말하지 말라고."

뒤돌아선 아라키아의, 『정령 포식자』의 희생자가 확대됨을 의미한다.

그리하여 시작되고 말았다.

——『주칙』의 발동과는 다른 이유로 일어나는 검노고도의 대학살이.

8

토드가 준비한 『스파르카』는 돌발적으로 번뜩인 생각 같지 않을 만큼 최악이었다.

"젠장! 일을 저질렀어! 간수들이 검투수를 섬에 풀었다! 습격이 올 거야! 도망쳐, 도망쳐, 도망쳐, 도망쳐!!"

"어디 있어! 냉큼 나와, 슈바르츠! 소름 끼치는 꼬마 놈!"

"위, 위험한 여자가 있었어! 안대를 찬 여자야! 발견되면 죽을 거야!"

"이봐, 슈바르츠는?! 그 녀석을 바치면……."

"말 같은 소리를 해! 그 녀석들은 구별 따위 하지도 않아! 닥치는 대로 손쓰고 있어!"

"그, 그래도 말이야, 슈바르츠의, 그 소문이 진짜라면……."

혼란에 빠진 섬 이곳저곳에서 그런 노호와 비명이 연거푸 터졌다.

눈에 띈 검노를 닥치는 대로 하나하나 죽여 가는 아라키아. 토드를 따르며 풀어놓은 검투수를 부려 검노를 무차별 처분하는 간수들.

그리고 상상을 초월하는 위협 속에서 필사적이 된 검노들 내에서는 의견이 갈렸다.

이렇게 되면 설령 주구가 수중에 있더라도 인정할 수밖에 없다.

——일어나고 만 것이다. 대학살이. 저지하려고 필사적으로 발악했음에도.

"눌 할아버지!"

대참사가 벌어진 섬 안을 달리던 스바루는 목적한 방에 뛰어들었다.

하층 에어리어의 치유실은 스바루가 여러 번 신세를 진 눌 할아버지의 작업장이다. 눌 할아버지는 다리가 불편하다. 문은 부서진 상태다. 불길한 예감은 충분했다.

"슈바르츠 님……."

방 안쪽에 주저앉아 있던 탄자가 숨을 헐떡이며 스바루를 불렀다. 작은 그녀 옆에는 날개가 난 쥐의 시체가 떨어져 있었다. 아마 그녀가 쓰러뜨렸을 것이다.

아주 대단하다. 열심히 잘해 주었다. 하지만 그녀도 시간에 대지 못했다.

눈물 흘리는 탄자의 발 아래에는 목이 물어뜯긴 폭삭 늙은 할아버지가 쓰러져 있었으니까.

"혀, 형제……."

함께 치유실에 도착한 히아인이 스바루와 같은 것을 보고 목소리를 떨었다.

안뜰에 나타난 검노를 닥치는 대로 죽인 아라키아. 그녀가 떠날 때까지 들키지 않을 수 있던 것은 끝까지 의태를 풀지 않은 히아인 덕분이다.

그가 없었으면 스바루는 여기까지 돌아오지 못했다.

하지만 아무리 도망치고 숨어 봤자 이길 수 없다. 만회할 수 없다.

"슈바르츠, 돌아온 거냐!"

"흥, 너도 죽지 않았나, 도마뱀 자식……."

눌 할아버지의 시체에 시트를 덮어 줄 때, 이드라와 바이츠도 달려왔다. 집무실에 숨어드는 데에 협력해 준 『합』의 구성원들이 모두 모였다.

이 섬의 상황 중에 아무도 죽지 않고 합류에 성공한 것은 기적처럼 느껴졌다.

그럼 앞으로 기적을 몇 개나 더 모아야 이 지옥에서 빠져나갈 수 있을까.

"슈바르츠 님, 나도는 얘기는 사실인가요? 구스타프 총독의 목숨을?"

"나와 히아인이? 가능할 리 없잖아. 구스타프 씨를 죽인 것은 제도에서 온 사자…… 아라키아야. 아니, 아라키아를 부린 토드다."

"토드……? 그 녀석이 대체 어떤 놈이기에……."

"대죄주교보다 무서운 녀석이야."

적어도 지금 스바루의 인식으로는 그렇다.

기억에 있는 대죄주교들도 변변치 못한 인간이었지만 토드와 비교하면 그나마 귀염성이 있는 것처럼 느껴진다. 느껴지긴 개뿔. 뭐랑 비교하든 쓰레기는 쓰레기였다.

하지만 스바루의 표현에 일행에게도 토드의 위험성은 전해진 듯했다.

"큰일 날 비유를 들지 말아 줘. 대죄주교라니, 아닌 걸 알아도 심장에 좋지 않아."

"아아, 미안해. 가까운 예였거든. 자주 마주치다 보니."

"대죄주교와 자주 마주친다고요? 그건, 역시……."

"역시, 뭔데. 나에 대해 뭘 알아?"

"——아뇨."

짜증이 난 바람에 탄자를 탓하는 투로 말하고 말았다.

스바루는 그 점을 거북하게 여겼지만, 눈을 내리깐 탄자는 탓하는 말이 아니라 그 전에 스바루가 꺼낸 말 자체를 신경 쓰고 있는 것 같았다.

그 반응의 이유를 스바루는 잘 알 수 없었다.

설마 이 안에 스바루의 체질――『사망귀환』을 할 때마다 별로 좋은 이미지가 없는 독기가 짙어지는 사실을 아는 사람은 없을 테지만.

"――――."

과연 지금의 스바루가 렘과 만나면 대체 어떤 눈길을 받을까.

그녀와 헤어진 뒤로, 카오스프레임과 기눈하이브에서 터무니없는 수의 '죽음'을 경험했다. 마침내 말도 나누지 않게 될지 모르겠다.

그렇다 해도 돌아가고 싶다. 렘에게로, 모두에게로――.

"바보냐, 나는. 아니, 바보지, 나는."

현실도피하고 눈앞의 지옥에서 도망치려는 자신의 목덜미를 잡아 되돌려 놓는다.

스바루다. 스바루가 어떻게든 해야만 한다. 어떻게든 하겠다 결심하고, 다 알고서 도전한 것이다. 우는소리나 할 때가 아니다.

――그런 건 나츠키 켄이치의 아들이 해도 될 일이 아니다.

"아라키아 일장과 간수 분들, 그리고 이쪽을 적대시하는 검노 분들…… 최소한 상대하는 분의 수만 줄일 수 있으면."

눈을 꽉 감은 스바루 옆에서 얇은 입술을 달싹인 탄자가 중얼거렸다.

확실히 섬 전부가 적으로 돌아선 현재 상황은 막다른 골목이나 다름없다. 그것이 조금이라도 나아지면 또 다른 선택지가 떠오를 수도——.

"……이, 이봐, 그렇다면 이제 숨기는 건 그만두어도 되지 않을까?"

"————."

"이봐, 형제! 너야, 너한테 하는 소리야, 난!"

"뭐……?"

갑자기 히아인이 인내심의 한계가 왔다는 듯이 언성을 높이자 스바루는 눈을 동그랗게 떴다.

생각에 잠겼던 까닭도 있지만 그 이상으로 짚이는 구석이 없는 말이었다.

히아인은 스바루에게 숨기는 걸 그만두라고 말을 하지만.

"그만 숨기라니…… 뭘?"

"저, 적당히 해! 이 상황에 덮어 놔도 될 패가 아니잖아!"

"이봐, 아서라, 도마뱀 자식……!"

전혀 감이 잡히지 않는 스바루의 대꾸에 히아인이 몸을 기울이며 성냈다. 그사이에 끼어든 바이츠가 말렸지만 스바루는 놀라서 고맙다는 말도 하지 못했다.

다만 그런 스바루를 보고 이드라도 "슈바르츠." 하고 진지한 표정을 지었다.

"말투야 어쨌든 히아인의 마음은 이해해. 슬슬 얘기해 줄 수 없을까."

"아니, 그러니까 무슨 얘기를 하는지 도통……."

"——네, 아버님의 얘기야."

"내, 아버지……?"

진지하게, 믿을 수 없을 만큼 진지하게 이드라가 스바루에게 말했다.

하지만 그렇게 진지하게 말해도 스바루의 혼란은 커지기만 할 뿐이었다. 왜 여기서 스바루의 아버지 이야기가 나오는지 정말로 도통 알 수 없었다.

스바루의 아버지는 그야 아주 존경스러운, 스바루가 동경하는 대상이지만——.

"그래도 평범한 샐러리맨이라고……?"

"얼버무리지 마! 이미 다 알고 있어! 너, 황제 각하의 사생아잖아?!"

"————."

이 상황에 도움이 될 만한 정보가 아니라며 설명하려던 스바루의 목소리를 바이츠에게 어깨가 붙들린 히아인의 목소리가 덧칠했다. 덧칠했지만, 칠하는 데에 쓴 물감의 색이 하도 짙어서 완성된 그림이 무엇인지 스바루의 머리로는 이해가 불가능했다.

방금 히아인은 뭐라고 말했는가.

"내가…… 황제 각하의, 자식?"

"어, 그래! 섬 밖에선 순 그 얘기뿐이라더라! 흑발에 흑안, 그 빈센트 볼라키아 황제 각하의 서자가 나라 어딘가에 있다고! 그것이……."

"——슈바르츠, 너일 테지."

히아인에 이어 이드라가 차분한 목소리와 눈빛으로 스바루에게 말했다.

매달리는 듯한 히아인의 눈과 믿어 의심치 않는 이드라의 눈, 이 상황에서 웃지 못할 농담을 하는 것이 아닌 두 사람의 모습에 스바루는 바이츠를 쳐다보았다.

바이츠는 문신으로 뒤덮인 얼굴을 일그러뜨리고 말했다.

"말했을 텐데……. 네 정체가 뭔지는 알고 있다……. 하지만 아무 상관없이 나는 너에게 힘을 보태겠다고……."

잔잔한, 이 상황만 아니라면 더욱 감동했었을 말이었다.

그때의, 하층에서 스바루에게 말해 주었을 때 바이츠가 어느 정도 각오였는지 그 무게를 이제야 확실하게 알 수 있었다.

그것이 전혀 엉뚱한 생각에서 나왔다는 사실도.

"자, 잠깐, 잠깐만 기다려……. 내가, 황제의 자식이라니, 어째서."

"그 어린 나이에 상상도 할 수 없는 판단력, 지휘 능력, 생존력. 『스파르카』에서 우리를, 그리고 히아인의 동료를 구한 것은 너야, 슈바르츠."

"그건……."

스바루가 자신이 가진 능력을 구사해서 운명에 저항한 것은 사실이다.

하지만 설마 그것이 동료들에게 그런 황당한 오해를 일으킬 줄은 전혀 상상하지 못했다.

"탄자, 너는 왜 모두에게 아니라는 말을……."

"——슈바르츠 님, 저는 이 눈으로 보았습니다."

"——아."

"슈바르츠 님이 황제 각하와 함께 계시던 모습을."

탄자가 조용히 기모노 소매를 잡으며 단언하자 스바루는 숨을 집어삼켰다.

그녀가 거론하는 것은 카오스프레임에서 있던 일이다. 확실히 스바루는 작아진 상태로 웃기는 가면을 쓴 아벨과 함께 있었다.

"하지만 오르바르트 씨와 한편을 먹고 있었으면 나에 대해 알고…… 아니."

탄자는 오르바르트와 공모하여 이것저것 수작을 부렸다는 것이 스바루의 추측이다.

아마 요르나를 지키기 위한 행동이었으리라 짐작하니 탓할 마음은 별로 없다. 그리고 오르바르트는 설령 공범 상태라도 자신의 술수를 밝히지 않을 것이다.

탄자는 스바루가 '나츠미 슈바르츠'가 줄어든 모습이란 사실을 모르는 것이다.

"그럼, 탄자는 내가 누구라고……?"

"——그, 흑발 여성하고 황제 각하 사이의."

"————."

말문이 막혔다.

탄자는 더 말하지 않았지만 그녀가 무슨 생각을 했는지 알 만했다. 알고서 스바루는 말문이 막혔고, 변명 또한 어렵다는 사실도 이해했다.

아무런 증거도 제시할 수 없다. 지금 여기서 스바루가 갑자기 커지는 것 말고 다른 방법이 없다.

"황제의 사생아라는 얘기는, 어쩌다가 밖에서 화제가 된 거야……?"

"——지금, 섬 밖에선 황제 각하를 향한 반란이 일어났다고 하더군. 그 반란군의, 우두머리라는 것이……."

"황제의 사생아?"

스바루의 의문에 이드라가 끄덕였다.

그걸로 스바루 안에서 소기의 논리가 구성되었다. 황제와 그 자식의 권력 투쟁. ——섬 밖에서 아벨 일당이 시작한 싸움은 그렇게 치부되고 있는 것이다.

진실은 진짜 황제와 가짜 황제의 싸움.

하지만 알려진 것은 진짜 황제와 황제 아들을 톱으로 세운 반란군과의 싸움.

누가 어떻게 그런 도식으로 만들었는지 상상도 갔다.

"그 자식……!"

스바루는 금세 아벨이 준비한 상황, 의도적으로 퍼트린 풍문임을 이해했다.

그리고 그것이 아벨의 해코지가 아니라 이 내분 자체의 대의명분 및 카오스프레임에서 사라진 스바루를 찾는 의미도 있을 거라는 점도.

스바루가 죽지 않았다고 생각하기 때문에 나온 작전이라고는 생각한다. 입이 찢어져도 스바루가 죽지 않았다고 '믿기 때문'

이라고는 말 못 하지만.

——그리고 분하게도 그게 도움이 될 가능성이 있다는 생각도 하고 말았다.

"————."

침묵한 스바루를, 탄자를 비롯한 네 사람이 주목하고 있다.

이러는 중에도 치유실 밖—— 섬 안 이곳저곳에서 전투가 벌어지고 검노들이 위험한 상태에 빠지거나 혹은 목숨을 잃고 있는 중이다.

입 다물고 진정하며 시간을 들여 생각할 여유라곤 어디에도 없다.

그렇기에——.

"——슈바르츠 님."

시간이 없다. 뻔히 아는 사실이지만 그래도 일깨우기 위해서 탄자가 불렀다.

그 부름에 아주 약간의 황송함 같은 것이 담겼음을 느낀 스바루는『합』의, 모두의 얼굴을 둘러보았다.

둘러보고, 결심했다. ——지금 상황에서 최선이라 느껴지는 선택을 하기를.

9

——풍향의 변화를 느끼고 토드 팽은 조용히 턱을 매만졌다.

"——꺼림칙한 느낌이군."

집무실에서 말귀가 어두운 총독의 머리를 날려 버리고, 말 그대로 섬의 머리를 갈아치운 모양새지만 그 후의 움직임이 영 무딘 감이 있다.

물론 섬의 관계자를 전멸시키는 것뿐이라면 아라키아 혼자라도 과잉 전력이다.

스스로 생각할 머리가 없는 그 『구신장』은, 머리가 빈 것과 정반대로 절대적인 힘을 가지고 있어서 마음만 먹으면 섬 전부를 불길에 휩쌀 수도 있다.

그러게 두면 토드가 곤란하기에 하지 말라고 말해 두었지만.

애당초――.

"나는 이런 곳에 오는 건 사양이라 그랬는데."

필요하다 판단한 행동이 죄다 역효과를 내서 토드는 씁쓸한 기분을 곱씹었다.

성곽도시에서 포로 상태의 아라키아를 구했을 때는, 도시 함락의 실점을 회복하고 그녀에게 붙어서 제도로 돌아가 전선에서 후방으로 배속되기를 바라는 목적이었다.

실제로 배속 자체는 이루어졌다고 할 수 있지만, 방향성이 기대한 것과 다르다.

토드는 부하가 없는 아라키아 일장의 유일한 부하로 등용되었다.

모든 것은 아라키아를 속이기 위해 내뱉은 거짓말 하나가 원인이었다.

"자말, 죽어도 민폐만 끼치는 녀석이라니까."

토드의 거짓말이 부른 사태지만 아라키아는 토드가 자말의 복수를 바라고 있다고 믿어 의심치 않았다. 그녀의 노여움을 살 염려가 있으니 이제 와서 그 말을 부정할 수도 없다.

그 결과, 토드는 아라키아의 부하가 되었고, 그녀에게 명령하는 제국 재상 벨스테츠 폰달폰의 끄나풀이 되어 검노고도에 파견된 처지였다.

벨스테츠에게서 목적은 섬의 내환을 처분하는 것이며 그러기 위한 수단을 총독인 구스타프가 보유했다는 정보를 들었다. 편한 임무여야 했는데.

"——뭐, 믿진 않았지만."

토드는 고개를 모로 꼬며 시체가 사방에 놓인 통로를 걸으면서 중얼거렸다.

쓰러진 시체는 하나같이 행색이 허름한 섬의 검노들이었다. 그것이 서로 다툰 결과인지, 아라키아의 폭력인지 검투수의 잔학함인지는 관심이 없다.

시체는 시체, 죽었으면 머리에서 지우면 그만이다.

"팽 상등병, 이렇게까지 할 필요가……."

"당연히 있지. 구스타프 총독이 당했잖아. 검노 놈들은 조직적으로 준비하고 있었어. 무장봉기로 섬을 뒤집어놓을 심산이야. 누가 포섭되었는지는 알 수 없지만, 당신, 적과 적이 아닌 녀석을 구별 가능해?"

"으……."

토드의 물음에 동행시킨 두 간수가 침묵했다.

『스파르카』 선언 후, 집무실로 달려온 간수 중 두 사람이지만 주칙에 겁먹어 따르긴 해도 미묘하게 양식이 남아 있는 눈치라서 다루기 까다롭다.

다 토드가 시킨 짓이니까 토드 탓으로 하면 될 텐데.

"성실한 사람인 척 굴지 말아 주지그래. 애당초 여기서 간수 노릇이나 하고 있는 시점에서 당신도 그 옆 사람도 켕기는 게 있는 입장일 거 아냐. 제복 빼면 저놈들하고 거의 다를 것도 없어."

"——큭."

"하지만 그 제복이 안전장치지. 그 사실을 잘 새겨 두라고."

명령 무시나 부대 내 폭행, 철의 규칙을 지키지 못한 반편이의 유배지가 검노고도이며, 이곳의 간수는 전원이 뭐 하나 잘못되면 검노가 되어도 이상하지 않은 경력을 가진 제국병이었다.

주칙으로 생명이 속박되어야지 비로소 남을 따르는 요령을 배우는, 지능이 낮은 패거리. 그러고서 어중간하게 인간 행세를 하니 존재가 너무 모순되어서 어이가 없을 정도다.

"검투수만 손에 넣으면, 차라리 없는 편이 계산하기 편한데 말이야……."

중간 단계를 생략하고 검투수만 손에 넣으면 간수 따위 한꺼번에 처분해도 상관없지만, 그런 사태가 일어나지 않도록 중간에 간수가 끼어 있는 것이리라.

아마도 그것 또한 죽은 구스타프의 안전장치거나, 그가 고집스럽게 따른 황제 각하의 명령일까.

"자진해서 전쟁하고 싶어 하는 녀석도, 그에 맞서는 녀석도 정신이 나갔어. 부탁이니 나랑 카츄아의 평온을 어지럽히지 말아 달라고…….”

성곽도시에서 일어난 반란의 조짐도, 그 후의 마도 카오스프레임에서 일어난 일도, 모두 토드에게는 번잡한 소음에 불과하다.

살기 편해진다면 제국의 대가리가 바뀌어도 상관없고, 변할 게 없으면 지금 이대로라도 상관없다.

아무 일도 없이 사랑하는 여자와의 나날만 이어지면, 그걸로——.

“——재수 없는 기억이 떠올랐군.”

반란 생각을 떠올리다가 토드의 뇌리에 스친 것은 공포스러운 존재였다.

전쟁을 사랑하고, 전쟁에 사랑받았다고 말해야 할 ‘전쟁의 총아’. 가능하면 격렬한 싸움 중에 죽었으면 바라지만, 실제로는 어떻게 될까.

입장상 반란에 가담하고 있다면 그 재앙이 퍼져나갔을 때, 녀석은 나타난다.

녀석이 날뛴다면, 그때는 카츄아와 함께 거기서 떠나서——.

“——토드 팽!!”

“————.”

카랑카랑한 목소리에 이름이 불린 순간, 토드는 어째선지 가슴이 불안해지는 감촉을 느꼈다.

마치 머리에 떠오른 걱정거리가 이때라는 듯이 현실미를 띤 것처럼.

그리고——.

"뭔 생각을 하는 거지, 당신…….."

뒤돌아서서 자신을 부른 상대를 본 토드는 감상을 머뭇거렸다.

상층 에어리어의 이동 복도. 요새를 방불케 하는 건물 사이를 잇는 통로지만, 그 막다른 곳에 나타난 것이다. 이 섬 전부를 적으로 돌리고 쫓기고 있을 소년이.

흑발의, 눈매가 고약한 아이이다. 이곳저곳이 피와 흙으로 지저분했지만 팔다리는 다 붙어 있고 잃은 것은 없는 것처럼 보인다.

즉, 아라키아도 간수들도 죄다 소년을 놓쳤었다는 뜻이다.

"운이 좋다는 말로는 표현 못할 뭔가가 있는 건 알겠다. 그런데 왜 일부러 여기에 얼굴을 내밀었지? 이치에 맞지가 않잖아."

"————."

"믿음직한 동료가 있으니까 무적, 이란 것도 아닌 모양이고."

말하면서 토드는 그 소년 주위를, 그와 함께 나타난 네 사람의 모습을 보았다.

회색의 석척인, 온몸에 문신을 새긴 남자. 두 사람과 비교하면 두드러진 특징이 없는 평범한 키와 몸집의 남자와, 어째선지 기모노를 입은 녹인족 계집아이이다.

토드의 눈으로 봐도 그 네 사람이 특별히 뛰어난 힘을 가진 것 같지는 않다. 분위기로 보아 전원 비전문가이며, 문신 남자의 눈매와 녹인족의 자세에만 주의가 필요하다.

문신 남자는 망설임이 없고, 녹인족은 묘한 자신감이 있는 눈치였다.

그리고――.

"당신 눈매는 판단하기 어려운걸. 자신감이 있는 건지 없는 건지……."

"토드, 투항해라. 그리고 그 여자…… 아라키아에게도 그만두라고 해."

"――일단 이유를 물어보겠는데?"

들을 의미가 없는, 턱도 없는 요구에 토드는 눈썹을 모았다.

일단 흥미가 있는 척하며 뒷말을 채근한 토드는 그 틈에 옆에 있는 두 간수에게 말없이 수신호를 보냈다.

두 간수가 데리고 있는 것은 각각 검은 왕독수리와 바윗덩이 같은 개구리 검투수였다.

이렇게 소년들과 대치한 토드 일행 바로 옆, 통로 밖에는 하늘에 왕독수리가, 벽에 개구리가 붙어서 상대와의 거리를 슬금슬금 좁히고 있다.

검투수가 녀석들을 해치우고 주구를 회수하면 그것이 최선.

물론 주구를 어딘가에 숨겨 두었을 가능성도 있으니 더 수고할 필요가 있을 것이다. 다만 여기서 소년과 석척인을 처리하면 일단 일이 빨라진다.

아라키아가 있으면 더 일이 쉬워지겠지만――.

"어디서 걸려 있는 거지……?"

설마 아라키아가 검노 사냥에 신이 났다는 사태는 절대로 없을 것이다.

병사 중에는 살인을 즐기는 녀석도 있지만 아라키아는 그런 부류가 아니다. 아라키아는 중요한 상대에게 헌신하는 것이 목적인 병사로, 그 이상도 이하도 아니다.

중요한 임무를 마치지 못했다는 말은, 모종의 방해를 받는 중이라 여겨야 한다.

그러나 만약 그런 짓을 할 수 있는 상대가 있다면 사정이 달라진다.

"그래서, 무슨 얘기를 하려고?"

"간단한 얘기야. ——이 섬의 주칙을 지배하는 주구는, 내 수중에 있다."

"뭐……?!"

어깨를 으쓱인 토드에게 대꾸한 소년의 말에 두 간수가 동요했다.

그들이 토드를 따르는 가장 큰 이유가 주칙이다. 그것은 당연한 반응이리라.

그러나 토드는 "허세군." 하고 쳐냈다.

"시답잖은 심리전이야. 애초에 주구라고? 그런 것이 있다면……."

"——이거다."

"어이, 이봐."

보여 달라고 요구할 필요도 없이 소년이 품속에서 꺼낸 물건을 내밀었다.

손에 든 시간은 짧았었지만 저 흉흉함은 착각할 만한 것이 아니다.

——저것은 구스타프가 체내에 심어 두었던 주구, 진품이다.

토드라면 틀림없이 섬 어딘가에 숨기고 그 소재지도 포함해서 교섭 재료로 삼는다.

그러지 않고 현물을 가지고 왔다면, 대체 무엇이 목적인가.

"그런 지저분한 공이 어쨌다고? 설마 그걸로 주칙을 발동할 수 있단 소리냐? 그렇다면 시험 삼아 해 보시지. 방해되는 간수를 줄여 봐."

"뭣?! 하, 하지 마! 그런 짓 하면……."

"말했잖아, 허세야. 아니면 제도에서 온 사자의 말을 못 믿겠다는 거냐?"

당황하는 간수에게 거듭 타르이자 간수가 해쓱한 표정으로 침묵했다.

그 반응이 토드의 마음에 약간 걸렸다. 주구라고 꺼낸 검은 공의 진위를 의심해 불안해하는 기분은 이해하지만, 반응이 묘하다.

간수들에게는 마치 저 어린아이 일행의—— 아니, 어린아이의 말을 한낱 허세라고 쳐내지 못할 이유가, 근거가 있는 것 같은 반응이었다.

"뭐지? 저 아이에게 문제가——."

"——얌전히 듣도록 하십시오, 무례한 자여."

의문의 답을 원해 토드가 간수에게 캐물으려 했으나, 그보다 먼저 카랑카랑한 목소리가 통로에 울렸다. 녹인족 소녀에게 주의가 쏠렸다.

그녀는 기모노 옷자락을 팔에 빙빙 감더니, 옆의 소년을 손으로 슥 가리키고 선언했다.

"당신도 섬 밖에 왔다면, 이미 들은 바가 있겠지요. 현재, 이 제국 전토를 뒤흔드는 대란, 거기에 흐르는 소문들을."

늠름한, 용맹하다는 느낌마저 주는 소녀의 호소에 토드는 한쪽 눈을 감았다.

섬 안에서 정보를 손에 넣을 수단을 어떻게 확보했는지는 몰라도, 소녀의 말대로 세상은 이러니저러니 멋대로 소문을 떠든다.

반란군에 관해서도, 이미 『구신장』 중 한 명이 가담했다는 등 다양한 풍설이 있었다.

개중에는 아주 어처구니없는 것도 있었지만——.

"어이, 설마."

"——여기 계시는 분이야말로 제국을 뒤흔드는 사태의 중핵. 그릇된 제국의 자세를 바로잡기 위해서 일어서신, 정통한 자격을 가진 지엄하신 분."

거기서 한 박자 띄운 소녀가 쳐다보았다.

그 동그란 눈동자 속에 토드의 마음속에 생긴 염려를 키우는 의도가 엿보이고——.

"——빈센트 볼라키아 황제 각하의 아드님, 나츠키 슈바르츠님이십니다."

주구를 손에 든, 황제 각하의 서자.

그런 어처구니없는 이야기를 이보다 더할 수 없을 만큼 당당하게 주장한 녹인족 소녀.

마치 원래부터 이런 상황에 있던 경험이 풍부한 듯한 행동거지는, 어처구니없는 이야기를 진실이지 않은가 의심케 하는 설득력을 띠고 있었다.

확실히 어이없는 소문 중에는 그런 이야기가 있었다.

반란군의 우두머리가 흑발흑안을 가진 황제 각하의 서자라는 풍문이다. 물론 상식이 있는 제국병은 일소에 부칠 이야기라 진지하게 대거리하기도 우습지만.

만약 있다면 귀찮아지겠다고 토드도 생각했다.

하지만 그것이 이 섬에, 우연히 있는 사태는 생각해 봤자 우스워지는 이야기다.

그러나——.

"——읏."

토드는 숨을 집어삼키며 안색을 바꾼 간수들의 반응을 간과하지 않았다.

그들은 소문을 알고 있었다. 알고 있으면서 의혹의 싹을 가슴속에서 기르고 있었다. 그리고 그 의혹의 싹이 여기에서, 구스타프의 죽음과 주구의 확보, 소녀의 말로 움텄다.

저 소녀, 나츠키 슈바르츠가 황제의 서자라는 환상을 싹틔운 것이다.

따라서——.

"자, 간수 여러분, 속히——."

소녀가 이어서 무슨 말을 떠들려고 했다.

소녀의 요구가 전해지기보다 먼저 토드가 허리에 손을 대어 뽑은 도끼로 회심의 일격—— 나란히 선 두 간수의 목이 날아가고 머리가 쪼개져 즉사했다.
시답잖은 소문에 휘둘리다 동요한 상태로 상대방에 가담하는 사태는 막았다.
그리고——.
"——해라!!"
목을 친 간수의 머리를 따라잡은 토드가 그 머리를 힘껏 앞으로 걷어찼다. 머리가 눈을 부릅뜬 소년들 쪽으로 피를 뿌리며 날아갔다.
그 행위에 무슨 의미가 있는지, 이해력이 미치지 못한 그들을 노리고——.
"삐이익————!!"
다음 순간, 바로 옆에서 통로에 돌진한 검은 왕독수리의 거체가 날아간 간수의 머리째로 그 주위에 있던 소년들을 파괴에 집어삼켰다.

10

——바이츠 로군은 자신이 남들처럼 보통으로 살고 죽을 수 있다고 여기지 않았다.
세상은 곧잘 보통이라는 말을 과소평가한다.
보통이라는 말은 남들과 같다, 평범하다, 눈에 띄는 구석이 없다는 뜻으로 쓰이지만, 그런 것은 보통보다 못한 존재가 보자면 그야말로 구름 위의 기준이다.

철혈도시 『그랄라시아』, 그것이 바이츠가 나고 자란 고향의 이름이다.

제국 전토에서 쓰이는 무기 및 방어구, 싸움에 필요한 도구들이 제작되고 타인을 상처 입히기 위한 무구를 만드는 데 정력을 쏟는 장인이 밤낮없이 강철을 두드리는 정신 나간 도시였다.

주민 절반가량은 어떠한 형태로 무구 제작에 관련되고 있으며, 바이츠도 그러했다.

물론 철이 들었을 때부터 부모가 없이 장인의 공방에서 묵묵히 잡무에 힘쓰던 바이츠에게는 일에 대한 긍지도 관심도 없었다. 그저 먹고 살기 위한 일자리였다.

붙임성이 좋지 않고 무슨 생각을 하는지 알 수 없는 바이츠를 부지런하다 말하는 이도 있었지만, 사람들 대개는 바이츠를 정체 모를 섬뜩한 녀석이라 여겼을 것이다.

바이츠도 그런들 상관없었다. 누군가와 친한 척 굴 생각이 없었다.

태어났을 때부터 혼자였으니 죽을 때도 혼자가 당연할 거라고.

그런, 타인에게 무관심한 찰나적인 삶이 미움을 산 것이리라.

드나들던 공방에서 구입한 자재가 횡령되고 있다는 의혹이 생긴 순간, 맨 먼저 의심스러운 눈초리를 받은 것이 바이츠였다.

혼자서 행동할 때가 많으며 감싸 줄 만한 관계를 쌓은 상대도 전무했던 바이츠에게 의심을 해소할 수단은 없었다.

결국 누명을 풀지 못한 채 바이츠는 알지도 못하는 죄로 재판

받고 죄인이 되었다. ——처음에 새겨진 문신은 한눈에 죄인을 분간하기 위한 형벌의 표식이었다.

두 팔의 팔꿈치부터 아래팔까지. 강철의 단조로 항상 열기에 휩싸인 도시에서 소매가 긴 옷을 입은 사람이란 없으므로 문신은 항상 드러나 있었다.

만약 소매가 긴 옷을 입어도 켕기는 게 있어서 그런 거라고 금세 들킨다.

죄인의 표식이 새겨진 시점에서 이미 이전과 같은 생활을 보낼 수가 없어졌다.

그 전부터도 생활이 양호하지는 않았지만 '보통' 을 포기한 것은 그때였다.

정당하게 운영되는 공방에서 일할 수는 없어진 바이츠는 날품벌이를 위해서 도둑질에 손을 물들이고, 자재의 도난 및 횡령을 시작하여 결국 진짜 범죄자가 되었다.

——요컨대 죄는 나중에 따라온 것이다.

횡령을 의심하며 아무도 바이츠의 주장에 귀를 기울이지 않았을 때, 바이츠는 죄인이 아니었다. 하지만 그 후, 결국 바이츠는 죄인이 되었다.

될 만해서 되었다는, 그런 이야기일 것이다.

"내가 끔찍하다면, 그러라지……."

문신을 새기고 죄인이 되어 누구 눈으로 보아도 '보통' 에서 벗어난 자신.

그것 가지고는 아직 부족하다고, 팔뿐만 아니라 어깨, 가슴에 새겨진 죄인의 표식을 자기 손으로 크게 키워 나갔다. 이윽고 문신은 상반신을 뒤덮고 다리, 그리고 얼굴과 머리까지 이르렀다.

팔의 문신은 죄인의 표식, 하지만 전신의 문신은 접근해서는 안 될 위험의 표식이다.

전원, 두려워 떨며 길을 터라. 한때 모두에게 버림받아 죄인으로 추락한 한심한 남자는 이미 없으며 남은 것은 잃을 것이 없고 성가신 '보통 이하' 뿐이다.

그러니까――.

"――서라, 이 죄인! 좋게 넘어갈 거라 생각하지 마라!"

도시의 경비병이 포위하고 무기를 겨누자 바이츠는 바로 투항했다.

발 아래에서 피투성이로 쓰러진 것은 예전의 공방―― 바이츠가 처음 죄인이 된 곳에서 수습 장인으로 일하던 남자였다.

귀가 물어뜯기고 피와 눈물을 흘리며 울부짖는 그 남자야말로 그날 바이츠에게 누명을 뒤집어씌운 범인이라고 술자리에서 흘렸다는 소문을 듣고서 보복했다.

입에 물고 있던 귀를 뱉어낸 바이츠는 경비병에게 체포되어 감옥에 들어갔다.

철혈도시에서는 악평이 자자한 바이츠였다. 구원의 길은 주어지지 않은 채 금세 결정된 처분은 범죄 노예로서 악명 높은 검노고도로 이송되는 것이었다.

반항할 기력도 없이 받아들였다. 저항할 의지도 없이 호수를 건넜다.

이송된 그곳에서 같은 처지의 궁상맞은 녀석들과 같은 무리로 묶여 끔찍하게 두려운 마수와 싸우는 의식에 참가할 것을 강요받았다.

어찌 되든 상관없다. 죽을 생각은 털끝만치도 없다.

설령 누구를 희생한다 해도, 뒤통수를 치더라도, 살아남아서, 언젠가.

언젠가 '보통' 의——.

"——바이츠! 검을 잡아! 너만 믿는다!!"

—— '보통' 의, 인간으로, 대우받고 싶었다.

11

"감싸……!"

발에 차인 간수의 머리가 피를 확 뿌리며 날아오는 것을 본 순간, 바이츠는 곧장 옆에 있던 슈바르츠를 탄자에게 떠밀었다.

이 기모노를 입은 소녀에게는 겉보기와 다르게 강한 힘이 있다. 그러나 마음이 힘을 잘 따라잡지 못하고 있다. ——몸은 약하지만 마음이 강한 슈바르츠와는 좋은 조합이다.

그러니 이 순간, 몸은 강하지만 마음은 약한 탄자에게 그를 떠민 것은 정답일 것이다.

그리고 그렇게 한 바이츠 본인은——.

"오, 오오오오……!"

앞으로 달리며 쳐든 팔로 날아오는 간수의 머리를 때려 통로 바닥에 떨어뜨렸다.

한순간에 같은 편의 목을 치고 그것을 걷어차는 충격적인 소행으로 바이츠를 비롯한 일행의 사고를 정지시킨 작전——. 하지만 그게 다라고는 생각지 않는다.

실제로 바이츠 말고 다른 네 사람의 판단은 한 박자 늦어졌지만 바이츠는 움직일 수 있었다.

슈바르츠가 그토록 경계하는 남자의 노림수가 그게 다라고는 생각할 수 없다.

바이츠가 그렇게 생각한 다음 순간이었다.

"——웃?!"

정면으로 도끼를 들고 파고드는 남자를 노려보던 바이츠의 바로 옆에서 통로의 벽을 때려 부수며 검은 괴조—— 검투수가 돌진해 왔다.

그것은 바이츠의 반걸음 뒤에 있는 벽을 깨트리고 섬 상층의 통로를 수평으로 유린했다.

바이츠 일행을 노린, 하늘을 나는 검투수를 이용한 공격—— 아니, 그게 아니다. 검투수이기는 하지만 그 새가 노린 것은 바이츠 일행이 아니었다.

"삐이익————!!"

벽을 부수고 나타난 괴조의 부리가 쫀 것은 바닥에 구르던 간수의 머리였다.

괴조는 목이 베인 간수의 머리를 노리고 통로에 돌진해 왔다. 그 의미는 알 수 없고 사색할 여유도 없다.

"너를……!"

반걸음 뒤에서 일어난 가공할 충격. 터져 나간 벽 파편과 검투수의 날카로운 날개로 등짝에 상처를 입으면서도 바이츠는 이를 악물고 남자에게서 시선을 떼지 않았다.

슈바르츠의 정체를 듣고 조아리기는커녕 살의를 높인 남자—— 바이츠가 문신으로 꾸며낸 위험성과는 다른, 진짜배기 위협이다.

"————."

전진하는 바이츠를 보고 남자가 그 눈을 잔혹하게 좁혔다.

아무 말이 없어도 그 눈매만 보면 상대가 자신을 죽일 생각임을 알 수 있다. 곧바로 남자가 도끼를 쳐드는 것에 맞추어 바이츠는 왼팔을 들었다.

맨 처음 문신이 새겨지고 죄인의 표식이 된 팔로, 남자가 날린 일격을 막는다——.

"욱, 익……."

무자비하게 휘두른 도끼가 바이츠의 머리를 왼쪽에서 노렸다.

올린 팔을 그 궤도 사이에 넣은 바이츠는 세로가 아니라 가로로 눕힌 팔을 도끼날에 맞추었다. 명중 순간, 팔꿈치 뼈가 깨지고 위팔과 어깨뼈도 살째로 찌부러졌다.

충격과 통증 때문에 시야가 새빨개지고, 왼팔이 문신과 전혀 다른 색으로 거무칙칙하게 물들었다.

하지만——.

"버텼다……."

오기를 기다린 게 아니라 앞으로 나섰기에 도끼의 위력이 근소하나마 줄었다.

그것이 바이츠의 머리를 깨지 못하고, 목숨을 끊지 못한 가장 큰 이유. 비정상이라 들을 만한 배짱은 원래부터 있었지만 그에 걸맞은 판단력은 없었다.

배짱과 판단력이 어우러진 것은 자기보다 더 대책이 없는 아이와 만난 결과였다.

따라서 그 만남이 바이츠에게 버틸 힘을 주었기에——.

"못 버텼어."

왼팔이 망가져서 남은 오른팔로 남자를 붙들려던 순간, 남자의 모습이 사라졌다.

——아니다. 남자의 모습은 사라진 것이 아니라 시야에서 벗어난 것이다.

시야 밖으로 빠지면 어둡고 흐릿한 공간에서 상대의 모습은 보이지 않는다.

그것과 비슷한 상황이 벌어졌다. 하지만 이상하다. 이상했다. 갑자기 바이츠의 시야 오른쪽, 거기에 보이지 않는 부분이 단숨에 확대되었으므로.

마치 바이츠의 시야 오른쪽이 갑자기 뭔가에 막힌 것처럼.

"바이츠——!!"

사라진 남자의 모습을 찾지 못한 채로 위화감을 품은 바이츠를 누군가가 불렀다.

천천히 뒤를 돌아보자 부서진 통로와 먼지구름이 있었다. 그리고 통로를 부순 괴조의 목을 사라진 남자가 내리친 도끼로 잘라내는 모습이.

"————."

그, 괴조의 목을 치는 남자 너머, 무너져가는 통로 위에 네 사람이 보였다.

뒷걸음질 치며 엉덩방아를 찧은 이도 있지만 전원이 난입한 괴조의 공격은 피한 모양이었다. 그 사실에 안도하는 자기 자신에 바이츠는 살짝 놀랐다.

놀라는 와중에, 멍하니 자신을 바라보는 그들에게 한마디 건네고 싶어졌다.

망가진 왼팔이 아프다. 어째선지 오른쪽 얼굴도 아프기 시작했다.

그 아픔으로 어째선지 멀어지는 의식을 잡으며 입을 열었다.

"처음이었어……."

"바이츠……!"

"나를, 믿는다고, 말한 녀석은……."

중얼거리던 바이츠는 가슴속에 얽혀 있던 것을 이해했다.

이해하고, 무릎부터 힘이 빠져 그 자리에 쓰러졌다.

"바이츠——!!"

또다시, 감정적으로 자신의 이름을 외치는 소리를 들으며 눈을 감았다.

어쩐지 유독 기분이 좋았다.

제6장『이드라 미상가』

1

쓰러진 바이츠에게 달려가려는 것을 가느다란 손가락이 뻗쳐 막았다.

기모노를 입은 소녀는 눈물 어린 눈으로 뿌리치려는 스바루의 몸을 결코 놓으려 하지 않았다.

그리고 그 손가락을 뿌리치기보다 먼저 통로의 천장이 붕괴했다.

"삐이익————."

귀가 찢어질 것 같이 엉망인 울음소리와 무너지는 천장이 바이츠 위로 쏟아졌다.

중량에 밀려 통로를 짓뭉갠 것은 회색의 거대한 개구리 마수였다. 그것이 무너뜨린 천장째로 바이츠 위에 추락하고, 금이 간 바닥째로 통로 일부가 통째로 떨어진다.

그 왼팔로 도끼를 막고 오른쪽 눈이 나이프에 찔린 바이츠의 몸째로, 떨어진다.

"바이츠——!!"

무너지는 통로와 사라지는 바이츠의 모습에 스바루는 절규했다.

바이츠가 떨어졌다. 스바루와 동료들을 지키려고, 앞으로 뛰쳐나간 바이츠가. 빨리, 빨리 뛰어내려서 구해야. 바이츠를 구하러 가야.

"두 마리랑 같이 떨어져 준 건 운이 좋았군. 마수는 죽이는 것도 한 고생이니."

머리가 뒤죽박죽으로 엉킨 스바루 앞에서 도끼를 걸머진 토드가 중얼거렸다.

그의 발 아래에 목이 날아간 거대한 새의 마수가 나뒹굴고 있었다. 아마도 죽은 간수가 거느리던 검투수는 옆에서 통로에 돌진한 뒤, 토드의 손에 죽은 것이리라.

일어난 사건이 하도 급박해서 머릿속이 '왜?' 만으로 가득하고 소화하지 못했다.

죽인 토드도 죽은 간수도, 마수도 통로의 붕괴도, 죄다 모르겠다. 그쪽 처리가 끝나지 않으면 다른 생각을 할 수가 없다. ——바이츠에 대해서도.

바이츠에게 무슨 일이 일어나고, 그가 어떻게 되었는지, 도저히 생각을 할 수가——.

"——마수란 것은, 뿔을 부러뜨린 녀석의 시체를 먹거든."

갑자기 토드가 손에 든 도끼로 바닥을 두드리며 스바루 일행에게 말했다.

아직 눈앞의 상황을 다 수용하지 못한 스바루도, 다른 세 사람도, 토드의 말에 숨을 집어삼키고 그에게서 눈을 떼지 못했다.

토드는 그런 일행의 시선을 받으며 발 아래의 시체를 도끼로 건드렸다.

"뿔을 부러뜨리면 마수를 따르게 할 수 있지만, 명령받는 동안 엄청나게 울분이 쌓인 거겠지. 부러뜨린 녀석이 죽으면 마수는 화풀이로 시체를 먹는다. 역겹지?"

어깨를 으쓱인 토드가 한 이야기는 알려지지 않은 마수의 소름 돋는 생태였다.

어떻게 그 사실을 알았는지 알고 싶지도 않지만, 그 때문에 일어난 상황은 설명된다.

저 커다란 새가 통로에 돌진한 것은 목이 잘린 간수의 죽음과 그 시체를 토드가 눈속임용으로 이용했기 때문이었다.

시체를 노리는 마수의 습성을 이용해서 커다란 새가 간수의 머리째 스바루 일행을 노리도록 술수를 부렸다.

하지만 그렇게 되지는 않았다. 왜냐하면, 왜냐하면, 왜냐, 하면——.

"생긴 건 저래도 동료를 아끼는 녀석이더군. ——그래서 죽었지."

"——아."

토드답지 않은, 일어난 사건의 세심한 설명.

아무 말도 하지 않고, 알리지 않고, 가르쳐 주지 않고, 정보를 일절 주지 않으며 죽이는 것이 토드의 방식. 그런데도 어째서 지금은 나불나불 뭐든지 떠드는가.

들려주고, 깨우치고, 스바루의 머리를 정리시켜서 다음 생각으로 보내기 위해서다.

일어난 사건의 의문이 해결하면, 그다음에는 생각할 수밖에 없다.

——바이츠가 이미 돌이킬 여지 없이 죽어 버렸다는 것을.

"아, 아아아악——!!"

죽으면, 안 되었다. 바이츠는 죽으면 안 되었다.

스바루 일행을 지키려 이 무시무시한 토드에게 맞서서는 안 되었다. 적대하면 죽는 이 괴물에게 적대해서는 안 되었다.

왜냐면, 지금 여기서 죽었다간——.

"이제야 애다운 낯짝이 되었군."

바이츠의 죽음을 이해한 순간, 스바루의 머리가 거센 후회로 가득 메워졌다. 그 반응에 노림수가 적중했다고 미소 짓는 토드. 그의 목적은 스바루의 마음을 부수는 것이었다.

바이츠의 죽음과 마주 보게 해서, 정체 모를 적으로부터 피가 흐르는 인간으로 되돌리기 위해서.

"슈바르츠 님——!"

머리가 새하얗게 물든 스바루. 아직 정신적으로 회복하지 못한 히아인과 이드라. 그 세 사람보다 앞서서 움직였던 것은 또다시 탄자뿐이었다.

탄자가 도끼를 쳐들고 뛰어드는 토드로부터 스바루를 감싸며 두 팔을 벌렸다.

하지만 토드는 탄자의 행동에 얼굴을 찌푸렸다.

"하는 짓이 뒤죽박죽이야, 당신."

"어." 하고 눈을 동그랗게 뜬 탄자의 눈앞에서 무릎을 굽혀 그녀의 시야에서 사라진 토드는 소녀의 사타구니 밑으로 팔을 집어넣고 힘으로 들어올렸다.

그 순간, 탄자의 작은 몸이 수평으로, 커다란 새가 부순 벽에 뚫린 구멍으로 던져졌다.

"놀다 와."

어린아이 같지 않은 신체 능력이 있어도 물리법칙의 벽은 넘을 수 없다. 여자아이 한 명 수준의 체중밖에 없는 탄자의 몸은 속수무책으로 건물 밖에 추락했다.

"아——."

바람에 삼켜져 사라진 탄자의 비명이 점점 아래로 멀어진다.

돌아오지 못한다. 무사한지 여부도, 더 이상은.

"황제 각하의……."

"응?"

"황제 각하의 아드님이라고?! 제정신이냐?!"

유일하게 움직였던 탄자가 사라져서 무방비해진 스바루 일행 중에 이드라가 외쳤다.

사람 좋은 성격이 드러나던 얼굴에 핏발 선 눈으로 분노를 불태우던 이드라는 스바루가 볼라키아 황제의 서자라는 '거짓말'에도 흔들리지 않던 토드를 규탄했다.

규탄당한 토드는 갸우뚱했다. ——그리고 이드라의 머리에 도끼를 내리찍었다.

"우와아아?!"

머리가 쪼개지기 직전, 옷이 잡아끌린 이드라가 엉덩방아를 찧었다. 잡아끈 것은 스바루였다. 토드에게 교섭은 통하지 않는다. 알고 있었는데 바보 같은 짓을 했다.

무리였다. 처음부터 이 협박 자체가 잘 풀릴 리가 없었다.

그런데 스바루는 안이한 선택지에 의지하려다가 모든 것을 망치고 말았다.

"피했나, 실수했네, 실수. 다만——."

허공에 도끼질한 토드가 어이없다는 표정으로 옆을 보았다. 그 시선 앞에는 엉덩방아를 찧은 이드라와 스바루 옆, 주위 풍경으로 의태한 히아인이 있었다.

히아인의 모습은 부서진 바닥과 벽에 녹아들어 완전히 눈에서 사라졌다.

그러나 순간이동을 한 것은 아니기에.

"눈앞에서 사라져서 어쩌게."

"형제——."

토드와 눈이 마주쳐서 의태가 흐트러진 히아인이 무슨 소리를 외치려 했다.

그 말을 끝맺기보다 토드가 휘두른 도끼의 일격이 더 빨랐다. 어깨부터 가슴 아래까지 단숨에 베인 히아인의 몸이 붉은 피를 뿌리며 통로에 쓰러졌다. 피가 철철 흐르는 몸의 의태가 풀리고 회색 석척인의 시체가 참상에 추가되었다.

바이츠가 죽고, 탄자가 투기되고, 히아인도 살해당했다.

스바루 눈앞에서 잇따라. 그리고――.

"겨, 결투다……."

"―――――."

"너도, 전사라면, 결투를 받을 마음가짐이 있을 테지!"

살해당한 히아인의 시체로부터 눈을 떼고 일어선 이드라가 떨리는 목소리로 호소했다.

그것은 이드라의 거짓말이었다. 맨 처음 『스파르카』에서 했던 것과 같은 거짓말이다. 그때는 스바루 일행을 속이려 했고, 지금 이 순간은 자기 자신을 속이려 하는 거짓말.

스바루의 안이한 거짓말과는 다른, 거짓말이라곤 해도 그 나름의 이상에 따라서.

"너에게, 결투를――."

"왁!"

이드라의, 지나치게 이상적일지도 모를 이상은 배신당했다.

토드는 필사적으로 발악하는, 우스꽝스럽게 들릴지도 모를 고결한 저항을 커다란 목소리로 차단하고 허세라 해도 강한 모습을 지키려던 이드라의 허를 찔렀다.

그리고 그 유도한 허를 노리고 칼날을 쑤셔 넣었다.

"전사가 아니라, 병사야."

무릎을 꿇은 이드라의 떨리는 손이 목에 꽂힌 나이프를 만졌다.

다짜고짜 나이프를 찌른 토드는 자기 목에 박힌 칼을 뽑으려는 이드라를 내려다보다가 무자비하게 도끼를 들었다.

"하나―둘."

달걀 깨지는 소리와 함께 이드라의 몸이 피 웅덩이에 쓰러졌다.

바이츠가 죽고, 히아인이 죽고, 지금 이드라도 죽었다. 추락한 탄자도 돌아오지 않는다. 아래에는 통로와 함께 떨어진 커다란 개구리도 있었을 것이다. 그 탓일지도.

이제 이 섬에는 아무도, 아무도 살아 있지 않을지도——.

"실제로 어떤데?"

"어……."

"당신, 진짜로 황제 각하의 자식인가?"

토드가 공허한 눈으로 주저 앉은 스바루 뺨을 나이프 옆면으로 찰싹찰싹 두드렸다.

이드라의 목에서 뽑은 나이프다. 그것으로 뺨을 얻어맞은 스바루는 토드가 그 질문을 하고자 자신을 마지막 한 명이 될 때까지 살려 두었음을 이해했다.

거짓말에도 확실히 효과가 있었다. 토드는 황제의 자식일 가능성도 고려했던 것이다.

"그러면……."

"응?"

"왜, 투항을, 안 해? 내가, 황제의……."

아들일 가능성을 고려했다면 손을 멈출 여지도 충분히 있었을 터다.

스바루가 이 작전에서 일행의 착각에 그대로 편승한 것은『합』의 동료들 멘탈을 회복시킬 제일 좋은 방법이라 생각했고 한 가닥 희망 또한 있었기 때문이다.

토드라면 목숨 걸고 싸우기보다 살아남기 위해서 백기를 드는 쪽을 택할 가능성이.

하지만 결국 스바루는 동료를 전원 죽게 만들고 토드의 손아귀에 목숨이 붙들렸다.

"어째서, 인데? 너는……."

"투항했다가 아무거나 구실 붙여서 죽이면 방법이 없잖아."

"――――."

"일의 진위는 당연히 이쪽이 유리한 상황을 만든 뒤에 듣는 편이 낫지. 제대로 생각할 여유가 생기고 잘못 판단할 여지가 적어져. ――무엇보다 안심할 수 있고."

마지막 이유, 그것이 제일 중요하게 들리는 토드의 말에 스바루는 숨을 내뱉었다.

안심과 안도를 추구해 많은 것을 바라지 않고 효율을 중시한다. 그것이 토드의 행동 이념이며, 다들 할 만한 평범한 생각인데 왜 이렇게 피비린내 나는 광경이 생기는가.

믿고 싶지 않게도, 다툼이 싫다는 토드의 주장은 믿긴다.

그런데도, 어째서――.

"――실은 한 가지 더 신경 쓰이는 점이 있지. 당신 이름이야."

"이, 름……?"

"나츠키 슈바르츠――. 그건 내가 아는 무서운 녀석의 이름과 비슷하거든. 더구나 당신의 냄새도 그 무서운 녀석하고 많이 비슷해."

말한 토드가 스바루의 목덜미에 코를 박고 냄새를 맡았다.

그 언동에 스바루는 대학살의 초회차—— 검노고도에 토드가 온 사실을 알았던 타이밍의 기억을 떠올렸다. 그때도 토드는 냄새 이야기를 했다.

그리고 냄새 이야기를 들으면 스바루는 꺼림칙한 추억이 되살아난다.

"독기를, 알 수 있는 거냐?"

"독기? 아아, 아니야, 아니야. 오해하지 마. 정말로 냄새, 체취 얘기야. 남들보다 조금 코가 예민해서. 그래서 신기하더라고."

"———."

"당신, 형 같은 건 없나? 만약 있으면 그 녀석과의 교섭 재료로 당신을 살려 둘 수도 있어."

스바루의 의문을 부정하고 이어진 말은 놀라운 제안이었다.

살려 둘 수도 있다니, 그런 생각이 토드의 입에서 나올 줄은 몰랐다. 그것도 필시 그가 말하는 '형' 이란 다름 아닌 스바루를 뜻할 것이다.

성장한 스바루를, 몸이 줄어든 스바루의 형제로 여긴 것이다.

말을 더 보태자면, 토드에게는 여장하고 있을 적에 이름을 밝힌 기억도 있어서, '나츠미 슈바르츠' 와의 관계도 의심하고 있을지 모른다.

어느 쪽이든 간에 토드 머릿속에 '죽이지 않는다' 는 선택지가 생겼다면.

"———."

옆에 이드라와 히아인, 통로 밖에는 바이츠와 탄자, 섬 안이라면 구스타프와 눌 할아버지, 수많은 검노들의 죽음이 눈에 선했다.
모두가 다 죽고 말았다. 죽게 하고 말았다. 죽게 했으니, 그리고.
——그리고 스바루는 죽을 수는 없었다.
큰 쪽 스바루를 경계해서 작은 쪽 스바루를 살려 둘 가능성이 있다면, 그 가느다란 실을 더듬기 위해서, 거짓말을.
"혀, 형을, 안다면……."
"——잠깐."
입을 벌리고 이 위기를 넘어갈 말을 늘어놓으려던 스바루. 그런 스바루의 얼굴이 뻗어오는 토드의 손바닥에 잡히고 손가락 틈새로 그의 눈이 보였다.
쭈그려 앉아 눈높이를 맞춘 토드의, 지독하게 냉랭하고 음침한 눈이.
스바루는 또다시 안이한 거짓말에 달려드는 바람에 선택을 그르쳤다.
"——당신, 나를 조종하려고 했지?"
쿵, 하고 둔탁한 소리가 나고 날카로운 감각이 가슴속에 쑥 들어왔다.
그 칼끝의 차가운 온도를 몸속의 내용물로 느낀 스바루는 눈을 부릅떴다. 그리고 한 박자 뒤늦게 팔다리가 마비될 정도의 통증이 퍼져서, 절규가 폭발했다.
"끼아, 아아아아악……!!"
"실수했네, 실수. 방심할 겨를이 전혀 없다니까."
토드는 나이프를 스바루의 가슴에 깊이 쑤시고 가차 없이 발로 차서 쓰러뜨렸다.

옆으로 쓰러진 몸이 꿈틀거렸다. 가슴 한복판, 깊다. 아프다. 지나치게 큰 나이프가 박혀서 몸속의 내용물을, 망가져선 안 될 것을 망가뜨렸다.

입 끝에 피거품을 매달고 붉은 침을 흘리는 스바루의 안구가 뒤집혔다.

기침하는 입으로 피를 토하고 '약'이 든 봉투도 튀어나왔다. 관계없다. 그것도 이미 써먹을 수 없다. 쓰면 안 되고, 쓰면 죽고, 죽어서, 죽는다, 야단났다. 죽으면, 안 되는데.

"가만 있으라고."

나뒹군 스바루의 배에 발을 올려 움직임을 막은 토드가 도끼를 높이 들었다.

아프고 무섭고, 야단나고 위험해서, 좌우지간 큰일이었다. 이 붉은색을, 차가운 아픔을, 뽑고, 뽑아서, 피를 막고, 도끼가——.

"죽, 으면, 안 돼……."

"하나—둘."

힘없이 들어 올린 손으로 머리를 지켰다. 실패했다.

떨어지는 도끼날이 스바루의 손도, 그 뒤의 머리도, 생명도 쪼개고——.

× × ×

"——읏."

머리가 쪼개져 자신의 내용물이 몽땅 쏟아진다.

그런 무시무시한 광경을 보았던 기분에 스바루는 목구멍 속으로 비명을 꾹 삼켰다. 떨리는 두 손을 뻗어 흠칫거리면서도 자신의 머리를 만졌다.

깨지지 않았다. 깨지지 않은 머리와, 아프지 않은 가슴, 죽지 않은 생명이 있었다.

그 사실을 확인한 스바루는 안도했다. 살았다고 생각했다.

그다음에 고개를 들고——.

"처음이었어……."

통로 저 너머에, 자신을 돌아보는 문신투성이 남자가 있었다.

왼팔이 도끼로 박살 나고 오른쪽 눈을 나이프로 찔려서 어마어마한 양의 피를 흘리는 바이츠가.

스바루 일행을 감싸고 피투성이가 된 바이츠가, 서 있었다.

그 모습을 본 스바루는 "아." 하고 한심한, 한심한 숨을 내뱉었다.

"나를, 믿는다고, 말한 녀석은……."

"아아아아아아악——!!"

힘없는 말을 읊조리던 바이츠의 몸이 기우뚱 쓰러졌다.

손을 뻗어도, 무슨 짓을 해도 이젠 절대로 살릴 수 없는 바이츠의 몸이.

죽으면, 안 되었다. 스바루는 죽으면 안 되었다.

확정시켜서는 안 되었다.

뒤로 밀려나가고 있는, '죽음' 후에 재시도하는 스바루의 개시 지점――.

“아아아아아악――!!”

――절대로 구할 수 없는 사람이 나온 순간, 나츠키 스바루의 ‘마음’ 이 부서지므로.

2

발 소리가, 터벅터벅 접근하는 발 소리가 스바루의 마음을 좀먹고 있었다.

제도에서 찾아온 토드와 아라키아, 두 사람이 일으키는 섬의 대학살을 막기 위해 스바루는 필사적으로 발버둥 치며, 발버둥 치고 발버둥 치다가, 그리고―― 최악의 사태를 불렀다.

뒤로 밀려나가고 있는 ‘죽음’ 의 리스타트 지점. 그것이 횟수를 거듭할 때마다 악화되는 상황에서 스바루가 가장 두려워하던 사태는, 죽는 것보다 죽게 하는 것이었다.

스바루의 ‘죽음’ 이, 다른 누군가의 ‘죽음’ 을 지나가 버려 현실을 확정시키는 사태.

――구할 수 없는 생명을 놓치는 상황을 가장 두려워했었는데.

“아아아아아악――!!”

눈앞에서 피투성이로 쓰러진 바이츠의 모습에 스바루가 절규했다.

외치고 뛰쳐나가려던 옷소매를 탄자가 붙잡아 막았다. 탄자는 동그란 눈에 눈물을 머금고 필사적으로 스바루를 그 자리에 잡아 두려 했다.

이것도 보았다. 이미 보았다. 보고, 봤던, 이미 아는 장면이다.

같은 광경을, 불과 1분 전에 목격한 광경을 또 보고 있다.

"삐이익————."

직후, 귀가 찢어질 것 같이 엉망인 울음소리가 쓰러진 바이츠째로 통로를 짓뭉개고 그대로 바닥을 뚫고 섬의 중턱에 떨어진다.

거대한 회색 개구리와 부서진 통로의 파편, 그것이 바이츠를 삼키고 떨어진다.

"싫어, 싫어, 싫어, 싫어어어어어!!"

"슈바르츠 님?!"

스바루는 무턱대고 날뛰며 탄자의 손아귀를 뿌리쳤다. 놀라는 소녀의 목소리를 뒤에 놓고서 스바루는 떨어지는 바이츠 쪽을 향해 달렸다.

당장 달려가면 떨어지는 그를 건져서, 눈과 왼손을, 상처를 막아 지혈하고, 치유실에서 붕대라도 감아 다 치료하면 반드시, 반드시, 반드시——.

"아직——."

"생각보다 나약하군."

아직 늦지 않을 거라고 앞뒤 가리지 않고 달렸다.

그런 스바루를, 옆으로 휘두른 뭔가가 정면으로 맞이했다. 그것이, 검붉게 더러워진 도끼날이라 깨달은 것은 무겁고 단단한 소리와 함께 시야가 대회전을 일으킨 뒤.

대회전하며 드높이 올라간 스바루의 시야에 꼴사납게 달리는 어린아이의 몸이 보였다. 보였고, 앞으로 고꾸라지는 그것이 머리를 잃은 자기 몸이란 것을 알았다.

그럼 머리는 어디에. 그것보다 바이츠를, 를, 르르르를.

× × ×

빙글빙글 돌던 시야가 갑자기 한 지점에 고정되어 뇌가 진동했다.

맹렬히 회전하던 카메라를 급정지시킨 것 같은 기세라 구역질과 초조감, 어째서 발을 멈추고 있느냐는 의문이 스바루의 머리를 셰이크해서——.

"처음이었어……."

"————."

"나를, 믿는다고, 말한 녀석은……."

"아아아아아아아악——!!"

돌이킬 수 없는 현실이, 나츠키 스바루의 영혼을 꾸깃꾸깃하게 짓밟았다.

3

파멸의 발 소리는 터벅터벅 확실하게 다가오고 있었다.

물러날 수 없어졌다고 스바루에게 확신을 준 것은, 히아인과 함께 구스타프의 집무실에 숨어들고 뒤로 밀리던 리스타트 지점에 따라잡혔을 때였다.

"——맙, 소사."

숨은 것을 들켜서 살해당하고, 숨어 있을 때부터 재시도하게 되었을 때, 스바루는 파멸이 비웃는 목소리를 들은 느낌이 들었다.

스바루 위를 가리며 겁내면서도 들키지 않기를 비는 히아인. 그런 그의 심장 소리를 듣는 스바루의 심장은 그보다 더 요란하게 뛰고 있었다.

대학살을 막지 못한 채, 리스타트 지점이 그 뒤로 밀린다면.

돌이킬 수 없는 상황이 리스타트의 기점이 된다면, 도대체 나츠키 스바루가 무엇을 할 수 있느냐는 절망감으로 가득해서.

그리고——.

"찌익——."

긴장감이 없는 목소리가 구스타프의 머리를 날려 버린 순간, 스바루는 이해했다.

이젠 절대 죽으면 안 된다. 죽어서 돌아간 시점이, 구스타프가 살해당한 뒤라면 이제 그의 목숨은 구할 수 없다는 사실이 확정된다.

누군가의 '죽음'이 확정되면, 그것은 이미 스바루가 죽인 거나 마찬가지다.

구할 수 없는 세계의 확정은, 그것이 누구의 손으로 야기된 '죽음'이라 해도 나츠키 스바루가 저지른 살인이었다.

그렇기에 죽지 않도록 필사적이었다.

구스타프가 죽어도, 눌 할아버지가 죽어도, 검노들이 죽어도, 간수들이 죽어도, 누군가가 죽어도 죽지 않도록 필사적으로 저항했다.

스바루가 죽으면 살해당한 그들은 정말로 죽고 만다.

논리적이지 못한 것을 알아도 스바루는 그렇게 믿으며 발버둥 칠 수밖에 없었다.

스바루가 죽지 않으면, 죽어 버린 그들을 죽지 않게 할 가능성을 남길 수 있다. 그러면 그들은 정말로 죽지 않아도 되니까, 그러니까――.

이대로 영원히 죽지 않으면, 아무도 죽지 않아도 된다는, 환상이.

"나를, 믿는다고, 말한 녀석은……."

환상은 환상에 불과했다고, 꼴사납게 죽은 스바루의 생명이 증명하고 말았다.

× × ×

벌써 몇 번째 '죽음'을 맞이했을까.

"눈앞에서 사라져서 어쩌게."

"형제——."

축 처져서 무릎을 꿇고 있는 스바루 앞에서, 휘두른 도끼가 히아인의 목숨을 앗아갔다.

의태가 풀려서 허옇게 눈이 뒤집힌 히아인의 시체가 시야에 드러났다. 그 몸이 쓰러진 피 웅덩이는 그의 것이 아니라 이드라의 피로 생긴 웅덩이였다.

머리가 깨진 이드라는 히아인보다 먼저 살해당했다.

스바루가 맨 처음 토드의 공격에서 구하는 데에 실패한 탓이다. 먼저 이드라가 살해당하고, 다음으로 히아인이 살해당하고, 마지막으로 다시 스바루가 남았다.

이미 탄자는 토드의 손으로 벽에 뚫린 구멍을 통해 밖에 투기된 이후다.

——이미 세계는 탄자의 비명이 아득해지는 지점까지 밀려나 있었다.

바이츠도 탄자도, 손을 쓸 수 없는 현실로 '확정' 되었다.

"실제로 어떤데?"

주저앉아 동료들의 피로 무릎을 더럽힌 스바루에게 토드가 물었다.

마비된 뇌가 욱신거리며 벌써 여러 번 들은 질문을 스바루에게 상기시켰다. 이미 몇 번이고 거듭해서 토드에게 질문받았다. 그것은——.

"당신, 진짜로 황제 각하의 자식인가?"

"사람이 할 말을 먼저 읽지 마시지……."

고개 숙인 스바루의 말에 토드가 불쾌하다는 듯이 콧잔등에 주름을 잡았다.

그것은 처음으로 보는 반응이었다. 아직 시도하지 않은 행동이 있던가 멍한 머리로 생각하며 조금이나마 토드의 페이스를 어지럽힐 수 있기를 빌면서——.

"죽고 싶지 않으면 움직이지 마."

그렇게 말한 스바루가 검은 구체—— 구스타프의 몸에 들어 있던 주구를 토드에게 보여 주듯이 들이밀었다.

피를 닮은 검은 공, 유리구슬 같은 촉감의 주구는 골프공만 한 크기에 비해 묵직했다. 하지만 재질은 아무래도 좋다.

중요한 것은 이것이 아주 크고 잔혹한 힘을 숨기고 있다는 점.

이것을 토드가 원하고 있다면, 겁내고 있다면, 써먹을 수 있지 않겠는가.

"이게 주칙의 열쇠일 테지. 죽고 싶지 않으면……."

"——당신, 그건."

"——내가! 지금! 말을 하고 있잖아! 죽고 싶지 않으면 잠자코 듣기나 해!!"

"나 원 참, 알았다, 알았어."

주구를 든 손을 휘두르는 스바루가 침을 튀기며 소리쳤다.

스바루의 그 서슬에 토드는 작게 숨을 내뱉더니 도끼를 내리고 두 손을 들었다. 그 선선한 태도에 스바루는 "아?" 하고 어안이 벙벙했다.

"'아' 가 아니지. 당신이 이러라고 말을 해놓고."

"그, 건…… 이런, 이런 간단한, 행동으로……?"

입술을 삐죽인 토드 앞에서, 스바루는 자신의 미련함을 거세게 후회하며 저주했다.

황제의 사생아라는 멍청한 거짓말이 아니라, 처음부터 주구를 방패로 삼았어야 했다. 겁먹고 초조한 마음에 안이하게 생각하다가 최선의 수단이 자기 품속에 있을 줄은 상상도 못했다.

다들, 스바루가 똑바로 머리를 굴려서 생각하지 않은 바람에——.

"그런데 당신, 그거 쓰는 방법은 알고는 있어?"

"어……."

자기 자신을 비난하는 욕설 속에 토드의 차분한 질문이 끼어들었다.

그 말에 스바루는 손 안의 주구를 쳐다보았다. 쓰는 방법. 이 둥그런 공을 어떻게 쓰는가. 이번에는 제대로 생각을 하려 했지만, 생각하는 행위가 실수였다.

"——그렇겠지."

생각한다는 행위는 모른다는 것이고, 그 사실을 반응으로 간파당했다.

그 직후, 토드가 두 손을 든 채로 올려 찬 발이 스바루의 손을 가격했다.

발에 차인 주구가 위로 떠서 스바루는 "아." 하고 무심결에 눈으로 좇았다. 생각을 한 바람에 실수한 뒤에, 또다시 생각이 없어서 실수한다.

위를 보았다는 말은, 상대에게 목을 내민 거나 똑같은 행위니까.

"알았으면 이걸로 협박을 했을 리가 있나."

날아가는 주구를 좇던 시선이 갑자기 블랙아웃을 일으켰다.

짚이는 이유는 왼쪽에서 오른쪽으로 지나간 단단한 소리뿐이고, 확인할 방법도, 이유도 없다.

그리고 인정할 수밖에 없다고, 생각했다.

——토드 팽을 막기란 이미 늦었음을.

4

——착한 사람처럼 굴다가 호구로 잡히고 모든 것을 빼앗긴, 어리석은 자.

그것이 가업을 빼앗기고 길거리에 나앉았다가 검노로 추락한 이드라 미상가라는 남자였다.

이드라의 고향은 제국의 복서부에 있는 작은 농촌으로, 미상가 가문은 그곳에서 대대로 제분업을 해왔다. 제분업을 시작한 것은 이드라의 고조부 대라고 들었는데, 아무래도 그 인물이 상당한 수완가였던 듯하다.

마을의 강변에 만들어진 수차를 이용해 농촌의 제분 관리를 영주로부터 일임받은 미상가 가문은 마을의 유력자이며 이드라는 특권 계급 출신이라 할 수 있었다.

그러나 이드라 본인도 그 가족도, 가업을 무기로 삼으며 생활

하지는 않았다.
——정직하게 장사하고, 널리 신뢰와 신용을 받을 수 있게 노력할 것.
수차를 이용해 제분하는 과정에서 모인 곡물을 빼돌리는 이도 많다. 적어도 세상이 제분업자를 보는 눈초리는 매서우며, 그렇기 때문에 겸허한 자세가 중요하다고 이드라도 이드라의 아버지도 가업을 책임지는 부모로부터 엄히 가르침 받았다.
결코 풍요를 독점하지 말고 주위와 고락을 나눌 것.
그것은 강자를 존숭하는 볼라키아 제국의 자세로서는 옳지 않아도, 제도의 철혈의 규정이 닿지 않는 변경의 한촌에서는 존중받는 자세였다.
그렇기에 이드라도 큰 병을 앓는 아버지로부터 일찍 가업을 물려받았어도 전통을 지키려 했다.
"번듯하고 좋은 살림살이잖아. 부러운걸."
이드라의 살림을 부러워한 것은 마을 술집에 들른 남자였다.
이드라는 각지의 전장을 돌아다니며 고용을 받아 싸우는 용병업을 하고 있다고 신분을 밝힌 그 남자와 술잔을 나누며 여러 이야기를 들었다.
그것은 마을 밖을 변변히 알지 못하던 이드라에게 자극과 놀라움에 가득한 세상 이야기였다.
그 전부터 이드라는 막연한 동경을 품고 있었다.
볼라키아 제국에서 태어난 사람 중 하나로서 가업을 물려받는 것 외의 선택지가 있지 않았을까. 그렇게까지 진지하게 고민한

적 없던 소망에 대한 동경심——.

자신의 힘과 신의를 중시하며, 결코 야비한 자세를 택하지 않는 전사의 삶을.

"이드라, 네 사촌 누이가 있잖아. 실은 그 아가씨가 신경 쓰여서 그런데……."

몇 개월마다 마을에 들르는 남자와 이드라는 자연스럽게 친해졌다.

그에게서 들은 자극적인 이야기도 있어서 이드라는 남자에게 마음을 툭 터놓고 있었다. 그렇기에 그와 사촌 누이가 맺어지게 주선을 하고, 혼인하는 날의 밤에는 축배까지 들었다.

남자가 사촌 누이하고 공모해 제분업자로서의 가업을 빼앗은 것은 그로부터 한 달 후였다.

남자는 사촌 누이에게도 가업을 이을 자격이 있다며 주장하고, 그뿐만 아니라 이드라와 그 아비가 여태까지 마을 사람들에게 제분의 성과를 속여 왔다는 거짓말까지 했다.

물론 그런 사실은 없다고 이드라가 주장했지만 제분업자라는 직업 자체에 달린 의혹은 떨치지 못해 마을의 의견은 둘로 쪼개졌다.

그 결말이 나기 전에 큰 병을 앓던 아버지는 병사하고, 마음고생 하다가 탈이 난 어머니도 그 뒤를 쫓듯이 세상을 떠났다.

"더는 참을 수가 없어. 나는 무슨 수를 써서든 우리 집을 지키겠다……!"

부모를 여읜 이드라는 자신의 섣부른 처신을 저주하면서도 저항하기로 결의했다.

남자와 사촌 누이가 악랄한 계획을 꾸몄다면 이드라는 정당하게 권리를 되찾는다. 그러기 위해서 이드라는 남자에게 재판을 걸고자 마을 사람들에게 입회를 부탁했다.

지금까지 미상가 가문의 정직한 장사가 길러 온 신뢰가 정의를 집행하리라 믿었다.

그러나——.

"——왜, 그랬어."

약속 장소에는 아무도 나타나지 않고 도리어 이드라의 집에서 무장봉기 준비가 발견되었다.

영주 앞으로 연행되어 바라지 않는 재판을 받은 이드라는 필사적으로 결백을 호소했지만 마을 사람들은 아무도 이드라를 두둔하지 않았다.

마을 사람들은 정직한 이드라보다 거짓말쟁이지만 이익을 주는 남자와 사촌 누이를 선택했다.

가업을 빼앗겨 노예로 전락한 이드라가 이송된 곳은 최악의 섬 기눈하이브.

목숨 건 싸움을 구경거리로 삼는 그곳에서 이드라는 자신의 마음이 검게 물들고 영혼이 썩어 가는 것을 느끼며 그 절망에 따르겠다고 마음먹었다.

이제 충분하지 않나.

믿은 것은 거짓이었다. 의지하던 것은 잘못되었다.

누구나 다 다른 누군가를 이용할 생각을 하며, 자기만 이득을 보려고 한다.

그렇다만 나 또한 그래도 잘못이라곤 아무것도 없다.

그렇다. 아무것도 없는 것이 이드라였다.

누구에게도 선택받지 못한 것이 당연했다.

단련하던 힘도 없거니와 특별히 도움이 될 만한 능력도 없다. 누가 이드라를 선택하겠나.

이드라 자신도 이드라를 선택하지 않는다.

그런데도 도대체 누가, 이드라를, 우직할 뿐인 이드라를——.

"——전사가 되고 싶었다며, 이드라! 그렇다면 지금이야! 지금 그때라고!"

——정직하게 산다고 해서 보답받을 날이 오기나 하겠는가.

5

머리가 지끈지끈 아픈 감각에 이드라는 운신하지 못하고 있었다.

혀가 마비되고 목이 턱 막힌 것처럼 숨도 쉬지 못했다. 손발의 감각이 아득해서 자기 몸이 조각조각 흩어진 것 같은 공포에 엄습당했다.

공포. 그 감정을 느끼는 것은 더 이상 피할 수 없다.

직전까지 있던 일을 감안하면 고향에서 아무도 한편을 들어주지 않았을 때의, 온몸의 피가 차갑게 식는 감각조차도 그 공포에는 한참 멀었다.

눈앞에서 바이츠가 살해당하고 용감한 탄자가 통로 밖에 던져졌다. 아무것도 할 수 없어서, 무언가를 할 수 있었던 두 사람을 죽게 두었다.

그 사실이 이드라에게 초래한 절망과 후회는, 섣부른 짓을 했다가 가업을 뜯어 먹힌 과거와 비교해도 더 무거웠다.

"——하."

거기까지 생각하던 이드라는 자신의 얕은 인생 경험에 웃고 말았다.

기쁜지는 몰라도 괴로운 경험이라곤 가업을 빼앗긴 인생의 전락밖에 떠오르지가 않았다. ——축복받고 풍요로웠다고 실감이 들었다.

그런 이드라의 모습이, 이드라의 인생을 빼앗은 남자의 화를 돋웠을지도 모른다.

만약 그렇다 해도 남자가 한 짓이 용서받아도 될 리가 없지만.

"————."

이드라는 가냘픈 수준이 아닌 호흡과 함께 흐릿해지는 시야를 내돌리며 주위를 확인했다.

도대체 무슨 일이 있었는가. 온몸이 아픈 것과 이 얼떨떨한 상황은 관련성이 있는지 없는지. 애초에 전부 실제로 있던 일인지.

검노고도의 전원이 살해당할 수 있다거나, 슈바르츠가 황제 각하의 서자라거나, 바이츠도 탄자도 살해당했다거나, 전부 다

꿈인 것이 아닌가.

전부 꿈이고, 이드라는 지금도 축복받은 생활을 지루하게 여기는 사치스러운 시간을 보내며——.

"과감한 짓을 했군그래, 당신."

오싹해지는 냉랭한 목소리가 들리자 이드라는 몸의 통증도 잊고 굳어 버렸다.

온몸의 피가 싸늘히 식는 것을 넘어서 얼어붙는 감각에 이드라는 천천히 그 목소리 주인의 발 소리가 다가오는 것을 이해했다.

"멀뚱히 서 있는 것보다야 나아도 대책 없이 뛰어내리면 당연히 이렇게 되지."

하지만 어이가 없다는 남자의 목소리가 겨누는 대상은 이드라가 아니었다.

이드라는 자신보다 조금 떨어진 곳에 던져진 목소리에 안도감을 곱씹었다. 그리고 그만두면 되었을 텐데 실눈을 떠서 목소리가 들린 쪽을 바라보고——.

"——아, 으."

피투성이로 꼴이 말이 아닌 흑발 소년이 기어가는 모습이 보였다.

"————."

그 소년의 모습에 이드라는 의식이 하얗게 물들기 직전에 있던 기억을 떠올렸다.

지금 이드라와 동료들이 있는 곳은 무시무시한 참극이 일어난 상층의 통로가 아니다. 거기에서 상당한 높이를 떨어져서 섬 중턱의 안뜰 부근이었다.

슈바르츠다. 그가, 도끼를 쳐든 남자의 흉행 직전에 이드라와 히아인의 허리를 잡고 커다란 새가 만든 벽의 구멍으로 뛰어들었다.

탄자가 떨어진 곳과 반대쪽에 있는 구멍——바위밭이 깔린 섬의 뒤쪽으로 떨어지는 것보다 살 수 있을 가능성은 높았지만 그래도 열 번 해서 아홉 번은 죽을 만한, 그런 도박이었다.

그 한 번을 낚아챈 것은 기적. 하지만 기적은 거기서 동이 났다.

빈사의 슈바르츠와 다 죽어 가는 이드라, 양쪽 모두 남자로부터 도망치지 못했다.

히아인의 모습이 보이지 않는 것은, 중턱에 적절하게 떨어지지 못했거나 아니면 의태를 구사해 숨어 있거나. 만약 그렇다면 히아인의 용기를 기대할 수는 없다.

결코 악인은 아니지만 용감하지는 않다. 비굴하고 겁이 많으며 우쭐대기 쉬워서, 슈바르츠에게 정을 붙였지만 그 이상의 기대는 할 수 없는 인물이다.

죽지 않고 넘어갈 수 있으면 숨어 있는 편이 낫다. 그러는 편이, 슈바르츠도——.

"————."

문득 생각을 하고 말았다.

숨어 있으면 된다는, 히아인 상대로 떠올린 생각은 고스란히 자신에게도 해당한다.

숨을 죽이고 죽은 척을 유지하면 저 남자는 이드라가 살아 있는지 확인하지 않을지도 모른다. 아무리 저 남자라도 시체의 머리를 죄다 깨고 다니는 짓은 하지 않을 것이다.

죽지 않고 넘어갈 수 있을지도 모른다. 이대로 자기 혼자만이나마 살아날 수가.

"————."

——선택의, 순간이었다.

이드라 미상가가 살아남기 위해서, 무엇을 희생하고 무엇을 얻을지.

이 잔혹한, 강하고 교활한 이가 이득을 보는 세상에서 이드라 미상가는 어떤 인물이 될지.

정직하게 살면 신뢰받을 거라 우직하게 이상을 믿다가 모든 것을 잃은 남자는——.

"이, 야아아압——!!"

이드라는 소년을 겨누고 두 손으로 도끼를 드는 남자의 등짝에 달려들었다.

아픈 온몸을 억지로 움직여서 바닥에 들러붙은 것 같은 몸을 떼어 내고, 피를 왕창 토해 내며 꼴사납게, 꼴사납게 달려서 달려들었다.

왼손이 어째선지 움직이지 않기에 움직이는 오른팔만을 남자의 등짝을 향해 뻗고서.

"살아 있는 건 알고 있었어."

순간, 이드라의 결의를 비웃듯이 남자가 들었던 도끼를 등 너머에 떨어뜨렸다. 비게 된 손으로 곧장 나이프를 뽑고 뒤돌아선 남자가 번뜩 휘두르자 이드라의 오른손이 팔꿈치 지점에서 날아갔다.

제분은 수차를 쓰니까 중노동과 연이 없어 비실거리는 얇은 팔이 날아갔다.

그렇지만——.

"——데리고 가아아아!!"

잘린 팔에서 작열이 기어올라 이드라의 시야가 새빨갛게 물들었다. 하지만 그 순간만은 아픔을 잊고서 이드라가 전력으로 외쳤다.

그, 피를 토하는 것만 같은 목소리 크기에 눈앞의 남자가 가볍게 눈썹을 세웠다.

이드라의 외침과 행동, 그 목적을 이해하지 못한 듯하지만——.

"쯧."

혀를 찬 남자가 이드라의 팔을 잘라낸 나이프를 던졌다.

그것은 남자의 배후, 바닥을 기는 슈바르츠—— 아니, 이미 그쪽에는 없다. 슈바르츠를 메고 달아나는, 기분 나쁘게 꿈틀대는 풍경을 노리고 던진 것이다.

——히아인이다.

숨을 죽이고 숨어 있던 히아인이 슈바르츠를 메고서 도망쳤다. 그 모습을 본 이드라는 이를 악물고 남자의 등에 몸통박치기를 날렸다.

"푸억."

그 몸통박치기는 회피당하고 도리어 무릎차기를 맞아 쓰러졌다. 그러나 쓰러진 충격에 얻어맞은 왼팔이 격통을 대가로 움직이게 되었다. 빠진 어깨가 들어간 것이다.

그리고 왼팔 옆에 남자가 떨어뜨린 도끼가 구르고 있다는 기적이 연거푸 이어졌다.

"도망쳤다고는 생각 안 했나?"

나이프를 잃고 도끼도 빼앗긴 남자가 이드라를 보며 갸우뚱거렸다.

무기를 잃었어도 조금도 불리해졌다고 여기지 않는 표정. 그것도 당연하다. 이드라가 흘린 피도, 흐르고 있는 피도 멎질 않는다.

살아 있는 것이 기적이며, 이미 기적은 과하게 일어났다.

그러니까 이드라는 남자의 물음에 고개를 가로저었다.

"아니, 도망쳤다고 생각했었지. 하지만 이렇게도 믿고 있었어."

"________."

"녀석이, 도망치지 않고 남아 주었다면 좋겠다고."

비굴하고 겁이 많으며 우쭐대기 쉬운, 악인만 아닐 뿐인 남자.

이드라는 그런 히아인이 도망치지 않고 남아 주면 좋겠다며 우직하게 믿었을 뿐.

역시 인간이란 쉽게 변할 수 없었다.

주위 인간들을 속이고 이용하겠답시고 전사라며 주장하던 거짓말도 금세 들통 났다.

설령 선인 행세한다며 손가락질당하며 비웃음을 사더라도.

이드라 미상가는 전사도, 사기꾼도 되지 못한다.

왼손 하나로 도끼를 쳐든 이드라가 피를 흘리며 외쳤다.

"나는 이드라 미상가! 제분업자의 후계자다!!"

"알 바 없어."

지금 가진 모든 힘을 쥐어짜내어 이드라는 심드렁한 표정의 남자에게 돌격했다.

——그날, 슈바르츠 덕분에 거짓말쟁이가 되지 않고 넘어가서 다행이라 생각했다.

6

필사적으로 달리는 몸에 메여 사지에서 끌려 나왔다.

상처도 안부도 개의치 않고 세게 흔들리지만 그도 당연하다.

스바루도 심각한 꼴이지만, 상대의 몸은 그 수준이 아니니까.

"히, 아, 히아, 인……."

아플 만큼 세게 허리가 잡힌 스바루는 상대의 몸에 손톱을 박았다.

어디를 할퀴었는지도 잘 모르겠다. 그 정도로 상대는 엉망진창이었다.

상처투성이 정도가 아니라 색이나 무늬, 아무튼 모든 게 엉망진창이었다.

주위 풍경을 닥치는 대로 의태해서 무엇이 정답인지도 알 수 없어진 상태. 그런 상태로 달리던 몸이 갑자기 힘을 잃고 앞으로 고꾸라졌다.

"컥!"

당연하지만 상대가 넘어지면 스바루도 말려든다.

쓰러진 상대 앞에 나동그라진 스바루는 돌로 된 바닥에 굴렀다. 대비 자세도 취하지 못해서 앞니가 부러지는 충격을 받았다.

그대로 지끈거리는 고개를 들어 누운 채로 뒤를 보았다.

거기에――.

"히으, 히으……."

말 그대로 다 꺼져 가는 숨소리로 신음하는 히아인이 쓰러져 있었다.

맥없이 엎어진 히아인. 그 등짝 한복판에 큼직한 나이프가 깊숙이 꽂혀 있다. 언제 찔렸는지 모르겠다.

달려서 도망칠 때인지, 그보다 전인지, 그보다 더 전이었다 해도 방법이 없었다.

스바루가 죽으면, 되돌아가는 순간은 이드라의 머리가 깨지기 직전이다.

어쩌면 이미 깨진 다음일지도 모른다. ――아니다. 깨지지 않게 밖으로 뛰쳐나갔으니 떨어지기 전이거나, 떨어진 다음, 아니면 공중일 수도.

세 사람이 전원 죽지 않도록 떨어지는 것은 아무리 해도 어려웠다. 처음으로 잘 되었다 싶었는데, 토드는 왔다.

이드라의 목소리가, 히아인의 호흡이 아득하다.

이미 모든 것이, 손이 닿지 않는 위치에.

"이, 상, 하지……."

쓰러진 채로 기려는 스바루의 귀에 히아인의 힘없는 목소리가 들렸다.

물에서 얼굴을 내밀며 말하는 것 같은 목소리인 이유는 분명히 목에 피가 고인 탓이다. 아마 피를 뽑는 등의, 그런 조치 같은 게 필요하다.

그 조치를, 해야 한다. 의사가 아니라도, 해야만.

"생, 명이란 것은…… 꽃처럼, 예쁜 녀석부터, 꺾인다고, 옛날에, 들은 적……."

"말, 하지 마……. 지금, 갈 테니까, 바로……."

"그렇다면, 나처럼, 근성이 썩은 녀석이, 먼저 죽는 건, 이상…… 아."

긴다. 기어간다.

자기 핏물 속에 빠진 히아인을, 땅 위로 끌어올리기 위해서.

그런데 몸이 조금도 전진하질 않는다.

"하지만……."

조금도 전진하지 않고, 닿지 않는다.

"내가 먼저라…… 그나마, 낫나."

거북이가 기는 것보다 느리다. 느리기 짝이 없는 속도로, 개미보다 작은 움직임으로 기었다.

기고, 기어가서, 간신히 닿았을 때에는, 늦었다.

"————."

히아인의 색이 원래 회색으로 돌아와 있었다.

등에 나이프가 꽂히고 팔도 하나 부러진 상태로, 온몸에서 피를 흘리고 있는 히아인은 여기까지 달려오는 도중에 죽었어도 이상하지 않았다.

어쩌면 죽은 채로 달리고 있었을지도 모른다. 분명히 그렇다.

이젠 스바루가 구할 수 없는 모두는 죽고 말았다.

스바루가 죽인 거나 마찬가지니까.

전부 다 구하지 못했으니, 전부 다 죽인 거나 똑같으니.

"끄히."

얼굴을 더럽히는 것은 피인가, 눈물인가, 콧물인가.

이젠 어느 것이 어느 것인지, 뭐가 뭔지, 누가 누구인지, 답이 어쨌든, 이젠.

이젠, 이젠, 이젠, 이젠, 이젠 모든 것을 알 수가 없어서.

"——어라, 거기서 신음하고 있는 건 혹시 밧스인가요?"

"————."

"아아, 역시, 밧스! 이거 참, 이런 상황에 마주치다니 이런 우연이 다 있네요. 제법 떠들썩한 사태가 되었습니다만, 흥은 나던가요?"

멍하니 모든 것을 포기한 기분의 스바루에게 경망스러운 목소리가 들렸다.

이럴 때에 할 소리냐며 놀랐다.

이런, 모든 것이 다 끝났을 때에 이제 와서 할 소리냐며 놀랐다.

목소리가 나온 뒤쪽으로 돌아누울 수가 없다. 간신히 몸을 일으켜서 이, 어처구니없는 소리를 던진 상대를 눈으로 보고, 뭐라 말을 해야 한다는 생각에 온몸의 힘을 동원해서——.

“굳이 목숨 걸고 돌아보지 않아도 돼요.”

“——아.”

“그도 그럴 것이, 무리를 해야 할 곳은 여기가 아니잖아요?”

선수를 쳐서 앞쪽으로 온 상대—— 세실스가 스바루의 얼굴을 들여다보며 말했다.

몸의 왼쪽 절반이 검게 탔음에도 환하게 웃는 『푸른 뇌광』이.

제7장 『I know』

1

——그 절망적인 참상 속에 명랑하게 웃는 얼굴과 목소리는 너무나 어울리지 않았다.

처참하게 기모노가 불타고 얼굴 왼쪽까지 검게 탔으면서, 바라보는 세실스의 태도는 평소와 똑같아 너무 기이했다.

"세, 시……."

"보아하니 그쪽도 꽤 큰일이었나 보네요. 저기에 석척인 분도 죽었고, 상황을 보면 녹인족 아가씨나 『합』의 다른 친구들도 전멸했을까요."

"——큭."

"어라, 혹시 아직 저 사람이 죽은 걸 인정하지 않았어요?"

스바루의 안구가 떨리자 세실스가 심경을 읽어냈다.

그 즉시 분노가 치솟았다. 그렇게 마음을 읽는 짓을 할 줄 아는데 어째서 지금 스바루의 마음에 전혀 다가설 줄 모르는지.

어째서 경망스럽게 히아인이 죽었다는 말을 할 수 있는지.

"죽었어요, 철저하게. 다만 나쁘지 않은 표정으로 죽었네요."

"죽, 었, 는데……."

"좋은 것도 나쁜 것도 없단 생각인가요? 그 부분은 견해의 차이겠네요. 좋은 삶이 있으면 좋은 죽음도 있는 법. 받아들이는 사람이 어떻게 느끼는지에 참견하는 재미없는 짓은 그만두죠. 석척인 분은 좋은 죽음을 맞았습니다. 이 얼굴이 그 증거예요."

나불대는 세실스에게 스바루는 아무 말도 할 수 없었다.

말에 수긍한 것이 아니라 무의미하다 여겼다. 죽은 히아인의 얼굴은 보고 싶지도 않고, 세실스와 이해를 나눌 수 있다는 생각도 전혀 없다.

그렇기에 그의 주장에 어울릴 이유는 한 톨도 없다고 생각했다.

"자, 여기서 만나서 뭐하지만 실은 제 쪽도 바빠서요. 섬 안에서 날뛰는 반라의 여성과 절찬 대결 중이에요."

굽힌 허리를 쭉 편 세실스는 말없는 스바루에 개의치 않고 멋대로 대화를 이어 갔다.

화제에 올라온 상대가 아라키아라는 것은 금세 알 수 있었다. 지옥의 『스파르카』가 시작되고 한동안 모습이 보이지 않던 그녀는 세실스가 잡아 두고 있었던 모양이다.

『구신장』을 막을 수 있는 것은 썩어도 같은 『구신장』이라는 뜻인가.

"단지 보다시피 노릇노릇 고전 중이라서요. 있긴 있네요, 저랑 정면으로 붙을 수 있는 상대가. 천검(天劍)에 이르는 길은 혼자 가야만 한다고 확신했었는데요."

"어째, 서……."

"네? 뭐죠?"

"어째서, 즐거워, 보이는데……."

말 그대로 영혼을 쥐어짜는 고심 끝에 입에서 나온 화풀이.

그렇다. 그냥 화풀이였다. 이 지옥 같은 상황에 바이츠도 탄자도 이드라도 히아인도, 모두 다 죽어 버린 이 섬에서 웃는 세실스가 밉살맞아서 나온.

어떻게 웃을 수 있나. 이 상황의 대체 뭐가 재미있나.

"어째서……!"

"아아, 그건 인과 관계가 반대예요. 즐거우니까 웃는 것이 아니라, 웃음으로 즐거워져 간다는 상황을 연출하는 거죠."

"——아?"

"좌우간에 잔혹한 세상에서는 누구나 자신의 이상을, 행복을 추구합니다. 그 방식은 천차만별, 사람마다 다른 철학이 있겠지만 어느 것이든 그에 상응한 신의를 내걸어야죠. 그리고 제가 내건 신의가 바로 이 태도란 겁니다."

말한 세실스는 까맣게 탄 왼쪽 뺨을 오른손으로 만졌다. 숯이 된 피부가 후두둑 벗겨지지만, 상상을 초월할 아픔 속에서도 웃음은 굳건하다.

아픔을 느끼지 않는다는 식의 반칙에 의지하지 않은 채 세실스는 미소를 지켰다.

"이 세계의 주연 배우라면! 각본에 의지하지 않고, 각본이 제게 의지하게 해야죠. 어째서 웃느냐고 물으면 저는 그리 대답하겠습니다."

"———."

"웃는 것은 누구를 위해서인가, 저 자신을 위해서죠. ——천상의 관람자가 언제 어느 순간을 보든 부끄럽지 않도록."

"———."

"자, 밧스, 당신은 어떤 신의를 내걸겠어요?"

몸 절반이 불탔음에도 웃음을 고수하는 세실스의 철학.

그것은 스바루가 전혀 이해할 수 없는 것이었지만, 감정대로 폄하하긴 저어되는 기묘한 신앙심 같은 느낌이 전해졌다.

관람자. 세실스는 전에도 같은 말을 입에 담았었다.

누군가, 혹은 무엇인가, 이 세상 것이 아닌 존재가 자신들을 보고 있다고 말하듯이.

이런 상황 속에도 그렇게 장담할 수 있다면 신념이 확고한 것이니 필시 아무도 꺾지 못할 것이다.

그렇기에——.

"어이쿠, 휴식 끝인가 보네요."

하층에 내려선 아라키아의 모습을 보아도 그렇게 말하고 웃음은 지우지 않았다.

"세실스……."

그 등에 불꽃의 날개를 달고 분노한 표정으로 세실스를 바라보는 아라키아. 하지만 손에 든 나뭇가지는 부러지고 한쪽 눈을 가리던 안대는 없어진 상태다.

안대 속을 보이길 꺼려서 빈손으로 왼눈을 가린 아라키아는 격화되는 감정에 따라 홰를 치는 불꽃의 날개로 세계를 불태웠다.

분노의 덤터기를 쓴 통로의 벽과 바닥, 그리고 쓰러진 히아인의 시체까지도——.

"——윽."

"여기서 다 함께 타 죽으면 저 죽음에 보답할 수 있을까요? 어울리지 않게 한 소리 해 봤습니다. 남아 있든 떠나든 마음대로 하시죠."

불타기 시작한 히아인의 몸에 낯빛이 바뀐 스바루를 세실스가 말로 베었다.

그 아픔에 눈을 꼭 감았던 스바루는 뜨거워지기 시작한 지면에서 자기 몸을 떼어 내고 일어섰다. 일어서서, 히아인에게 등을 돌렸다.

머리가 아프다. 피가 부족하다. 무력감으로 가슴은 내내 터질 것만 같다.

그런데도 왜 아직 스바루는 일어서는가. 여기서 타 죽는 것도 거절하고 어금니 뒤에 넣어 둔 '약'에도 의지하지 않으며, 어째서.

"그러면, 이승에서 다시."

질문도 대답도 알지 못한 채로 스바루는 등을 떠밀린 것처럼 달리기 시작했다.

달리는 발을 질질 끌며, 너무나도 느린 속도로 달렸다.

더 일찍 이 속도를 낼 수 있었으면 이드라와 히아인을, 바이츠와 탄자를 죽게 두지 않을 수 있던 게 아니냐고 후회하면서.

스바루는 여전히 달리며 도망쳤다. ——계속 도망쳤다.

2

"나 원 참, 퍽 미움을 받나 보네요, 저."

주춤주춤 달리는 등짝을 배웅한 세실스는 불타는 여자의 분노와 마주했다.

한쪽 눈을 가리고 세실스를 노려보는 여자. 그 분노가 향하는 곳이 자신이라는 사실은 알겠지만 중요한 분노의 원천이 어디서 솟는지를 도통 알 수가 없었다.

설마 나뭇가지를 부러뜨리고 안대를 빼앗아서 꽁한 것도 아닐 테고.

"참고로 저는 접한 상대를 대개 화나게 하는 특기가 있는데요, 이번에도 어김없이…… 전혀 짚이는 데가 없네요!"

"——윽, 언제까지 장난칠 거야……!"

"흠흠, 장난이 심하다 이건가요. 참고로 어느 부분이 장난치는 것인지 여쭈어도 될지?"

"그! 그 모습은 대체 뭐야……!"

그 순간, 울고 있나 착각할 기백으로 외친 고함에 세실스는 갸우뚱했다.

대체 뭐냐고 물어도 노릇하게 절반 구운 것은 다름 아닌 그녀건만.

"하지만 아마 그런 뜻이 아닐 테죠. 혹시 저랑 당신은 아는 사이인가요?"

"장난……."

"아닌데요, 그렇게 말해도 믿을 만한 증거는 제시할 수 없으니 주장만 할 수밖에요. 하지만 그렇군요. 그리 생각하니 여러 가지로 앞뒤가 맞는 기분도."

세실스는 세운 손가락으로 그녀로부터 빼앗은 안대를 빙글빙글 돌리면서 끄덕였다.

검노고도에 오기 전의 기억은 영 애매하다.

전에 스바루에게 대답한 대로 이것은 사실. 별로 마음에 두지 않는 것도 사실. 그렇긴 해도 뭔가가 있을 거라 짐작은 하던 중에 아는 눈치로 등장한 인물이 저 소녀다.

이 사라진 기억 속에 그녀가 있었다면 대체 어떤 이야기가 있었을지──.

"그런 식으로…… 아무도, 아무것도, 가르쳐 주지 않지……!"

생각에 잠긴 세실스 앞에서 분한 듯이 목소리를 떠는 그녀의 불꽃에 변화가 발생했다.

분노와 혼란에 강한 괴로움이 섞여서 불꽃의 날개가 붉은색에서 파란색으로 변화했다. 취미가 마음에 든다.

"숨기고 있어, 공주님도, 각하도……. 나는, 항상……."

"따돌림받아서 괴롭다고요?"

"──읏."

별것 아닌 한마디가 정곡을 찔렀는지 그녀의 표정이 굳었다.

흔들리는 붉은 눈동자를 보고 있으려니 뿌예진 저편에 있는 감정이 욱신대는 것 같기도 하고 그렇지 않은 것 같기도 해서, 결국 그녀와의 관계는 잘 알 수가 없었다.

"뭐, 양호한 관계라면 죽이려 드는 것도 이상한 얘기고, 분명히 꽤 살벌한 사이였을 거라 추측하죠. 이 상황과도 딱 맞고요!"

"세실스……."

"긴 얘기는 관객이 지루해합니다. 슬슬 무대를 움직이죠. 공교롭게도 저는 아무런 답을 줄 수 없지만 당신의 가슴에 얹힌 것이 약간 풀릴지도요."

뭉근히 아픈 반신을 숨기고 돌리던 안대를 움켜쥐고서 그녀와 마주했다.

대화를 끝내고 말로는 닿지 못할 영역으로 대화하길 청하는 세실스의 자세에 소녀는 잠시 침묵한 뒤, 천천히 왼손을 내렸다.

그 너머에 있는, 빛이 없는 붉은 눈과 마주한 세실스는 쓴웃음을 지었다.

"진심으로 오시죠. ――당신은 항상 달걀 부침을 반만 익혀요."

"――웃."

"어라? 방금 무슨 소리 튀어나왔죠?"

반사적으로 입을 비집고 나온 자기 말에 의문이 든 세실스는 고개를 갸웃했다.

다만 그것은 더더욱 그녀의 분노를 사는 결과가 된 듯했다.

"――――."

맹포하게 솟구치며 확대되는 파란 불꽃이 섬의 하층을 태운다.

세실스는 자신 또한 『푸른 뇌광』으로 화해 그 타오르는 불꽃 속으로 뛰어들었다.

3

“하아, 하아, 하아…….”

스바루는 말 그대로, 진짜 의미로 지옥으로 화한 검노고도에서 필사적으로 도망치고 있었다.

작전이고 계획이고, 뒷일을 염두에 둔 것은 이미 아무것도 없다. 다들 죽게 두고 말았다.

전부, 뭐든지, 잘 해낼 수 있을 줄 알았었다.

두 번의 『스파르카』를 극복하고, 『합』의 동료들과도 힘을 합쳐서 어떤 난관이든 넘을 수 있을 거라 기고만장하며. ——당치도 않은 착각, 바보 같은 오만이었다.

애초에 스바루는 여러 번 죽음을 겪었다. 죽어도 다시 할 수 있는 기회가 있었으니 잘 풀린 것처럼 보였을 뿐이다.

정말로 유능한 사람이라면 한 번도 죽지 않고 전부 잘 풀어나가기 마련이다.

예를 들어 그 무시무시한 존재, 토드 팽처럼.

“제기랄…….”

불타는 하층에서 밖으로 뛰쳐나온 스바루는 화상을 입은 손으로 거칠게 벽을 두드렸다.

조그만 주먹, 허약한 몸, 굴러가지 않는 머리와 쓸모가 없는 권능. 패배한 이유는 손가락 발가락을 다 합쳐도 모자랄 정도다.

오히려 뭐가 있기는 한가. 눈매만 고약한 꼬마에게——.

“슈바르츠, 님.”

"——아."

분해서 발길을 멈추고 자기 자신을 저주하던 스바루의 목이 갑자기 부르는 소리에 비명을 꾹 삼켰다.

그 순간, 가장 두려운 존재에게 따라잡힌 줄 알고. 그러나 목소리도 호칭도 달랐다. 그리고 그 목소리와 호칭을 쓰는 상대를 알고 있었다.

"——탄자?"

놀라서 목소리가 들린 쪽을 돌아봤다가 그늘에 있는 소녀를 발견하고 충격에 얻어맞았다.

힘없이 밭은 호흡으로 스바루를 부른 인물은 토드의 손으로 통로에서 던져진 후의 안부를 알 수 없던 탄자였다.

발을 질질 끄는 그녀는 온몸이 폭삭 젖었으며 기모노를 벗어던진 하얀 쥬반 차림이었다. 머리에 난 두 개의 뿔 중 한 쪽은 부러진, 엉망이 된 몰골이었다.

그런데도——.

"슈바르츠 님, 용케도, 무사하셔서……."

동그란 눈동자가 안도감에 흔들리고, 스바루는 마음속 깊이 괴로운 기분을 맛보았다.

젖은 그녀를 보면 상층에서 호수에 추락한 것을 알 수 있다. 흉포한 수서 마수가 산다는 호수. 예삿일이 아니었음을 뜻하는 증거가 부러진 뿔이었다.

힘들다, 괴롭다, 구해 달라고 울부짖으며 어른에게 기대어야 마땅한 어린아이다.

그런 탄자가 스바루를 발견하자 '다행이다' 하고 눈매가 부드러워졌다.

이런, 아무것도 하지 못하는, 나츠키 스바루를 발견하고――.

"――아."

그렇게 생각한 순간이었다.

다리 힘이 빠져서 스바루는 그 자리에 주저앉았다.

"슈바르츠 님……?!"

무릎을 꿇은 스바루를 보자 낯빛이 바뀐 탄자가 달려왔다.

달리는 모습이 이상한 걸 보면 다리가 부러졌을지도 모른다. 잘 보니 젖은 쥬반에도 붉은 얼룩이 있다. 그녀 또한 스바루를 걱정할 때가 아닌 부상자다.

엄청나게 아프고 힘들 텐데도 스바루를 걱정해 주고 있다.

그런 탄자의 기대에도 아무런 보답을 해 줄 수 없다고 깨달은 순간, 힘이 빠졌다.

――그저 자기 자신에게 정나미가 떨어져 버렸다.

"――――."

아픔도, 공포도 아니었다.

나츠키 스바루를 절망시킨 것은 그렇게 알기 쉬운 괴로움이 아니었다.

보내는 기대에, 소망에 보답하지 못하는 것.

그것이야말로 나츠키 스바루를 가장 절망시키는 맹독이었다.

"슈바르츠 님, 마음을 굳게 먹으시길! 이드라 님과, 히아인 님은……."

"죽었어……. 둘 다, 나를 감싸다가."

"——아."

다들 죽고 말았다. 그냥 구하지 못한 것이 아니라, 도리어 도움을 받았다.

바이츠도, 이드라도, 히아인도, 세 사람 모두 스바루를 감싸다 죽고 말았다. 탄자가 죽을 뻔한 것도 움직이지 못한 스바루를 지키려 했기 때문이다.

모두가 죽은 것은 스바루 탓이고. 모두를 죽인 것도 스바루 탓이며.

이 검노고도의 대참사는 전부 나츠키 스바루 탓이었다.

"슈바르츠 님…… 이곳을, 떠나죠. 지금 바로 어딘가 숨어야."

"숨어 봤자 헛수고야. 어차피 금방 들켜서……."

"그렇다 해도요! 이대로 여기서 아무것도 하지 않은 채로 죽기만을 기다리실 건가요? 그래서는 『합』의 여러분은 무엇 때문에 목숨을 잃은 것인데요!"

매달리듯 건드린 탄자는 움직이지 않는 스바루가 답답해서 소리쳤다.

그 울음 섞인 호소에도 스바루의 마음은 자꾸자꾸 차가워지며 싸늘하게 식었다.

탄자의 말대로 『합』에 속한 세 사람의 죽음은 무의미했다. 개죽음하게 만들었다.

스바루를 감쌀 의미란 없었다. 거짓말까지 해서 속이고, 죽게 한 셈이다.

그런 거짓말은 하지 말 걸 그랬다. 끝까지 속이지 못할 바에야, 거짓말까지 해서 아무것도 얻어내지 못할 바에야, 거짓말 따윈 하지 말았어야 했다.

그러면 세 사람도, 스바루 대신에 죽으려고 하지 않았을 것이다.

황제의 아들이 아닌, 나츠키 슈바르츠도 아닌, 나츠키 스바루를 위해서는.

"슈바르츠 님! 여기서 쓰러지면――."

"다 거짓말이야, 탄자."

"――――."

"황제의 사생아란 소리는 순 거짓말이라고. 나는 훌륭하고, 엄청 멋진 아버지의 자식이지만…… 황제의, 자식은, 아니야."

고개 숙인 스바루는 안이하게 의존하려던 거짓말을, 거짓된 기대를 스스로 고백했다.

더 일찍 이랬으면―― 아니다. 처음부터 그런 거짓말을 해서는 안 되었다.

"――――."

동그란 눈을 더욱 동그랗게 뜬 탄자가 스바루의 고백에 말을 잃고 있었다.

당연했다. 이 상황에 무슨 거짓말을 했느냐고 스바루 본인부터 저주하고 싶다. 속았다고 그녀가 분노에 몸을 내맡겨도 전혀 이상하지 않다.

오히려 탄자의 손에 죽어도 어쩔 수 없는 일이었다.

"슈바르츠 님……."

그러니까 탄자의 손이 천천히 어깨로 뻗어왔을 때 받아들이려고 했다.

속인 스바루에게 속은 탄자가 내리는, 정당한 벌을――.

"――어깨를 부축하겠습니다. 그러니 어서 여기서 떠나죠."

"어……."

――탄자는 스바루를 벌하려 하지 않았다.

얇은 입술을 다문 탄자는 스바루의 어깨에 팔을 두르고 그 몸을 일으키려 했다. 진심으로 스바루를 구해낼 의도라 무심코 "잠깐." 하는 말이 흘러나왔다.

똑바로 전부 전했다. 거짓말이라고 말했다.

"듣지, 못했냐……. 나는!"

"황제 각하의, 서자가 아니라 들었습니다. 그에 관해서는 나중에……."

"나중이고 자시고 할 것 없잖아?! 황제와 관계가 없다고! 그렇다면 이제 날 구할 이유는……."

아무것도 없다. 없던 것을 있는 것처럼 꾸민 스바루의 죄다.

그것이 세 사람의 목숨을 빼앗는 결과를 낳아서――.

"――슈바르츠 님, 정말로 그리 생각하시나요?"

어깨에 닿은 작은 손을 쳐내려던 스바루의 움직임이 멈추었다.

눈앞에 쪼그린 탄자가 정면으로 스바루의 눈을 빤히 응시하고 있었다. 그 눈동자에서 눈을 떼지 못한 상태로, 들은 말의 의미를 잘 해독하지 못했다.

그리 생각하고 자시고, 전부 고스란히 진실을.

"바이츠 님도, 이드라 님도 히아인 님도, 모든 분이 전부 당신이 하신 거짓말 때문에 슈바르츠 님을 목숨 걸고 지키려 했다고, 진심으로?"

"그, 그치만…… 그치만 내가, 황제의 자식이라고."

"저도 다른 분들도 믿고 있었습니다. 하지만 그 세 분이…… 겁 많고, 비겁하고, 거짓말쟁이인 그분들이 제국에 대한 충성심이나 애국심으로 목숨을 걸리라 생각하시나요?"

올곧은 소녀의 물음에 스바루는 천천히 세 사람의 얼굴을 떠올리기 시작했다.

겁이 많아 보신 때문에 도망치려던 히아인.

비겁하게도 주위의 뒤통수를 치고 살아남으려 발버둥 치던 바이츠.

거짓말로 자신을 포장해 모두를 조종하려던 이드라.

처음에는 누구와도 친해질 수 있을 느낌이 없었다. 세 사람도 같은 기분이었을 것이다.

그런데도 세 사람은 끝에 가서 목숨 걸고 스바루를 감쌌다. 지켰다. 피신시켰다.

어째서인가. 그것은 세 사람이 스바루가 황제의 사생아라고 여겼기 때문에.

하지만 만약. ——만약 그게 아니었다면.

"어째, 서……?"

"슈바르츠 님이 착실하게 그 세 분께 다가서는 분이기 때문이에요."

"――――."

"착실하게 말을 나누고, 확실하게 대답하고, 제대로 이해하려 하고…… 그렇게 슈바르츠 님께서 그분들과 가까워졌기 때문이에요."

모르겠다고 의문을 입에 담으려던 스바루에게 탄자가 눈을 바라보며 말했다.

스바루가 무엇을 했는지, 어째서 세 사람이 스바루를 구하려고 했는지, 그 답을 가르쳐 주려 했다.

그런데 스바루는 탄자가 하는 말의 의미를 알 수 없었다.

왜냐면――.

"그런 거야 당연하지. 별달리 특별한 짓은, 하지 않았어."

서로 협력할 상대와 말을 나누는 것도, 이해하려 하는 것도 당연한 일이다.

하지 못한 일도 물론 있다. 하려고 했다가 끝내 못한 일도. 하지만 그런 건 다들 당연히 하는 일이며 가까워지는 건 특별한 행위가 아니다.

"저는 그분들의 심정을 알아요. 저도 요르나 님께 구원받았습니다. 다가서 주셨지요. 분명히 세 분도 같을 거예요."

"――――."

"단지 그것만으로도 목숨을 걸 의미가 있다고…… 그런 생각이 드는 일도, 있어요."

치사하다. 치사한 말이었다.

이것이 스바루만 두고 하는 말이라면 그냥 과대평가라고 탄자에게 말할 수 있었다.

하지만 탄자는 그것을 요르나가 해 준 일이라고 이야기했다.

요르나 미시구레——. 많은 종족이 살아가는 마도의 여주인이며, 스바루가 아는 한 제국에서 가장 다정한 마음씨를 가진 여성.

요르나와 같다니 당치 않은 소리다. 황송한 데에도 정도가 있지.

하지만 그 세 사람은 어떻게 생각했던 것일까.

그 겁이 많지만 익살스럽고, 비겁하지만 믿음직하고, 거짓말쟁이지만 성실하고, 이곳에서 괴로운 경험만 하다가 죽을 이유라곤 없는 그들은.

"모두, 구하고 싶었어."

"구원받았습니다. 슈바르츠 님을 목숨 걸고 지키려 할 만큼."

"아니, 아니야. 그게 아니라……."

행여 탄자의 말이 맞을지도 모른다.

혹시 스바루의 생각 이상으로 세 사람은 스바루를 동료라고 여겼을지도 모른다.

스바루는 어쩌면 세 사람의 마음을 구원했었을지도 모른다.

하지만 마음만으로는 부족하다.

마음만 구하고서 해냈다는 생각은 못한다. 전부 다 구하고 싶다.

스바루는, 스바루의 아군을, 친절히 대해 준 사람을, 모두를 몸도 마음도 구하고 싶다.

그러지 못하면 나츠키 켄이치의 아들이—— 아니다.

"——내가, 싫어."

손쓸 도리 없이 막막하고 모든 것이 죽어 없어져 끝나가는 세계.

어느덧 검노고도는 검은 연기에 휩싸였다. 호수 위에 떠오른 섬인데도 불타고, 불타서, 불이 번져 진정한 지옥처럼 생명을 모조리 끝내려는 것 같았다.

"이런 건……."

인정 못한다. 인정하고 싶지 않다. 누구도 구할 수 없는, 그런 결말에 무릎을 굽히기 싫다.

모두가 목숨을 던지도록 만들어 놓고 이제 끝이라니, 납득 못한다.

납득할 수 없다. 그러니까——.

"——나는, 너에게, 지고 싶지 않아."

"이기고 지는 건 아무래도 좋은데."

치솟는 검은 연기를 등진 채 손에 든 도끼로 어깨를 두드리던 남자가 고개를 기울이고 대꾸했다.

4

피로 범벅된 도끼를 메고 느릿하게 나타난 남자의 모습은 한순간 다른 사람인가 착각할 정도였다.

트레이드마크라고도 할 수 있는 머리띠가 풀려서 주황색 머리카락을 늘어뜨린 모습은 낯익은 인상과 크게 달랐기 때문이다.

단, 그 두 눈—— 사악함을 숨기지 못하는 녹색 눈동자가 정체를 전혀 위장하지 않았다.

"토드……."

"당신도 악운이 세군. 통로가 불탄 바람에 따라잡는 데에 시간이 걸렸어. 아라키아에겐 물을 쓰라고 당부했는데."

"————."

"아무래도 아라키아도 손을 떼지 못하는 상황 같더군. 중요할 때에 못 써먹을 녀석이야."

못마땅하게 말하고는 있지만 토드의 눈에는 아라키아에 대해 아무 관심이 없었다.

처음부터 기대를 하지 않는다. 그러므로 낙담도 하지 않는다. 유감스러워하는 것은 그냥 시늉일 뿐, 이렇게 꺼내는 이야기도 죄다 거짓말이 아닌가 싶다.

필요하다면 필요한 대로 거짓말을 하고 주위를 이용하는 토드다운 거짓말——.

"그 이상, 접근하지 마세요……."

그런 토드의 전진을 주변의 돌을 주운 탄자가 견제했다.

어린아이 같지 않은 완력의 탄자라면 단순한 투석이라도 충분히 흉기가 된다. 그 점을 알기 때문인지 토드는 탄자에게 고요한 경계를 보내며 말했다.

"호수에 떨어뜨렸는데 끈질긴 아가씨네. 당신도 아까 그놈들하고 같은 족속인가?"

"……그게, 『합』의 여러분을 말하는 거라면."

"성가신 눈빛이야. 나도 결사적인 족속의 위험성을 가볍게 볼 생각은 없어. 그렇다면 피차 움직일 수가 없으니 귀찮은걸."

말하던 토드가 머리카락을 손으로 쓸어 올렸다. 그 언동에서 그가 머리띠를 잃은 것은 남았던 이드라의 공적임이 전해졌다.
쓰러뜨린 것도, 상처를 입힌 것도 아니라, 머리띠를 빼앗았을 뿐.
그런데도 이드라가 한 방 먹였기에 토드는 스바루와 그 동료를 경계하고 있다. 그 경계가 토드를 신중하게 만들어 스바루와 탄자의 합류와, 이 대치 상태를 유발했다.
"당신의…… 당신의 바람은, 뭔가요?"
"――? 집에 가고 싶을 뿐인데?"
진지한 물음에 그러한 대꾸를 받은 탄자의 입술이 분하게 일그러졌다.
하지만 스바루는 알 수 있다. 담담한 토드의 답변은 거짓도 뭣도 아님을.
"탄자, 더 이상 말 나눌 것 없어. 그 녀석과는, 내가 말하겠어."
"내 쪽은 할 얘기가 없다만, 꼬마야."
"우리의 빈틈을 엿보는 김에 장단이나 맞추시지. 아니면 다 죽어 가는 어린애가 무섭냐?"
"무섭지. 이 상황에 아직도 도발을 하는 꼬맹이는 무서워 미치겠어."
도발에는 일절 넘어오지 않고 경계심을 조금도 늦추지 않은 채, 상대가 어린아이라도 손에 여유를 두지 않는다.
정말이지 한사코 까다로운 상대라 궁지에 몰린 것도 당연하단 생각이 든다. 하지만 이런 생각도 들었다. 그렇게 신중하게, 머리를 짜내며 자기 자신을 과신하지 않는 자세란――.

"너는, 뭐든지 혼자 다 처리하려고 드는 거군."

"——뭐든지는 무리지. 자기 능력쯤은 분별하고 있어."

"아라키아와, 동료와 함께 왔는데도 전혀 신용하지 않아."

토드의 태도에서는 아라키아를 아끼는 마음이 전혀 느껴지지 않았다.

아라키아의 힘을 신뢰해 질 리 없다고 여기는 것이 아니다. 강약을 불문하고 아라키아를 대수롭지 않게 여기기 때문이다.

아라키아만이 아니다. 토드는 주변 전부를 그리 여기고 있다.

그렇기에 그 행동도 사고도 이상도, 전부 혼자 완결된 것이다.

"그런 너에게, 지고 싶지 않아."

"이기고 지는 문제가 아니지. 죽어만 준다면 딱히 당신네 승리라도 상관없어."

"내 패배는, 나만의 패배가 아니야. 탄자의, 히아인의, 바이츠의, 이드라의, 『합』 모두의 패배가 돼."

그것은 절대로 싫었다.

스바루 일행은 다 같이 싸우고 저항하며 승리를 노리는 『합』이었다.

그렇기에 이기는 것이다. ——전원이서, 이기러 가는 것이다.

"——너처럼 될 뻔했어."

죽어 가는 몸으로 무릎 꿇은 스바루가 가슴에 손을 얹었다.

그 말에 토드는 눈썹을 모았지만 탄자를 경계하기에 섣불리 움직이지 못했다. 그래도 스바루가 눈에 띄는 반격을 하려고 들면 저지하러 움직일 터.

하지만 스바루는 그 자리에 무릎 꿇은 채로 움직이지 않았다.

"토드."

그리고 움직일 필요도 없었다. ——단 한마디만 입에 올릴 뿐이다.

"——나는, 『사망귀환』을, 하고 있다."

스바루는 자그마한 망설임을 딛고 넘어서서 그 말을 입에 올렸다.

그 말을 입에 올리면 무슨 일이 일어날지 각오하고서, 가슴에 손을 짚은 채로 또렷하게 말했다.

그리고——.

"……뭐?"

한순간 공백 뒤에 토드의 미간에 새겨진 주름이 깊어졌다.

그 말의 의미를 알지 못한 탄자 쪽도 같은 의문이 서린 기척이 돌아왔다. 두 사람의 반응과, 아프지 않은 자신의 가슴에 스바루는 오류의 원인을 깨달았다.

설령 몸이 줄어들어도 반드시 스바루에게 떨어져야 할 재앙. 시간이 멈춘 세계를 지배하는 검은 그림자와 금기를 깨트린 벌로서 주어지는 견디기 어려운 고통.

그것이 찾아오지 않는다. 어째서인가. ——『마녀』가, 스바루를 놓쳐 버렸기 때문이다.

"————."

홍유리성의 천수각, 검노고도의 『스파르카』, 토드가 시작한 대학살—— 거듭된 '죽음'의 나선에 따라오다가 끝내는 리스타트 지점이 뒤로 밀리기까지 한 권능의 오류.
본능적으로 스바루는 이해하고 있었다. 새가 나는 법을, 물고기가 헤엄치는 법을 잊지 않듯이.
——나츠키 스바루는 자기 권능을 사용하는 법을 잊지 않는다.
나츠키 스바루는 자기 권능을 사용하는 법을 잊지 않는다.
깨달을 여지라면 더 일찍, 더욱 일찍부터 있었다.
『스파르카』에서도, 대학살 중에도, 풀려나온 검투수—— 마수가 스바루에게 쇄도하지 않은 시점에서 독기가 흐려졌고 『마녀』의 손길이 멀어졌음을 깨달아야 했었다.
『마녀』가 스바루를 놓쳐 버렸음을. ——그렇기에 외쳤다.
"나는, 『사망귀환』을 하고 있다!"
"——읏, 당신."
"나는 『사망귀환』을 하고 있다! 『사망귀환』이다! 알겠나, 『사망귀환』이야!"
——『사망귀환』은 누구에게도 털어놓아서는 안 된다.
그것은 견디기 어려운 고통이 뒤따르는 페널티가 있기 때문이며, 그 이상의, 마음이 갈라지는 절망과도 직통할 가능성이 있기 때문이다.
그 구조를 악용해 들려준 상대의 목숨을 빼앗겠다는 기대는 하지도 않는다.
탄자에게 귀를 막으라 하지도 않았다. 토드에게도 들려주고 싶지 않은 정보를 주고 있다.
하지만 진짜 목표는 토드도, 이 섬에 있는 다른 누군가도 아니었다.

"――나는, 『사망귀환』을 하고 있다!"

스바루는 하늘을 쳐다보며 검은 연기가 오르는 흐린 하늘에 목 터져라 외쳤다.

만신창이라 자신이 외친 소리가 내장에 울려서 아팠다. 죽을 것 같다. 하지만 스바루가 각오한, 바라는 아픔은 이 정도 수준이 아니었다.

세실스는 관람자에게 부끄럽지 않도록 행동하자며 알아먹지도 못할 소리를 남겼다.

스바루와 세실스가 같은 상대를 머리에 그리고 있을 것 같지는 않다. 애초에 세실스가 한 말은 단순한 헛소리일 가능성이 높다. 하지만 그 헛소리가 깨우쳐 주었다.

세실스가 의식하는 관람자와 비슷하게, 스바루를 보고 있을 존재가 있다.

스바루를 보고 있을 그 존재가, 지금도 떨어지지 않은 채 스바루를 보고 있었더라면 이런 절망적인, '사랑' 이 없는 루프는 일어나지 않는다.

"――나는, 『사망귀환』을 하고 있다!"

나는 여기에 있어. 나를 찾아내 줘.

얌체 같은 소리인 것은 알아. 그래도 모두를 구하고 싶어.

나의, 나츠키 스바루의 권능만으로는 부족해.

그러니까――.

"……나를, 찾아내 줘, 사테라."

「——사랑해.」

이름을 부른, 그 순간이었다.

"────."

세계가 갑자기 색을 잃었다. 쨍쨍 시끄럽게 울리던 귀울림이 저 너머로 사라졌다.

팔다리가 움직이지 않는다. 혀가 바싹 마르고 저릿하다. 눈을 움직일 수도 없고 호흡도 불가능하다. 그 전부가, 부자유를 강요하는 강제력이, 천천히 심장 고동을 어지럽히는 위협이.

──칠흑의 그림자로 짠 드레스를 두른 사랑스러운 『마녀』가, 눈앞에 나타났다.

「사랑해.」

그런 말과 함께 『마녀』의 검은 마수(魔手)가 뻗어 온다.

그것이 스바루의 뺨을 어루만지고 조용히 애정을 담아 목덜미를 지나 쇄골을 훑고 갈비뼈 사이를 내려가 약속의 땅에 도착한다.

「사랑해. 사랑해. 사랑해.」

귀에 익숙한 사랑을 속삭이며 그 손가락이 스바루의, 어린아이의 가슴팍을 뚫고 내부에 소중히 갈무리된 생명의 기관을 부드럽게 감쌌다.

「사랑해. 사랑해. 사랑해. 사랑해. 사랑해.」

필시 스바루는 정신이 나간 것이리라.

속삭이는 무수한 사랑의 언령도, 그것을 배신하듯이 심장을 감싸는 손끝도, 이다음에 기다리는 이 세상의 종말 같은 고통도, 전부 고대되었다.

그렇기에――.

「사랑해. 사랑해.」

――끔찍하게 세계를 가득 메우는 언령조차도 나츠키 스바루를 부수지 못한다.

5

세계가 색을 되찾고 사라졌던 귀울림이 되살아난다. 팔다리의 감각과 저리던 혀가 회복되고 거칠게 호흡하며 스바루 이외의 시간이 움직이기 시작했다.

"욱."

가슴을 세게 부여잡은 스바루의 신음에 토드도 탄자도 영문을 몰랐을 것이다.

하지만 뒤따라 일어난 변화에는 둘 다 바로 깨달았을 터다.

"뭐지……?!"

섬뜩하게 굳은 표정의 토드가 주위를 매섭게 돌아봤다.

그 원인은 눈에 보이는 것이 아니라 들리는 소리── 그것도 울음소리다. 이 검노고도에 살아남은 마수가 공모한 것처럼 일제히 포효했다.

그것도 심상치 않은 기세로 흥분하며 이성을 잃은 듯한 기세로.

"──당신이냐."

순간, 위기감을 느낀 토드가 바로 그 원인이 스바루에게 있음을 간파했다.

천하의 토드라도 스바루가 외친 『사망귀환』의 의미는 이해하지 못한 모양이다.

하지만 그는 그 말을 이해할 필요가 없다고 잘라 내고 돌진했다.

"──음."

그런 토드에게 탄자가 던진 돌이 직격──. 하지만 노리기 쉬운 몸통으로 날아간 돌을 왼팔로 막은 토드는 신음을 참고서 반격의 도끼를 탄자에게 돌렸다.

그것이 탄자의 뿔이 부러진 머리에 닿기 직전──.

"슈바르츠 님?!"

뒤에서 어깨가 떠밀려 옆으로 쓰러진 탄자가 외쳤다.

그 자그마한 등이 감싸던 스바루가 탄자를 밀었던 것이다. 옆으로 긋는 도끼의 범위에서 탄자가 사라지지만 대신에 스바루가 그 자리에 포함되었다.

순간, 토드의 동공이 가늘어졌으나 도끼의 기세는 멈추지 않고 끝까지 휘둘러졌다.

천천히 육박한 칼날이 스바루의 목을 날리는── 순간이었다.

"——웃?!"

단단한 소리와 묵직한 충격이 날카롭게 울려 퍼지고 토드의 몸이 공중을 날았다.

나동그라진 토드가 곧바로 일어섰다. 하지만 크게 찢어진 입에서 핏방울을 흘리며 무릎이 요란하게 후들대고 있었다.

"쿨럭…… 방금, 그건……."

무슨 일이 일어났는지 모르겠다고 눈이 휘둥그레진 토드.

그런 토드에게 스바루는 손가락을 들이대며——.

"——인비지블 프로비던스."

방어가 허술하던 턱을 후려친 그 일격이 무엇인지 친절히 해설해 주었다.

"다음에는, 머리를 날려 버려 주지."

"————."

손가락을 들이대던 손을 거둔 스바루는 중지를 세우고 호언장담했다.

턱이 깨졌는지 그치지 않는 피를 뱉는 토드의 눈매가 사악 가늘어졌다. 그리고 그는 깨진 턱에 대한 보복을 시작하나 싶더니——.

"멋대로 죽으시지."

낮은 목소리로 말을 남기고 등 뒤에 솟구치는 검은 연기로 주저 없이 몸을 날렸다.

상황이 불리하다 싶은 즉시 집착이고 뭐고 다 내던지고 도주한 것이다.

"뭐, 그럴 거라, 생각, 했지만……."

"슈바르츠 님!"

사라진 토드를 지켜보던 탄자가 낯빛을 바꾸며 스바루에게 달려왔다. 탄자의 손을 잡기보다 먼저 스바루는 그 자리에 스르륵 무너졌다.

안 그래도 여기 오기 전부터 빈사 상태였다. 이드라와 히아인을 끌고 뛰어내린 순간, 아마 몸속의 뼈가 여럿 부러질 중상이었다.

하도 오랜만에 사용하는 『나태』의 권능은 여전히 스바루의 머리에 자극이 세서 코피가 뚝뚝 흘러나오는 데다가 그치지도 않았다.

하지만 어차피 코피가 그치지 않아도 별 차이 없었다.

토드가 마지막에 휘두른 도끼의 일격이 스바루의 오른쪽 어깨를 부수고 박혔으니까.

까딱 의식이 날아가지 않은 것은 이미 아픔이고 뭐고 관계없는 수준까지 스바루의 생명이 멀어졌다는 증거였다.

"슈바르츠 님, 슈바르츠 님……!"

"셋시, 가…… 저쪽, 에서, 아라키아하고……."

"아, 알겠습니다……! 알고, 알고 있어요, 그러니……."

"토드는, 이제…… 신경, 쓰지 않아도, 돼."

흐느끼는 탄자에게 가능한 말을 모두 남기고자 애썼다.

성격상 한 번 호된 맛을 본 토드가 다시 덤벼들 것 같지는 않았다. 그것이 그의 밉살맞은 점이며, 동시에 신용하고 이용할 만한 신조이기도 하다.

"슈바르츠, 님…… 여기에, 저는, 여기에 있으니까요……."

그렇게 필사적으로 말을 늘어놓는 스바루에게 탄자가 오열을 참으며 상대했다.

마지막의 마지막까지, 자신을 염려하는 스바루에게 무언가를 해 주어야 한다고, 필사적으로.

하지만 그게 아니다. 순서가 뒤죽박죽이다.

탄자가 먼저 친절히 대해 주었다. 모든 것에서 스바루가 생각을 고쳐먹게 해 주었다.

나츠키 스바루가 마지막의 마지막까지 포기하지 않아도 된다고 일깨워 주었다.

그 덕분에 아직, 아직 더 싸울 수가, 있다.

그러니까——.

"——다음, 이다."

스바루가 자그마한 결의를 입에 담은 순간, 탄자가 눈을 크게 떴다.

하지만 그녀에게는 그것이 죽어 가는 스바루의 마지막 오기처럼 들렸으리라.

눈에 눈물을 머금은 채로 가만히 감정을 참으며 탄자의 작은 손이, 가느다란 손가락이 떨리는 스바루의 손을 살며시 부드럽게 감싸 안았다.

그리고——.

"네, 그래요, 슈바르츠 님. 다음에는 꼭, 지지 않아요."

스바루의 마지막 소원을 더럽히지 않게, 눈물 흘리며 탄자가 말했다.

맞물리지가, 않는다. 하지만 상대를 구하고 싶다는 그 마음은 서로 맞물렸다.

그거면 충분했다.

그, 충분한 마음과 이 순간의 기분을 품은 채로——.

"——내가, 모두를."

——구해 내겠어.

그 결의를 최후로, 나츠키 스바루의 생명은 모두 불타서——.

6

——어둡고 어두운, 한없이 어두운 세계.

어둠밖에 존재하지 않고 빛이 들지 않은 공간이며, 기도나 소원이 닿지 않는 세상 끝.

그곳은 언제나 마음을 좀먹으며 무력감을 강요하고 한탄과 슬픔을 부르는 저주받은 절경이었다.

하지만 이때, 이 순간은, 찾아오기를 기다리던 것처럼 느꼈다.

「——사랑해.」

"——전부는 아니야. 그래도 알고 있어."

혼자서 해낼 수 있는 일은 그다지 많지 않다.

그렇게까지 잘난 사람이 아니다. 그렇기에 실수도 하고 각오도 뒤틀린다.

하지만——.

「——사랑해.」

"나도, 잘 알아. ——알고 있어."

놓아 버릴 뻔하려다가 비로소 알아낸 점이 있다.

그와 동시에, 여태까지 품던 감정을 어떻게 유지하면 될지 알 수 없어진 감도 있다.

하지만 알아 가고 싶다는 생각을 분명히 품게 되었으니까.

가장 소중한 것은 잘 알고 있다.

"고마워. ——다녀올게."

그 땅으로, 온갖 생명이 스러지는 절수의 땅으로——. 이제 더 이상은 지지 않기 위해서, 소중한 것을 짓밟히지 않기 위해서 나츠키 스바루는 재림한다.

——재림, 한다.

7

"——읏."

흥건하게 젖은 몸에 무리를 요하며 손끝에 걸린 대지를 끌어당겼다.

말 그대로 죽을 각오로——아니, 살 각오로 발버둥 쳤다.

칠흑 같은 물속, 도망칠 곳이 없는 공간을 필사적으로 버둥대고, 버둥대며, 버둥대다가——.

"후, 아아아악!"

흙을 거머쥔 오른손과 반대쪽, 왼손에 안고 있던 것을 뭍에 밀어올렸다. 단, 난폭하지 않고 정중하게, 깨지는 물건을 나르듯이 소중하게.

이 아이가 있었으니까 깨달을 수 있었다. 주위에 있는 커다란 애정을.

"으, 그억……."

소녀를 뭍으로 밀어 올렸다. 남은 것은 마지막 기력을 동원해 자기 자신을 구할 차례다. 그토록 호언장담한 판국이다. ——여기서 실수해서 물고기 밥이 되면 폼이 나지 않는다.

"——아."

"——어이쿠, 위험해라."

얄궂게도 집어넣은 기합이 허무하게 손가락이 미끄러진 순간, 그런 목소리가 손을 붙잡았다.

가느다란 손가락에 손목이 잡히자 이쪽도 그 손을 마주 잡았다. 그러자 기다리고 있었다는 듯한 반응을 알아차린 상대는 "어라?" 하고 갸우뚱했다.

"어라라, 혹시 생각했던 것보다 여유가 있었어요? 손을 내미는 게 성급했던가요."

"아니, 아슬아슬했어. 나이스 타이밍. ……혹시 언제 나설지 재고 있었어?"

"앗핫하! 아뇨, 아뇨, 피차 명장면을 의식하는 건 중요하려나 싶어서요!"

설마 싶은 가능성을 캐물으니 YES라고도 NO라고도 못할 무서운 대답이 나왔다. 상대는 그런 대화에도 켕기는 기색 없이 실실 웃으며 말했다.

"그나저나 참 용케도 끝까지 헤엄쳤어요! 우연히 바람 따라 제가 여기를 거닐던 것도 실로 기연! 아니, 아니, 이거 참, 근사하기도 하지!"

익사할 뻔한 상대에게도 그 태도를 관철하는 모습에 안심하다니 어처구니가 없다.

하지만 여기서부터 시작한 것이다. 그러니까 여기서부터 시작하는 것이다.

"——어쩐지 장대한 이야기가 시작될 예감이 들지 않아요?"

"응—— 사실은 마침 나도 그걸 시작하려고 마음먹은 참이거든."

——그 야단 떠는 뇌명(雷鳴)에, 나츠키 스바루는 사납게 웃으며 그리 대답했다.

8

——덜컹덜컹. 질풍마가 끄는 마차의 진동이 엉덩이에 느껴진다.

호화로운 마차다. 마부가 동행하고 진동은 적으며 가는 길의 식사 및 숙소 수배도 철저한, 극진한 대우의 여행이라 아주 좋다. ——이렇게 불편할 수가 없다.

"자기 입으로 말하기도 뭐하지만, 나는 철저하게 소시민이란 말이지."

"——다리, 곧 절반 지점."

갑자기 머리 위에서 날아온 목소리에 불편함이 한층 더 늘었다.

들려온 목소리의 주인은 지붕 위로, 마차 타는 법도 모르는 듯하다. 하지만 먼 곳을 경계시키는 데에 편리해서 구태여 그냥 놔두고 있다.

어쨌든——.

"섬, 보여. 준비 됐어?"

"그쪽이야말로 지시는 잘 기억해? 두 번 세 번씩 설명하고 싶지 않아."

"그 정도는, 나도 기억할 수 있어."

섭섭하다는 내색의 말투지만 믿어도 될지 솔직히 의문이었다.

애당초 생각하는 게 고역이랍시고 방침을 부하, 그것도 기껏해야 상등병에게 홀랑 다 떠넘기는 『장』은 들은 적도 없다. 존댓말도 그만두라고 해서 거리감이 애매하다.

자말의 여자판이라 여기며 대하고 있지만 남자판보다 처리할 데가 마땅치 않을 것 같아 성가셨다.

"편지만, 넘길 뿐?"

"그래야 할 테지만, 그뿐인 임무를 너에게 시키는 게 납득이 가지 않아."

직접 만나 본 인상이지만 재상 벨스테츠는 낭비를 싫어하고 최선의 수를 두는 부류다. 제국 전체가 수상쩍은 현재, 아라키아를 사소한 일에 놀려 둘 거라 생각하긴 어렵다.

"편한 일이어야, 할 텐데 말이지."

미리 들은 말대로 온건하게 검노의 몰살이 진행되면 제일 좋다.

그렇게 일이 정리되면 불완전 연소로 끝난 약혼자와의 밀월로 겨우 돌아갈 수 있다.

"카츄아……."

사랑하는 여자와의 시간을 빼앗겨서 집착심은 더욱 강하게, 강하게 커졌다.

불과 잠시 동안만 이루어진 재회는 마치 바싹 마른 목에 딱 한 방울만 물이 떨어진 감각이었다. 사실은 배가 터질 때까지 물을 마시고 싶다. 당연한 욕구일 것이다.

1초라도 빨리 일을 마치고 제도로 돌아간다. 그러기 위해서라면――.

"――무엇을 희생하든 상관없어."

자기 안에 있는 쐐기를 하나, 난폭한 방향으로 튼 순간이었다.

"――토드, 뭔가 이상해."

이름이 불린 남자―― 토드는 "뭐?" 하고 고개를 들었다.

진지함이 결여된 음색이지만 그녀는 매사가 이런 식이다. 하지만 『구신장』까지 올라선 실력은 진짜라 무시할 만한 지적이 아닌 것도 사실.

그리고 이번에도 그녀의 직감은 옳았다.

"――세워! 당장 반전해서 뒤로 가!"

"예?"

"아라키아, 섬을 경계해! 움직임이 있으면 상관 말고 쏴!"

창 너머로 보이는 진로—— 도개교 뒤에 있는 검노고도를 본 순간, 토드는 즉각 퇴각할 때라고 판단했다. 언성을 높이며 마부와 아라키아에게 지시를 내렸다.

심상치 않은 토드의 분위기에 한 박자 늦게 마부가 허겁지겁 질풍마에 반전하라 지시했다. 정답이다. 조금만 더 꾸물거렸다간 호수로 밀어 버리고 고삐를 빼앗을 참이었다.

"토드."

"벨스테츠 재상의 우려가 적중한 모양이야."

멀어지는 검노고도를 시야 끝자락에 담은 토드는 식은땀을 금치 못했다. 순순히 예정대로 상륙했더라면 어떻게 되었을지, 아라키아가 큰 공을 세웠다.

여하튼——.

"——철저하게 준비해서 기다릴 줄이야, 상대는 꽤 위험한 놈이 이끌고 있어."

"못 이겨? 내가 있어도."

"그래, 맞아."

긴장감을 높인 아라키아의 조용한 목소리를 들은 토드는 끄덕였다.

그리고 등줄기에서 섬뜩하게 내달린 공포를 느끼는 상태로 말했다.

"——승산이 있는 상대가 아니야. 적어도 오늘은."

9

“물러날 줄은 알았지만, 손절 판단이 뭐가 이리 빠르냐.”

도개교 중간 지점에서 반전해 쏜살같이 돌아가는 마차의 모습에 무심코 탄식이 흘러나왔다.

그 판단 속도에 기가 막히고 감탄도 하지만, 그것도 예상 범위 내였다. 만약 진심으로 속이고 칠 생각이었으면 일단 상대를 얌전히 섬에 끌어들였을 것이다.

단, 끌어들인 다음의 대참사를 아는 사람으로서 그렇게 큰 도박은 절대 사절이다.

——이미 더할 여지가 없을 정도로 큰 도박에 나선 뒤니까.

“슈바르츠 님, 사자 일행분은…….”

“그래, 철수했어. 역시나 이만큼 줄줄이 모여서 마중하고 있으면 이상하다 여기겠지. 그렇게 여기길 바라고 허세를 부린 거지만.”

“그런, 가요…… 제2위를 상대하지 않아도 되어서 안심했습니다.”

손으로 차양을 만들고 도개교를 바라보는 스바루 옆에서 탄자가 작전 성공에 안도했다.

기모노를 입은 탄자의 머리에 난 뿔은 둘 다 건재하고, 어린아이의 백옥 같은 살결에도 흠집 하나 없다.

아무런 문제 하나 없이 쑥쑥 자라는 건강하고 기특한 퍼펙트 탄자다.

"——저, 저기, 슈바르츠 님?"

"응?"

"아뇨, 저기, 어째서 제 머리를 쓰다듬고 계시나 해서……."

"아, 미안, 미안. 귀중한 귀여움이 작렬해서 그만."

창피한 듯한 탄자의 물음에 스바루는 무의식중에 머리를 쓰다듬고 있었음을 깨닫고 사과했다. 하지만 사과해도 머리를 쓰다듬는 손길은 멈추지 않았다.

그렇게 속행하는 손길에 탄자는 입술을 다물고 가만히 있었다.

"——아니, 언제까지 그러고 있을 거야! 꼬마들끼리 노닥거릴 때냐?!"

"우옷."

바로 뒤에서 터진 기세등등한 목소리에 스바루의 손길이 멈추었다. 그 틈에 탄자가 총총 거리를 벌려서 스바루는 입술을 뒤틀며 뒤돌아보았다.

그 눈초리에 석척인—— 히아인이 "뭐, 뭐야……." 하고 경직된 표정으로 말했다.

"원망스러운 표정 짓지 마! 내가 이상한 소리 했냐?! 어떻게 생각해?!"

"말투와 때의 문제라는 거겠지. 나도 때를 잘 맞히는지 물으면 할 말이 없지만."

"너보다 낫지……. 조금은 눈치를 챙겨라, 도마뱀 자식……."

"으각?!"

양옆의 두 사람—— 이드라와 바이츠가 호소하는 말을 쳐내자 히아인이 비명을 질렀다.

그런 히아인의 반응에 이드라가 쓴웃음 짓고 바이츠는 콧방귀를 뀌었다. 세 사람이 나란히 선 모습에 깊은 감개를 느끼고 있으려니, 이드라가 시선을 알아챘다.

"슈바르츠, 그 왠지 의미심장한 눈초리가 신경 쓰이는데……."

"아무것도 아냐. 그냥 여기까지 해냈구나 싶어서."

인중을 손가락으로 문지른 스바루의 말에 이드라는 의아하게 고개를 갸웃했다. 하지만 이드라의 반응에 그 옆에 있던 바이츠가 "알아먹어라……." 하고 도개교 쪽을 바라보며 중얼거렸다.

"제도의 사자를 내쫓은 상황이다……. 이로써 우리에게 퇴로는 없다. 그런 소리지……?"

"——조금 다르지만, 그것도 정답."

"조금 달라……?!"

가장 잘 이해하는 척하던 태도가 무너진 바이츠가 무시무시한 표정으로 눈을 부릅뜨는 모습에 스바루는 웃었다.

스바루가 품은 감개와 세 사람의 인상은 달랐다. 그 사실이 자랑스럽다.

세 사람은—— 아니, 모두 아무것도 모르지만, 그러면 문제없다.

스바루가 전부 잘 기억한다.

그리고——.

"——아무래도 재정은 떨어진 모양이군."

무겁고 엄숙한 목소리와 함께 도개교 옆에서 사자를 기다리던 인물이 뒤돌아섰다.

사자를 태운 마차가 물러나다가 맞은편 기슭까지 도착한 모습을 지켜보던 그는 마치 오니처럼 무시무시한 표정으로 스바루를 바라보았다.

"이제, 날 믿어 주겠어?"

"이의는 없다. 황제 각하께서 본직에게 내리신 칙명, 그 성취의 때다. 다시 말해——."

"다시 말해?"

"검노고도 기눈하이브의 검노 일동, 휘하에 들어가겠소. ——슈바르츠 전하."

그렇게 말한 검노고도의 관리자 구스타프 모렐로가 가슴 앞에 네 개의 팔에 달린 손과 주먹을 맞대고 위풍당당한 자세를 보였다.

그를 따르는 간수들도 구스타프의 발언에 마주 봤다가 일제히 같은 자세를 취했다.

"마음에 안 드는군……."

그런 구스타프와 간수들의 자세에 바이츠가 볼멘소리를 냈다.

바이츠의 한마디를 들은 구스타프는 포갠 팔을 풀고서 그를 내려다보았다.

"바이츠 로군, 네 의견은 명심해 두지. 하지만 개인의 의사보다 우선되는 사항이 있다. 본직이 너에게 말을 듣게 할 방법이 있음을 잊으면 곤란하다."

"해보겠나……?"

구스타프와 바이츠, 두 사람이 눈싸움을 벌이고 불똥이 틱틱 튀었다. 그러자 그런 두 사람 사이에 스바루가 아니라 이드라와 히아인이 끼어들었다.

"바이츠, 네놈은…… 너는 말이 짧아. 그러니까 오해를 사잖아."

"그것 때문에 다툰다 해도 나는 전혀 상관없다……."

"다른 사람이 상관있다고! 아아, 진짜! 총독, 우리는 댁한테 명령받고 덜덜 떨면서 따르는 꼴사나운 짓은 안 해!"

바이츠가 이드라를 잡아 두고, 대신에 앞으로 나선 히아인이 기세 좋게 부르짖었다.

히아인은 불리할 때라면 구스타프의 눈도 쳐다보지 못하지만, 그런 약한 모습을 내색하지 않으며 당당하게 스바루와 어깨동무했다.

"우린 형제랑 함께야! 안 그래, 자식들아! 안 쫄았지?!"

"——웃기는 소리 마라, 도마뱀 자식!" "누가 쫄았단 거야, 누가!"

"오오, 오오, 가자구, 우리의 제국 황자 전하!"

"얄미운 아비를 때려눕히고, 우리의 제국을 건국하자——!!"

크나큰 히아인의 호령에 온 섬의 목소리가 한꺼번에 응답했다.

그것은 말 그대로, 총출동해서 사자를 마중하러 나왔던 검노들의 목소리다. 혈기왕성한 남자들의 목소리에는 히아인의 동료인 오손과 웬일로 치유실에서 밖에 나온 눌 할아버지의 목소리도 섞여 있었다.

궁극 완전체, 하나로 뭉친 검노고도 기눈하이브의 행진이다.

"——고마워."

끓어오르는 주위의 환성을 들으며 스바루는 가슴을 잡고 중얼거렸다.

그것은 주위 동료들에게, 그리고 자기 자신에게, 무엇보다 기회를 준 상대에게 보내는 감사.

그리고 스바루는 두 손으로 뺨을 때린 뒤, 후련한 얼굴을 들고는 물었다.

"그래서 말이야. 우리는 갈 건데, 셋시는 어쩔래?"

"——아항, 그러네요."

갸웃한 스바루의 물음에 빙글빙글 회전하며 떨어지는 그림자. 경쾌한 소리와 함께 착지한 인물은, 일의 추이를 높은 곳에서 지켜보던 세실스였다.

세실스는 스바루와 그 배후에 모인 수많은 이들을 천천히 둘러보고 말했다.

"이건 역시나 이변 중의 이변. 아무리 그래도 이렇게까지 할 줄은 예상도 못 했어요. 실로 훌륭하다고 할 수밖에 없겠습니다. 단, 딱 하나 의문이."

"흐음? 뭘까."

"싹싹하게 돌아다니며 대화해서 모두를 한편으로 삼은 수완은 실로 멋지다고 칭찬하겠어요. 그런데 말예요, 그게 그렇잖습니까. —— 전 꼬드기는 말 못 들었거든요?"

세실스가 소매 속에 손을 숨긴 채 진짜로 이상하다는 표정으로 물었다.
늘 띠던 웃음이 사라진 세실스의 그 모습에 스바루는 만족스럽게 끄덕였다.
확실히 스바루는 세실스를 꼬드기지 않았다.
구스타프도, 히아인도 바이츠도 이드라도, 오손 일행도 눌 할아버지도, 렉스와 밀자크, 카슈와 모이조, 딜로이와 크리그킨, 코드로와 펜멜, 그 꽉 막히고 외로운 늑대인 죠즈로까지 꼬드겼는데, 세실스는 무시했다.
왜냐하면——.
"——셋시의, 그 표정을 보고 싶었거든."
여태까지 실컷 중요한 곳마다 스바루를 헛발질 치게 한 것이 세실스다.
그 복수로 위험 부담을 질 만큼 바보는 아니지만 여러 가지로 생각한 결과, 좋든 나쁘든 이게 제일 세실스에게 효과가 있을 거라 추측했다.
그리고 실제로 그 말을 듣고 눈을 동그랗게 뜬 세실스에게 스바루는 선고했다.
"지금이라면 혹사해 주겠는데, 같이 갈래?"
"하, 하하하, 하하하하하! 아—하하하핫!!"
어깨를 으쓱이며 윙크한 스바루. 거들먹대며 던진 권유의 말을 들은 순간, 세실스가 입을 크게 벌리고 등까지 젖혀가며 대폭소를 터트렸다.
"설마! 설마하니 설마 바로 저를! 이 『푸른 뇌광』 세실스 세그문트를! 이 세계의 주연 배우를! 저를 푸대접하며 말을 꺼내라 하나요! 꼭 같이 가게 해 달라는 말을! 그건 참…… 터무니없는데요, 밧스!"

"그래서, 어쩔래?"

"당연히 같이 가죠! '놀아나는 건 화나지만…….' 같은 소리를 하고 싶은데, 당했는데도 전혀 화나지 않는 게 대단한걸요! 아아, 대단해! 유쾌하구나!"

두 손으로 크게 박수치며 세실스가 스바루의 의도에 전속력으로 넘어왔다. 스바루는 그 미련 없는 모습에 안도하면서 턱에 손을 짚었다.

사실, 따지고 보면 제일 처음 때부터 하던 생각이지만――.

"그 밧스라는 호칭, 전혀 느낌이 안 온단 말이지."

"으음, 역풍! 따라가겠다고 대답하자마자 그것 때문에 결렬되는 것도 참 꽉 막힌 소리인데, 그렇다면 뭐라 불러드리면 될지 대안이라도 있나요?"

"그러네……."

몸을 기울인 스바루의 질문에 스바루는 잠시 생각했다.

밧스라고 몇 번 입에 주워섬기다가 불현듯 생각했다. 그리고 발상이 의외로 나쁘지 않은 느낌이 들어 스바루는 사악한 표정으로 웃고 말했다.

"――보스."

"――――."

"나를 부를 때는, 앞으로 보스라고 해 줘."

폼을 잡을 생각은 없지만 세실스의 이야기 망상증에 장단을 맞추는 것도 의외로 나쁘지 않다.

그런 뜻으로 던진 스바루의 대답에 세실스는 "호오." 하고 한숨을 쉬었다.

"보스, 보스, 보스보스보스……. 이건 어감이 썩 좋은데요! 의미는 전혀 모를 지경이지만 싫지 않아요, 오히려 좋아."

"두목이란 의미야. 딱 괜찮잖아?"

"네, 그러네요, 보스! 그렇다면 시작하기로 할까요!"

쾌활하게 웃는 세실스의 기세등등한 말에 스바루는 "그래." 하고 끄덕였다.

그러고 나서 스바루는 세실스를 필두로, 『합』의 동료인 히아인과 바이츠, 이드라와 검노들을 둘러보고, 구스타프와 그가 이끄는 간수들과도 눈을 맞대었다.

장렬한, 장렬한 경험 끝에 하나로 뭉친 동료들과――.

"――다들, 가자! 제도에 있는, 망할 아비의 뺨을 때리자!!"

""오오――!!""

스바루의 호령에 검노고도 그 자체가 우렁차게 대답했다.

스바루는 섬이 떠 있는 호수 전체가 흔들릴 것만 같은 격렬한 기세를 느끼면서 문득 빤히 바라보는 탄자의 시선을 알아챘다.

"안심해."

스바루는 오로지 한 사람, 스바루가 황제의 서자가 아니란 사실을 아는 그녀에게 힘차게 끄덕이고 서쪽 땅에서 단숨에 제도를 노릴 각오를 세웠다.

나츠키 켄이치의 아들이며, 동료들이 믿어 주는 자신으로서 돌진한다.

따라서 이 순간부터 나츠키 스바루는――.

"――이번에는, 우리가 이긴다!"

――이세계에 소환된 뒤 처음으로, 최강의 존재로서 볼라키아 제국을 유린한다.

《끝》

후기

후기까지 함께해 주셔서 큰 감사를! 잘 아시는 나가츠키 탓페이&네즈미이로네코입니다!

31권까지 읽어 주시는 사람이라면 역시 여기서 처음 볼 가능성은 없으리라 믿으며 어디 중진 같은 인사를 해 보았습니다. 헤헤, 이럴 수 있는 것도 여러분 덕입니다(저자세).

어쨌든 지난번의 기념비적인 30권에서 거의 주인공이 등장하지 않는다는 터무니없는 전개가 펼쳐졌습니다만, 이번에는 그 반동인 듯 히로인이 없다는 만행! 아뇨, 작가 입장에서는 스바루에게 끌리는 캐릭터는 죄다 히로인이니 본문 중에 잇따라 함락되던 검노 동료는 모두 히로인이라 할 수 있다고 주장하겠습니다. 새삼스럽지만 후기에는 본편의 내용 누설이 포함되니 본문을 읽은 뒤에 후기에 도전해 주세요!

이번에는 리제로 사상, 어떻게 보면 가장 가혹한 싸움을 그린 한 권이었습니다만 앞서 말한 히로인들과 스바루의 분투, 재미있으셨을까요? 떼려야 뗄 수 없는 지긋지긋한 상대와의 관계를 청산하느라 고생하거나 새로운 연분이 뒤얽히는 등 대혼전의 일막. 그래도 검노고도의 제압에 성공하여 다음 무대인 제도 결전으로 향합니다.

제국편 자체가 지금까지 나온 리제로 중에서 가장 큰 싸움을 그리고 있습니다만, 다음 제도 결전이 그 총결산이 되도록 작가는 기대에 부응할 수 있는 집필을 목표로 할 따름입니다!

자, 슬슬 여러분의 눈도 피곤해지셨을 즈음, 입가심으로 늘 하는 감사의 말로 옮기겠습니다.

담당자 I님, 본편 이외에도 다양한 진행이 쿵쿵 부딪치는 가운데, 매번 방향을 잡아 주셔서 정말 감사합니다. 전복과 좌초를 솜씨 좋게 피해 주셔서 매번 고개를 들지 못하겠습니다!

일러스트의 오츠카 선생님, 31권까지 도달해서 우키요에풍의 표지 일러스트라는, 항상 새로운 경지에 도전하는 자세와 비인간 캐릭터에 관한 고집에는 감복했습니다! 이번에도 구스타프와 히아인, 매우 멋져서 대만족……! 훌륭한 작업에 늘 감사합니다!

디자인의 쿠사노 선생님, 우키요에에 제목을 넣는 작업을 몇 건 받아오셨을지. 그런 생각이 드는 반할 것만 같은 결과물, 이번에도 훌륭했습니다! 감사합니다!

아토리 선생님&아이카와 선생님의 4장 만화판, 월간 코믹 얼라이브에서 연재 중! 이야기도 전환점에 돌입해서 이다음의 노도 같은 전개를 일개 독자로서도 즐겁게 기다리고 있습니다!

그리고 MF 문고 J 편집부 여러분, 교열 담당님과 각 서점 담당자님, 영업 담당님 등 여러분의 협력을 받아 이번 권도 구체화할 수 있었습니다! 항상 감사합니다!

끝으로, 독자 여러분께서 이 31권을 재미있게 즐겨 주셨다면 감개가 무량하겠습니다!

검노고도를 제압하고 문제의 중심에 있는 제도에 집결하는 일동. 여기서 기다리는 격전과 제국 동란의 진실—— 다음 회, 32권도 꼭 기대하시길!

그러면 또 봐요! 전력을 담은 다음 한 권에서 만나 뵐 수 있기를!

2022년 8월

《예정대로와 예정 밖,

일거양득의 플롯을 뽑는 데에 골머리를 썩이며》

귀여운
히아인
HELP!!
으! HELP!
바이츠
이드라
구스타프

"보~스, 보스보스보~스♪"
"……셋시, 어째 엄청 신나 보이네?"
"네, 네, 신나고말고요, 신바람 납니다! 버림받았을 때는 이 세상의 종말인 줄 알았는데 단숨에 대역전! 이거 참, 뭘 보여줄 줄 아네요, 보스!"
"생각보다 더 감명을 줘서 나도 깜짝 놀라는 중이야. 뭐, 신바람 나면 좋은 거지. 그래서 일 좀 도와줄 생각은 있어?"
"일이요? 상관없지만 저라도 괜찮겠어요? 베는 것 빼면 허수아비라는 평판이 자자한데요!"
"일단 기운차게 맞장구만 칠 수 있으면 OK일걸?"
"기운차게! 그렇다면 맡겨 주시라! 그건 아주 잘 하죠!"
"그럼 그렇게 부탁하자. 우선 『Re:제로부터 시작하는 이세계 생활』의 32권&단편집 8권이 12월 발매 예정이야. 검노고도의 전원을 이끌고 제도로 쳐들어가는 우리와, 반대쪽에서 제도로 침공하는 반란군——. 이야기가 꽤 확실하게 움직이는 이미지네!"
"저나 보스의 활약이 확실한 본편은 물론이거니와 단편집! 이쪽 내용은 보스와 아는 분들의 분투가 그려진 모양인데…… 이건 상당한 대모험이군요!"
"으그읏, 궁금해……! 그래서 그 대분투하는 에밀리아땅의 생일 이벤트, 『Re:제로부터 시작하는 에밀리아의 생일 생활 2022 in 마루이』가 신주쿠에서 개최 중! 에밀리아땅은 매년 천사성이 곱절

로 붙지만 이번에는 함께하는 베아코까지 더블 천사야!"

"이야아, 아름다운 분과 귀여운 분은 좋죠! 보스가 팍팍 미는 이유도 알겠습니다! 어라? 한 명 더 귀여운 분이 제 눈에 비친 기분이……."

"셋시, 그 녀석은 잊는 게 나아. 작아져서 잊은 게 잘된 일이라고 내 본능이 끄덕이고 있어."

"오호라? 잘 모르겠지만 보스가 그렇게 말씀하신다면 1초 만에 까먹겠습니다! 펑!"

"그거 까먹을 때 효과음?"

"까먹을 때 효과음입니다! 그래서, 그래서, 그래서, 이제 끝났어요?"

"아니아니, 아직 남았어! 다음은 신작 스마트폰 게임 『Re:제로부터 시작하는 이세계 생활 INFINITY』의 서비스 결정 보고야! 미려한 그래픽과 일러스트들이 즐비! 이건 셋시도 놓칠 수 없을 테지!"

"호오, 이건 또 리제로 세계를 만끽하려면 꼭 봐야 할 물건! 좋은데요, 섬 안에선 즐길 수 없는 것들의 박람회! 역시 보스를 따라가길 잘했어요!"

"칭찬해 주시니 큰 영광이네. 이 다음 회 예고도 만끽해 주는 것 같으니——."

※일본어판 발매 당시 내용입니다.

Re:제로부터 시작하는 이세계 생활 31

2023년 04월 25일 제1판 인쇄
2023년 05월 01일 제1판 발행

지음 나가츠키 탓페이
일러스트 오츠카 신이치로

옮김 정홍식

발행 영상출판미디어(주)
등록번호 제 2002-000003호
주소 07551 서울특별시 강서구 양천로 570 NH서울타워 19층
대표전화 032-505-2973

ISBN 979-11-380-2741-0
ISBN 979-11-319-0097-0 (세트)

Re : ZERO KARA HAJIMERU ISEKAI SEIKATSU volume 31

노블엔진(NOVEL ENGINE)은 영상출판미디어(주)의 라이트노벨 및 관련서적 브랜드입니다.

나가츠키 탓페이 관련작 리스트

Re : 제로부터 시작하는 이세계 생활 1~31
Re : 제로부터 시작하는 이세계 생활 단편집 1~7
Re : 제로부터 시작하는 이세계 생활 Ex 1~5
Re : 제로부터 시작하는 이세계 생활 Re:zeropedia

[코믹스]

Re : 제로부터 시작하는 이세계 생활 제1장 왕도의 하루 1~2 (완)
· 만화 : 마츠세 다이치 (원작 :나가츠키 탓페이/캐릭터 원안 : 오츠카 신이치로)

Re : 제로부터 시작하는 이세계 생활 제2장 저택의 일주일 1~5 (완)
· 만화 : 후게츠 마코토 (원작 :나가츠키 탓페이/캐릭터 원안 : 오츠카 신이치로)

Re : 제로부터 시작하는 이세계 생활 제3장 Truth of Zero 1~11 (완)
· 만화 : 마츠세 다이치 (원작 :나가츠키 탓페이/캐릭터 원안 : 오츠카 신이치로)

Re : 제로부터 시작하는 이세계 생활 공식 앤솔로지 코믹 1~3
· 원작 :나가츠키 탓페이/캐릭터 원안 : 오츠카 신이치로

Re : 제로부터 시작하는 이세계 생활 빙결의 인연 1
· 만화 : 츠카하라 미노리 (원작 :나가츠키 탓페이/캐릭터 원안 : 오츠카 신이치로)

검귀연가 Re : 제로부터 시작하는 이세계 생활 진명담 1
· 만화 : 노자키 츠바타리 (원작 :나가츠키 탓페이/캐릭터 원안 : 오츠카 신이치로)

[단행본]

Re : 제로부터 시작하는 이세계 생활 오츠카 신이치로 Art Works Re:BOX
· 오츠카 신이치로 (원작 :나가츠키 탓페이 / KADOKAWA)

Re : 제로부터 시작하는 이세계 생활 오츠카 신이치로 Art Works Re:BOX 2nd
· 오츠카 신이치로 (원작 :나가츠키 탓페이 / KADOKAWA)

청춘의 상상, 시동을 걸어라!

제23회 전격소설대상 〈대상〉 수상! 인기 애니메이션 방영작!
평온을 용납하지 않는, 새로운 장이 전개되는 여덟 번째 에피소드

86
-에이티식스-

Ep.8 ~Gunsmoke on the water~

〈레기온〉 완전 정지의 가능성.
끝날 리 없는 전쟁의 끝. 그것은 인류의 비원. 내일을 향한 희망.
하지만 전사들은── 전장에서 죽을 운명이었던 〈에이티식스〉는 싸움이 끝나면 어디로 갈까.
〈시린〉을 접하면서 죽음을 두려워하지 않는 것의 으스스함을 안 그들은, 닫혔던 미래에 억지로 눈을 뜨게 되었다.
어떤 이는 사랑하는 이를 발견했다.
어떤 이는 세계를 보고 꿈을 그렸다.
하지만…… 그럴 수 없는 이는.
따스한 희망의 빛은 그들의 강철 같은 의지와 결속을 일그러뜨리고, 결국 역대 최악의 희생을 낳는다──.

아사토 아사토 지음 | 시라비 일러스트 | 2023년 4월 출간

청춘의 상상, 시동을 걸어라!

제15회 MF문고J 라이트노벨 신인상 《최우수상》 수상
2021년 7월 애니메이션 방영작!

탐정은 이미 죽었다

1~6

애니메이션 방영작

고등학교 3학년인 나, 키미즈카 키미히코는 한때 명탐정의 조수였다.

——"너, 내 조수가 되어줘."

시작은 4년 전, 지상 1만 미터 위의 상공. 하이재킹을 당한 비행기 안에서 나는 천사 같은 탐정 시에스타의 조수로 선택되었다.

그로부터 3년, 우리는 눈부신 모험극을 펼쳤고—— 죽음으로써 헤어졌다. 홀로 살아남은 나는 일상이라는 이름의 현실에 빠져 안주하고 있었다. ……그걸로 괜찮냐고?

괜찮고말고.

다른 사람에게 피해를 주는 것도 아니니까.

그렇잖아? 탐정은 이미, 죽었으니까.

니고 쥬우 지음 | 우미보즈 일러스트 | 2022년 4월 제6권 출간

청춘의 상상, 시동을 걸어라!